方立耕 著

新华出版社

图书在版编目（CIP）数据

秋韵 / 方立耕著 . -- 北京：新华出版社，2023.11
ISBN 978-7-5166-7122-1

Ⅰ . ①秋… Ⅱ . ①方… Ⅲ . ①散文集—中国—当代
Ⅳ . ① I267

中国国家版本馆 CIP 数据核字（2023）第 203991 号

秋 韵

作 者：方立耕

责任编辑：李 成 封面设计：华兴嘉誉
出版发行：新华出版社
地 址：北京石景山区京原路 8 号 邮 编：100040
网 址：http://www.xinhuapub.com
经 销：新华书店、新华出版社天猫旗舰店、京东旗舰店及各大网店
购书热线：010-63077122 中国新闻书店购书热线：010-63072012

照 排：华兴嘉誉
印 刷：三河市君旺印务有限公司

成品尺寸：145mm×210mm
印 张：9.5 字 数：200 千字
版 次：2023 年 11 月第一版 印 次：2023 年 11 月第一次印刷

书 号：ISBN978-7-5166-7122-1
定 价：78.00 元

方立耕

　　1947 年 5 月出生，浙江诸暨人，大专学历，中学高级教师，多年从事初中语文教学。喜爱文学，2006 年语文教学论文《引导中学生赏析古诗词的思考》在绍兴文理学院学报发表，同年被中国人民大学《中学语文教与学》转发；散文《沧桑壶源记》于 2015 年发表在《绍兴日报》副刊；读后感《一个难忘的父亲形象》发表于《今日文艺报》第 113 期。

　　2016 年以来，主要从事散文创作，出版散文集《秋韵》，系中国散文学会会员、作家协会会员。

不负春光不负己（代序）

王贤根

  海棠花盛开的时候，我收到方立耕寄来的一部散文书稿，心里着实兴奋。

  方立耕是我1964年考入金华一中时的同班同学。那时的金华一中，曾连续三年赢得浙江省高考录取第一的荣誉。我们跨进这所学校，既有压力，又有动力。当我们上二年级时已抽空自习三年级的课程，部分同学已经自习大学的微积分。我的语文老师作为班主任，是多么希望在他带领与教学的学生中涌现几位出类拔萃的学生来日高中名牌大学的中文系。

  我是班里的语文课代表，对老师的这种期盼与苦心，是有所感受与体察的。方立耕的语文成绩，是班里的佼佼者。一年级时，他就对我说，以后想考他所理想的大学读中文。来自偏远山区的农家子弟，有这样的志向，是需要一份底气的。有次课堂上，老师微笑着以赞许的口吻说："方立耕的作文，有鲁迅先生笔法的味道。"这让同学们心生羡慕。

  方立耕的钢笔字，就像他的人那样挺拔有力。班里办黑板报，每期大都有他挥洒的字迹登场，有时，他的粉笔字，如同他这位校篮球队员上场比赛时那样跳跃变化着，展现的是一种健美的力量。

我与方立耕同住一间宿舍，我是下铺，常常看到他坐在斜对角的上铺垫着行李箱写着什么，那种专注的神情让我们吵闹的声响也低了几分。后来我晓得他是抓住空隙时间写小说。那时的他，对写作入了迷。有回，上课时老师见他的座位是空的，叫同学去宿舍找找，发现他正坐在床上写作呢！

人生的路，如同山道那样弯弯曲曲。当我们第二个学年即将完成时，一场普通人难以料及的"运动"席卷而来，复课无望，拖至1968年初，我们66届、67届的部分同学就报名应征入伍，方立耕他们不久就回到家乡，城里的同学八月份"上山下乡"。这拨"文革"时期的"老三届"学生，就像春天里的花籽那样，随风飘落到山山水水的各个角落。他们没有消沉，没有荒废，扎根知识的信念仍如山火那样的燃烧，待到社会需要恢复学堂上课时，有知识储备和信念追求的方立耕，自然被推举为诸暨县马剑中学的语文教师。在几十年的教学生涯中，方立耕勤勉而为，桃李芬芳，走上校教学领导岗位，仍执教鞭，三尺讲台放异彩。我们这些同学，天各一方，大多仅是在相互的通信中传递信息，当相拥而抱、热泪洗面时，已经是乡音无改、鬓毛染白啦！

同学聚叙，自然聊及方立耕高中时期出众的作文。大家的言笑、激励，再度点燃他文学创作的火焰，梦想的火光升起璀璨的光泽。后来，我接连收到方立耕寄来的散文新作。共同的爱好，将我们这份同学的情谊又延伸到理想的追寻上，交流探讨的话语似山涧汩汩的泉流，自然，清澈。

山野的花，清新，质朴，鲜丽；结出的果，天然，纯真，饱满。方立耕为散文集取名《秋韵》。全书分为六辑。

第一辑"亘古男儿一放翁"，大多文章取材于绍兴古城具有特殊意味的一些故事和作者的遐想。自教学岗位上退休的方立耕，从身处山乡的诸暨马剑移居子女所在地绍兴，千年古城的悠久深厚人文历史，让他的视野更为广阔，目光更为深邃。我们从他娓娓叙述的故事中，可以深切地体察到书圣王羲之独有的精神与气节、诗人陆游丰盈的情怀与报国的气慨、心学集大成者王阳明的睿智与悟性，还有从柯岩景区千年奇石"云骨"中所解读的越地女性西施、曹娥、秋瑾等"一袭红衣尽风华"的气质与品格。这些文字多为游记，方立耕是摄取当地百姓口口相传的动人故事，融入自我的观察与思考，这就避开了一般游记的窘境，具有鲜明的思想性和辨别力，也增强了作品的力度和美学价值。

第二辑"沧桑壶源江"，畅叙的是浓浓的乡情。方立耕自幼生活在数县交界处的壶源江旁小山村，家乡的文化积淀和农家农事的烙印，深深地镶嵌在他幼小的心田里，当他离开这方朝夕相处的土地，过往发生在秦时古道的奇闻轶事，滔滔江面上撑篙放排的情景，古樟树下太婆独苗悲凉的二胡声，流动学校经历的丰富多彩的山地农事，布谷声声中繁忙的开耕景象，用竹子和稻草支撑编织的守山草屋，上山打柴的酸甜滋味，弥漫在山村的浓浓年味，都似影视剧中的镜头那样在他的脑海中浮现，笔下的文字蘸满对那方故土的眷恋与热爱。

第三辑"夜渔"，抒发的是亲情。家事是人们最为亲近、最为庸常的生活经历，方立耕以细腻的笔触，饱满的情感，生动地描绘了日常生活中祖母、父母亲、妻子、大姐、儿女和孙子辈的可敬、可亲、可爱的形象，让我们读之难以忘怀。尤其是《夜渔》，通过年轻夫妻趁着夜色过丁步石、木板桥、穿乱石滩、听一片蛙声、坐桶下河撒网、渔桶作帐躲雨等细节的描述，将年轻夫妻深沉的爱，惟妙惟肖地展现出来。结尾处，妻子的善良，作者的体悟，使短文更具审美的意义。

第四辑"空山鸟语"，是家乡人物的一组塑像。有着精湛技艺的微缩木雕工匠，江畔晚风中传送二胡独奏曲《空山鸟语》的民间艺术家，独树岗上八旬夫妇的不凡人生，老柯的繁复家事，烧炭工的山野劳作，黑牛善于识别竹子雌雄、练就一手挖笋的绝活，来老年协会玩麻将的雷师傅，西山坞里翻石蟹、采野草莓的红妞等，诸如这些大地之子，他们与山野、江河、村落汇融在一起，接受纯朴、坚韧、执着、乐观的乡风熏染，人物个性就鲜明地凸现出来，栩栩如生。

第五辑"花魂"，是以花草、动物为主要描写对象的散文，也是作者所见所闻的真切描述。在方立耕的笔下，梅的"清雅脱俗，孤傲高洁"，带刺的仙人球的"不卑不亢、大度忍让、脚踏实地"，野花满天星的"骨气"，荷的"中通外直，不蔓不枝""洁身自好"，都富有了灵魂的存在与魅力。从鸭娘、麻雀、流浪猫等动物的身上，不但领略到生命的珍贵，也感受到作者可贵的慈爱与悲悯情怀。

第六辑"一封未开启的信"，也是作者丰富情感的抒发，而这里主要表述的是同学情、师生情、师徒情。特殊的年代，特别的背景，艰难的求学生涯和在这其间生发的故事，至今仍令人回味，许多是刻骨铭心的。《一封未开启的信》中故事，就发生在我们班，方立耕为了叙述方便，隐去了真实的校名和姓名。他和苏雅都是班里极为优秀的同学，后走上社会，各奔东西，苏雅是一位学有成就、受人尊重的大学教授，至今与我们多位同学相濡以沫，关心备至，激励有加。同学相谈，我们都希望方立耕掌笔著文成集。

写到这里，窗外的布谷鸟声声地传递着春讯。哦，时节正是谷雨。"谷雨春光晓，山川黛色青。"《群芳谱》记载："谷雨，谷得雨而生也。"雨生百谷，万物逢时，不负春光不负己。在这个时候读老同学的文稿，又是一番别样的心情。农家走出来的方立耕，辛勤耕耘，播下的是希望的种子，间或杂有稗草，可丰收的景象仍是让我们为之欣悦并由衷祝贺的。他没有辜负初心。

春光明媚，初心是会蓬勃起来的。这，也是幸福。

2023 年 4 月 28 日（阴历三月初九）
于北京

目　录

3

第一辑

亘古男儿一放翁

走近王羲之

绍兴城北蕺山脚下有一条横贯南北的西街，现在依旧保持着古式台门、里弄小巷、石桥亭榭的布局，它是一个活着的历史街区。

西街的北端有座戒珠寺为越中八大寺庙之一，距今已有1400多年的历史，几经整修面貌换新。传说戒珠寺原是书圣王羲之的住宅，王羲之曾失落一颗非常喜爱的吸墨珠，怀疑是一位与他来往甚密的老僧所窃，老僧得知自己的真诚友谊被怀疑后，未作任何辩解含冤自缢。后来发现宝珠为王羲之家中的白鹅误吞了，王羲之追悔莫及，为纪念老僧还其清白，将住宅捐献建造寺院，并亲自题写"戒珠寺"的匾额，表示戒绝玩珠之癖的决心。

走近戒珠寺总想触摸一下王羲之的脉膊，体会一番他的情感。当年王羲之题写的匾额早已湮没在岁月的洪流之中，如今已改为戒珠讲寺，匾额是当今书法家赵朴初先生写的。大门两侧挂着一副张大千撰写的楹联，上联：此处既非灵山，毕竟什么世界；下联：其中如无活佛，何须这样庄严。西街的戒珠寺确非灵山却胜似灵山，确无活佛又

2

胜比活佛。这里是书圣王羲之的故居，便在戒珠寺开设了王羲之生平展览馆，供奉书圣塑像，把王羲之请回了家。

东晋永和九年，王羲之的行书《兰亭序》即兴问世，轰动大江南北，掀起学王氏行书热潮。三百年后，正当贞观盛世的李世民获《兰亭序》真迹，爱不释手，赞叹其为天下第一行书；在此之前，梁武帝在《古今书人优秀评》中说，王羲之的书法字势雄逸，如龙跃天门，虎卧凤阁。自南北朝到隋朝，从唐、宋、元、明、清到当今，多少书坛名士效法王羲之，自叹可望而不可及。后世公认：从书法史脉的传承，书体谱系的更替，笔墨形态的创新到风格打造的契机，经典范式的确立，王羲之奠定了书圣的地位。

1400多年过去了，这座书圣的丰碑牢牢地屹立在越中大地。科学在发展，社会在进步，为什么象征东方艺术的书法顶峰仍停留在东晋时代，无人敢超越，也无人能超越呢？曾记得上海书法学院的一位副院长说过，书法不是体育竞技，后来者可以居上，书法的发展有其独特的规律。有些规律专家也摸不透，我更不敢盲人摸象瞎说，还是从王羲之的秉性嗜好及生活琐事中去寻找答案吧。

王羲之出身于魏晋名门琅琊王氏大家族，自小喜爱写字，家庭文化氛围浓，六岁由父亲传授笔法，后师从姨娘卫夫人。几年后卫夫人说王羲之的书法造诣已超越自己，让王父另聘高明。父亲为拓宽儿子视野，多方取法，带着王羲之遍游名山大川，寻访民间奇士指点，从钟繇处得楷书技法，从张芝处又获草书技法，王羲之博采众长，濯古来新，自辟蹊径。在游历名山大川中悟出一个真理：只要

3

你融入大自然，与大自然心灵相通，大自然就是你艺术创作的一位导师。王羲之从巨石古松处学到了书写的沉稳凝重，从飞禽走兽身上找到书写的灵活多变，从大江湖泊中感受到书法的磅礴气势，从山泉细流上找到书写的涓涓情怀。中国文字不是一种单一的符号，是集天地万物灵性的线条美、结构美和造型美。这种美的艺术常人无法感受到，只有像王羲之这样把心贴近了山水、自然万物的人才会感受到，从而激发出自己的书法艺术创造力。此时，王羲之在隶、楷、行、草诸体上取得了全方位的系统突破，最终形成妍美秀逸、韵神皆高的晋代书风。王羲之在《书论》中说：夫书者，玄妙之使也，若非道人志士学无及之，大抵书须存思。

王羲之个性潇洒纵逸，豪放不羁，他不像一般人循规蹈矩活在前人制定的条条框框里，遵守着"三纲五常"等教条。"袒腹东床"说的是东晋名臣郗鉴选东床快婿的故事，别的官宦子弟衣冠楚楚，彬彬有礼接受挑选，而王羲之却袒胸露腹躺在床上，悠闲自在若无其事，而郗鉴真是慧眼识英才，偏偏选中了这位不拘礼节的王羲之。

在日常生活中，王羲之喜欢标新立异，不按常规出牌。他有七个儿子，取名不避家讳，父子都带有"之"字，连孙子也如此，像是同辈兄弟。四子王献之继承父亲书法真传，成就一代书法名家，父子同书兰亭鹅池碑传为佳话。

王羲之一生贵在有独立自主的精神和气节。在书法造诣上既继承前人钟繇、张芝的书训，又融合个人的情性，摒弃一些传统的陈旧笔法，自成一家，达到本质自然、用笔细腻、结构多变的高境界。

王羲之做过朝廷秘书郎，地方江州刺史，直至南迁绍兴任会稽内史、右军将军。他清廉勤政、体恤部属百姓，被世人称为"清官循吏"，只因他的书名太高掩盖了官名。西街有座题扇亭，至今仍流传王羲之替老妪题扇的故事。有位老太太每天手里拎着一只篮，篮里放着十几把扇子，这扇是竹篾编的，既粗糙又难看，她喊破嗓子却无人来光顾。这天王羲之带着笔砚去会书友，路过题扇桥，见老太太在烈日下汗流满面哀求过路人买扇，心下十分同情，便在亭子里坐下，让老太太过去。不一刻工夫，他将十几把扇都题上"清风徐来"四个字，王羲之对老太太说：你去卖一两银子一把，说是右将军王羲之写的字。果然不到一顿饭的时间，十几把扇都卖光了。王羲之平时很少与达官显贵往来，也不轻易赠送墨宝，那些有钱的人视王羲之的字为无价之宝，抢着购买。

王羲之在书坛园地里耕耘一辈子，获得了丰硕的成果，留下了《兰亭序》《黄庭经》《十七贴》《乐毅论》许多书法珍品，王羲之也自信书法造诣已到炉火纯青的地步。一次他去集市，见一饺子铺门前人声喧闹，门旁贴一幅对联：经此过不去；知味且幸来。横匾写：鸭儿饺子铺。字写得呆板乏力，王羲之暗想，这样的赖字也配写匾？这里到底是谁做买卖，夸如此海口？进铺见摆一口沸水大锅，背后设一道矮墙，包好的饺子像一只只白色的小鸟接连越墙飞来，不偏不倚正好落入滚沸的大锅。一锅下满不用招呼"小鸟"就停飞了，等到这锅饺子煮熟捞光，"小鸟"又排着队飞来准时无误。王羲之十分好奇，掏了碎银要了一大碗，饺子只只玲珑精巧，好似浮水嬉戏的鸭子，吃起来清香可口。王羲之问伙计主人在哪儿，伙计用手指着矮墙说在后面。绕过矮墙看见一位白发老妪，一个人擀饺皮又包饺子馅，转眼即成，动作麻利极了，一包完便随手将饺子向矮墙那边抛去，一只只越墙而过飞进大锅。老人高超的技艺让王羲之惊叹不已，上前问：您这手工夫多长时间才能练成？老妪说：熟练五十年，深练需一辈子。王羲之又问：门口的匾额为什么不让人写得好一点？老妪说：有的人写字有了点名气就眼睛朝上，只拍当官的马屁，哪里肯为老百姓写字？其实他们写字的功夫不如我扔饺子的功夫深。王羲之听了脸上火辣辣的，仿佛老妪就在讽刺自己。

这年王羲之称病辞去官职，带着一家人离开绍兴隐居剡县金庭。他潜心钻研书法，二年后王羲之把"鸭儿饺子铺"五个字写在板上，托人送去老妪水饺铺。老妪欢天喜地请人雕刻，工匠把木头剔去一层又一层，发现王羲之的墨迹竟渗透到木板深处，直到剔去三分后才见白底，工匠惊叹王羲之的笔力如此雄劲。老妪见人就夸：我苦练五十年扔饺子的功夫远远不及王右军入木三分的笔力。

走近王羲之，让我认识这位被人抬得高高的书圣，在他的身上不仅闻到浓浓的文人墨香，又嗅出了淡淡的泥土气息。因为他的根深深扎在老百姓的土壤里，你说这座书圣的丰碑能倒吗？

2019 年 6 月写于绍兴

亘古男儿一放翁

南宋淳熙十六年，诗人陆游从政宦游数十年，带着壮志未酬的遗憾，告老还乡蛰住在山阴农村。

陆游虽为一介书生，自幼深受家庭爱国忠君思想的熏陶，一心要报效朝廷，北伐抗金收复失地。二十九岁科举考试名列进士第一，因主张抗金，于次年复试时受秦桧投降派迫害被除名。

陆游怀才不遇，愤愤不平，回到老家山阴，正值春意盎然时节。一天步入沈园邂逅前妻唐琬，双目对视，恍惚迷茫，不知是梦是真。此刻，唐琬本已封闭的心窗重新开启，积蓄已久的旧日柔情，千般委屈，万般情怀，如泉奔泻而出。陆游几度欲扑上去，与唐琬倾诉思念之情，无奈，唐琬已成他人之妻，陆游只能驻足目送唐琬三步一回头，姗姗离去。

和风袭来，吹醒了沉迷于情梦中的陆游。回忆与唐琬花前月下、相濡以沫的深厚情感，看到唐琬饱含泪水，不知是怨、是思、是嗔的情态，陆游感慨万千，心潮滚滚，提笔在园内粉墙上题写了一阕《钗头凤》："红酥手，黄滕酒，满城春色宫墙柳。东风恶，欢情薄，一怀愁绪，几年离索。错、错、错！春如旧，人空瘦，泪痕红浥鲛绡透。桃花落，闲池阁。山盟虽在，锦书难托。莫、莫、莫！"

陆游掷笔离去沈园，一度情绪失控，精神崩溃。时常徜徉于湖畔阡陌，投幽于荒庙野寺，出入于酒肆歌坊，或狂欢吟诗，或长歌当哭。陆母出身名门贵族，知书达理，见陆游如此儿女情长、严词训斥：男子大丈夫志在四方，岂可苟于私情、丧失理智、抛弃前程？想当初见你与唐琬沉醉于两人世界，全不顾功名课业，为了陆家后继有人，我狠心捧打鸳鸯。回忆你少年时要我学岳母，在你背上刺上"精忠报国"四字，且写诗立誓要"上马击狂胡，下马草军书"。如今看你人不人、鬼不鬼的，如何去实现你的理想？陆母的一番至理训斥如醍醐灌顶，让陆游顿时清醒过来。

秦桧病亡，朝中重新召用陆游。三十六岁的陆游奉命出任福州宁德县主簿，后受四川宣抚使王炎将军邀请，赴南郑任宣抚司干办公事兼检督官。

南郑处于宋、金对峙前线，陆游身为前敌指挥部负责人员，经常披甲骑马外出视察军情。此时的陆游壮志满怀，情绪高昂，一心扑在抗金收复失地的军务之中。他向上司提出对敌策略：经略中原必自长治始，当积蓄练兵，有衅则攻，无则守。陆游身先士卒，做到上马杀狂胡，下马草军书。

这段日子是陆游一生最为得志的时光。目睹抗敌将士爱国热情和高昂斗志，极大地开拓了诗人的诗歌境界，写下了大量的反映军旅生活的豪迈悲壮的诗篇。"但使胡尘一

8

朝静，此身不恨死蒿莱"，彰显了抗敌将士血溅沙场、誓死收复失地、驱逐胡虏的决心。

陆游入幕府不久，因公至阆中，在苍溪、广元等地沉居下僚，奔波劳顿，功业无望。陆游收复失地之念浓烈，抗金之心难以平息，岂肯安居后方做些平庸琐事？同僚见他情绪起伏，牢骚满腹，劝他本是一介书生，风流倜傥，何苦对前线战事耿耿于怀。陆游作诗以答："文雅风流虽可爱，关中遗虏要人平。"

二年后，受朝廷投降派的压力，王炎将军幕府被迫解散，陆游离开将军府赴成都就职。陆游性格豪放不羁，世人称之南宋"小李白"，在成都自谓"冷官无一事"。后来与范大成相遇，被邀入范府任参议官。陆游待客不拘礼仪，同僚讥讽他为"颓放"，他嗤之一笑，后来干脆自号"放翁"。

了解陆游的人明白，尽管他表面旷达颓放，饮酒寻乐，其内心充满了忧患、愤慨和悲哀。赴成都途中，陆游一路凭吊先贤圣哲，深入民间下层，了解人民疾苦。耳闻目睹地方官吏勾结豪强劣绅，欺压百姓，鱼肉乡里，只顾享乐，不思收复失地的种种丑恶行径，诗人借古喻今，颂扬诸葛亮北伐中原，为统一中国鞠躬尽瘁、死而后已的精神，鞭笞南宋官僚：中原尚有遗虏，安可高枕无忧？楚虽三户能亡秦，岂有堂堂中国空无人？对那些消极抗金、醉生梦死的达官显贵，陆游愤慨之余报以无情的嘲讽："朱门沉沉按歌舞，厩马肥死弓断弦。"

陆游投生乱世，自小接受爱国忠君思想教育，一生忧国忧民，念念不忘统一祖国。可叹满怀报国热忱却无用武之地，在《关山月》诗中写道："丈夫五十功未立，提刀独立顾八荒。"这是诗人壮志未酬的自责和惶恐，其爱国之情苍天可鉴。

岳飞被害，主战派遭排挤，朝廷完全忘记靖康之耻，倚重投降派，一味出卖国家主权，把自己安置在用重金粉饰的所谓太平盛世之中，每日纸醉金迷，歌舞升平，"直把杭州作汴州"。看到官场的消极腐败，想起国家的未来前途，充满悲愤的爱国诗人剖心沥胆地向朝廷发出警示：安于现状，不思抗金，必将亡国。

淳熙五年，陆游离开了为官九年的四川。因其诗名日盛，受到孝宗皇帝召见，派往福州、江西任提举常平茶盐公事，后调抚州任职。淳熙七年，抚州大旱，后山洪暴发，当地百姓"嘉禾如焚裨草青，沉忧耿耿欲忘生"。陆游急百姓所急，上奏朝廷"拨义仓赈济，檄诸郡发票以予民"，未征求朝廷同意，即拨义仓粮至灾区，有损朝廷利益，以"擅权罪"被罢官还乡。

淳熙十三年复职，官至宝谟阁待制，晋封渭南伯。两年后，召赴临安任军器少监，次年光宗即位，改任朝议大夫礼部郎中。陆游职位越来越高，但耿直无私、直言不讳的秉性始终如一。他连上奏章谏劝朝廷减轻赋税，又遭弹劾，以"嘲咏风月"之莫须有罪四度罢官，结束一生的官场生涯。

陆游为官清廉，少有积蓄，伴随他归隐的只有几箱书籍文稿。其儿孙才学平庸，又不善营生，家业败落。陆游在山阴农村过着"忍饥读书、行歌拾穗"的清贫生活。这

10

年春天，后园的桃花盛开，这是当初与唐琬一起栽下的爱情树。如今"人面不知何处去，桃花依旧笑春风"，触景生情，感叹不已。

沈园是陆游怀旧的场所，也是他伤心的地方，他想念沈园，却又怕到沈园去。浪迹天涯几十年，时时为国为民忧虑，借此忘却与唐琬的凄苦情事。此番倦游回来，垂暮之年又在沈园幽径踽踽独步。撩人的桃红柳绿，恼人的鸟语花香，让陆游想起四十年前与唐琬的际遇。几经风雨，墙上的题词早已剥落，但唐琬那哀怨的眼神，羞怯的情态，无可奈何的步履，欲言又止的模样，让陆游刻骨铭心。

此前，家里人已告诉陆游，唐琬在他离乡宦游的第二年，去沈园见陆游在墙上题的《钗头凤》，读之悲伤难抑。回家后，日臻憔悴，悒郁成疾，在秋意萧瑟的时节，化作一片落叶悄悄随风逝去。陆游想起唐琬香消玉殒的悲情止不住老泪横飞，写下《沈园怀旧》一诗："梦断香消四十年，沈园柳老不飞绵。此身行作稽山士，犹吊遗踪一泫然。"

陆游又一次走出爱情的伤心地，抹去萦绕心头的悲哀和遗恨，把心地空间又一次让给忧国忧民的大事。

一个寒冬的夜里，陆游孤零零躺在床上，久久不能入睡。屋外风声骤起，雨点打在芭蕉叶上发出"叭哒、叭哒"的声响，在迷茫中陆游仿佛置身于抗金前线，铁骑跨过了冰河，喊声震撼了天地。陆游兴奋异常，披衣挑灯即兴口占一绝：僵卧孤村不自哀，尚思为国戍轮台，夜阑卧听风吹雨，铁马冰河入梦来。

嘉泰四年，辛弃疾作绍兴知府，和陆游是志同道合的好友，他是北方人，从沦陷区率领一支抗金义军，投奔南宋，一心要北上伐金收复失地。他多次上奏章献抗金策略，均遭投降派反对，没有被采纳，满腔热血化为冰雪。辛弃疾十分崇拜陆游，见陆游晚年落魄，想替他建造一个园子，供其休闲养老。陆游好言拒绝说：安逸丧志向，清贫保晚节。并将新作的七绝《十一月四日风雨大作》送给辛弃疾，希望他不计较以往委屈，重展抱负，力谏朝廷北伐抗金。辛弃疾读了陆游的诗，为其老而弥坚的爱国热情所感动，又一次上奏章劝朝廷出兵抗金。

南宋权贵韩侂胄支持辛弃疾的建议，也劝朝廷莫偏安享乐、错过伐金良机。陆游得知消息，写信赞誉韩侂胄有民族气节，是抗金的楷模，为后世所传颂。当宋、金第三次战役打响的消息传到山阴，八十二岁高龄的陆游，精神振奋，幻想自己化身为老马，"一闻金鼓意气生，犹能为国平燕赵"。

由于朝廷没有调动多方面的力量，投降派消极应对，韩侂胄孤军深入，失去后援，第三次伐金战役没有取胜。韩侂胄被剥夺兵权，辛弃疾因力谏抗金受牵连遭罢官，离开绍兴隐居江西，陆游被视为罪魁祸首，受到各方面的攻击。北伐抗金失败，主战派又一次受压，从此不再有人敢言抗金之事。

嘉定三年，八十五岁的爱国诗人陆游，走完了人生最后一站，与世长辞。陆游一生最大的悲哀不是与唐琬的生离死别，他是位胸怀大志的奇男子，爱情只能是人生的一个插曲，而精忠报国北伐抗金，才是陆游不遗余力、终生为之奋斗的目标。遗憾的是忧国忧民者处处受排挤、遭攻击，抱负得不到施展，英雄无用武之地。但希望之火一直燃烧在陆游的生命之中，临终前写下《示儿》一诗，嘱咐儿孙：王师北定中原日，家祭无忘告乃翁。

陆游为后世留下近万首诗歌，这不仅是一份丰厚的文学遗产，更是一份珍贵的爱国主义教育文献，世人盛赞陆游：亘古男儿一放翁。

宋 六 陵

正月初二赶上一个难得的艳阳天，女儿开车带我去绍兴城东南皋埠镇寻访宋六陵遗址。走下汽车迎面见村口墙上写着"御茶村"三个字，脚下一条铺红色塑胶的马路伸向旷野深处，马路两旁尽是一垄一垄的茶树，修剪成半弧形，一波连着一波，阳光下微风吹动茶树，似滚地龙在轻轻摇摆起舞，让人眼花缭乱。

沿着塑胶马路往东走一千步，见马路左侧有几丛稀疏的古松被茶园围在中间，马路与茶园隔着一道栅栏，门上挂一块指示牌：宋六陵遗址。

茶场的一位老师傅告诉我，早在上世纪60年代，攒宫茶场在进行机械改造时，距地面仅四五十公分处发现了屋基平面，局部排水沟和铺设整齐的石板小道，挖掘机还挖出成堆的条石。这事引起政府部门关注，绍兴县文物保护局立即赶到现场，经过专家勘查后，确认这就是南宋时期的高宗永思陵、孝宗永阜陵、光宗永崇陵、宁宗永茂陵、理宗永穆陵和度宗永绍陵共六位皇帝的陵墓，还包括北宋哲宗皇后孟氏，北宋最后一位皇帝徽宗及南宋皇后的陵墓，

14

史称宋六陵。

公元 1126 年金灭了北宋，皇族和大臣仓皇南逃，其中宋哲宗的废后孟氏亡命天涯，最后落脚绍兴。二十一岁的赵构在杭州应天府登上皇位，建立南宋政权，以绍兴为年号，为利用前皇后的特殊身份，广结皇族权力网，赵构将皇后孟氏重新捧了出来，做了南宋王朝的老佛爷。可怜孟皇后年岁已高，经不起一路奔波折腾，于绍兴元年（1130年）去世。孟皇后经历了太多的人生辛酸，早已看破皇家的权力之争。在宦海沉浮的人谁能预料自己的身后变故，她一再发下遗诏，丧事从简，别显皇家阔气。大臣们也商议北方已完全被金占领，孟皇后的棺椁一时无法运回宋朝皇陵安葬，礼官们只好临时找个地方把皇后遗体下葬，这地方就是现在的攒宫村（即御茶村）茶场。

站在宋六陵遗址，放眼四望，东傍青龙山，南接紫云山，西依五虎岭，北靠雾连山，照中国传统的风水学，此地构成了左青龙、右白虎、前朱雀、后玄武的景观，地势东南略低，西北稍高，青龙山下筑起大坝，湖光山色，分外秀丽。坝下一泓溪流绕皇陵向西蜿蜒而过，整个陵区山水交融，景色如画。史上记载，当时的礼官们认为这块宝地的风水与北宋皇陵所在的巩县一致，称南北呼应。

宋高宗赵构年轻无为，贪图享乐，他利用主和派秦桧，以莫须有的罪名害死忠良岳飞，讨得金人欢喜，于绍兴十二年金宋和议，武事消弭。金人心情大悦，决定归还宋徽宗及其郑皇后、高宗前妻邢皇后三人的灵柩，集中埋在孟后旁边，以便今后统一回归中原，以后六代皇帝死后都安葬在攒宫，这样就形成了中国历史上的宋六陵。

公元 1279 年元世祖忽必烈灭了南宋后，江南释教总摄西僧杨琏真伽与演福寺僧允泽诸人在宰相桑哥的支持下，冲进攒宫宋六陵禁区，陵使竭力抗争，允泽拔刀相逼，陵使面对凶残的暴徒束手无策，大哭离去。盗贼们遍掘诸陵，据史册记载当打开理宗的棺盖时，一股白气冲出，理宗安卧如睡，珠光宝气萦绕周身，棺底垫着织锦，包着金丝网罩。棺中宝物被抢劫一空，歹徒把理宗的尸体倒挂，撬走口内含的夜明珠，沥取腹中的水银。理宗原想保护自己的身体永世不朽，却意料不到落得如此下场。

这场浩劫歹徒几乎盗走墓中所有的金银财宝，当时陵区尸骨被随意丢弃，惨不忍睹，歹徒还派人守住陵地，不准旁人靠近。绍兴义士唐环闻之悲痛不已，当下典当家产，私下备设酒宴，邀请乡里少壮辈，对大家说：如今国家沦陷，先帝们受辱，作为汉族子孙有何面目苟且偷生？今日邀请各位与我一起去陵地取回先帝遗骨，另择宝地安葬，不知诸位愿赴汤蹈火吗？少壮辈义愤填膺一呼百应，乘着朦朦月色，悄悄潜入陵地，趁守兵不备以假乱真，自永思陵以下，随号将诸帝遗骸分别藏进预先备好的木匣里，复以黄色丝绢署上帝名、陵名，转移到绍兴宝山之阴天章寺前掘土下葬，且种了冬青树以为标志。遗憾的是理宗的头颅特别大，为防发现不敢偷换。

七天后，杨琏真伽取理宗头颅截为饮器，并下令裹取陵地所有骨骸在临安故宫中筑一高十三丈的白塔压之，名曰镇本，以示制胜江南之意。

直到元灭明兴，朱元璋下令重修宋六陵，把流落在西域的理宗头颅赎回，以天子礼节埋入新的永穆陵中。每座陵墓都重新立碑，种上二百多棵松树，派出专门的守陵人员，划出宋六陵陵区禁止砍伐。

清代雍正七年又敕令绍兴地方政府维护宋六陵，春秋祭祀，香火不断。

抗战时期，绍兴沦陷，日军屯兵于攒宫山上，陵区周围的古木被砍伐殆尽，汪伪政权的士兵借军费不足为名，又对宋六陵进行了一次集体盗掘，此后彻底毁坏了宋六陵。

新中国的"文革"期间，唯一存在的孝宗帝享殿也被夷为平地，陵区垦为茶园，地面建筑荡然无存。历经沧桑屡遭兵劫，宋六陵已名存实亡，只有几丛古松森森，肃穆静立，还保持一点皇家陵园的气派。

大地母亲孕育了人类，她把一代又一代的人赤裸裸带到人世间，希望能和睦相处共同创造财富，以繁衍人类。到时候大地母亲会呼唤你回到她的怀抱，她要求你赤裸裸地回去，把财富留给子孙后代。可总有一些贪图荣华富贵的人，舍不得将身边的财富丢弃，利用手中的特权费尽心机为自己的百年后事操办。北宋皇帝在巩县选择皇陵宝地，动用五万之众兴建地下皇宫，耗资白银五十万两，钱一百五十万贯，占到北宋国库年收入的一半，而且把大批金银财宝搬进地下王宫。可是到头来，"七帝八陵"与"宋六陵"的命运一样，金兵攻入都城，大肆抢掠，对皇帝墓地实行破坏性的掘夺；元兵占领都城干脆一把火烧毁了宋朝七帝八陵的所有地面建筑，从此成为一片荒芜。

这些被权欲熏昏头脑的皇帝，如果能把修墓的费用花在国防上，让军队强大而打胜仗，一个少数民族的可汗何至于灭掉泱泱汉族大国呢？那些皇家贵族的尸骸何至于抛弃荒野受此奇耻大辱呢？

　　秦始皇二十六岁就开始在西安骊山北麓修建陵墓，其规模之大、藏宝之多是历代皇帝之首，光陪葬的兵马俑就形成地下兵阵，他还想去阴曹地府号令军队，继续当他的皇帝。幸亏西安没有落入日本人之手，否则其命运与宋六陵、七帝八陵没有两样，受辱的是炎黄子孙，招损的是中华民族。

　　如今攒宫村已改名为御茶村，至于为何称御茶村，一时无法解答，或许是因为此地原是皇帝陵园，尽管现在已改为茶园，多少总还带点"御"气吧。

　　宋六陵的历史不堪回首，如今的归宿也许是件幸事。

2019 年 3 月写于绍兴

寻访阳明洞天

　　我慕名来到宛委山南麓，寻访阳明洞天。这里距绍兴城区只有十五华里，是东西走向的谷地，东面为谷口，三面环山，背靠会稽山。谷地腹部樱花成林，每逢早春二月，樱花盛开，吸引成群结队的游客观赏。山谷狭长，除了樱花时节平时很少来人，环境幽深清静。地势顺着谷地的延伸渐渐增大坡度，山径盘绕，路旁有一泓溪涧迂曲，能隐隐听到"叮咚叮咚"的山泉流动，亲切悦耳，让游客有身临世外桃源的感觉。

　　步行三华里谷地越显狭窄，在青翠苍绿之中见到几间草庐横卧在谷底，同行的朋友告诉我这是龙瑞宫。宛委山自古为越中道教圣地，据古籍记载，黄帝时曾在宛委山修建候神馆，唐代神龙元年又经改建更名为怀仙馆，开元二年敕方七叶天师设醮时忽然有青龙现身，于是又改名为龙瑞宫，我们所见到的草庐是龙瑞宫遗址的改建。

　　龙瑞宫向西行五十步就是阳明洞天。在未亲眼见到之前，怎么也想象不出名噪千年的阳明洞天，竟是一方长八米、宽六米的倾斜巨石跟地面形成的天然空罅。巨石朝南

19

可避风遮雨，能容纳十几人打坐，与山体分割独撑一面，仿佛是从天而降斜插在地面，当地人称它为飞来石。

传说黄帝在阳明洞藏有金简玉书，用磐石作门封死洞穴。大禹开始治水不顺，一次来到宛委山阳明洞，打开磐石得到金简玉书，了解到华夏山河的体势和走向，终于治平了洪水。事后又将金简玉书藏于阳明洞的缝隙深处，因此后人称阳明洞为禹穴。

小小的禹穴，普普通通的一方斜石，却引来了历代名人前去探访。西汉的司马迁、南朝的谢灵运、唐代的李白都在禹穴阳明洞天留下不朽的文章诗篇。诗人贺知章在宛委山瞻仰龙瑞宫后，写了《龙瑞宫记》，让巧匠刻在禹穴飞来石的中间部位，用刻线作框，高七十六厘米，宽六十九厘米，楷书阴刻共十二竖行。风风雨雨上千年，至今石面光滑如镜，模模糊糊仍可鉴赏到贺知章的摩崖真迹。

明代心学集大成者王守仁曾三次上宛委山阳明洞天，结庐养生讲学，潜心修道。张岱年称赞王守仁是创良知之说的一代伟人，把他比喻为暗室一炬。

王守仁自小志存高远，十二岁时一次与塾师先生谈论何为天下最大要紧事，王守仁说，科举并非第一要紧事，天下最要紧的是读书做一个圣贤。明代中叶皇帝昏聩荒淫无道，宦官擅权，特务肆虐，朝官与宦官之间勾心斗角，争权夺利，藩王野心勃勃乘机欲取代明朝皇帝，鞑靼、山匪、叛军、流民搅得大明战火四起，人心惶惶，外患内忧不断。

王守仁认为一个国家必须君为民忧，圣达于天下，民为君忧，贤良于朝廷。如果天下人都有孔子、孟子一样的良知和德性，能守住自己的私心不让其恶性膨胀，天下哪有尔虞我诈勾心斗角，哪有狼烟四起战争不断？王守仁一生崇尚儒家学说，继承陆九渊的心学研究，仰慕道教的精深。二十九岁第一次上宛委山道教圣地，自号为阳明子，他欲集百家之精华让自己的心学研究更具生命力。"阳明"在道教中称为东方青帝，是传说中的太阳神，能赐给人类幸福和光明。从此，世人都称王守仁为阳明先生或王阳明。

明武宗正德元年，宦官刘瑾擅政滥杀忠良，王阳明因替受害者抱不平，上诉皇上要求严惩刘瑾，被杖四十谪贬贵州龙场。王阳明在龙场孤独一人举目无亲。龙场穷山恶水，苗族、僚族人杂居，没有汉文化，是个未开化的荒蛮之地。但这里的民风淳朴，百姓善良，与王阳明相处甚密，时常送些山货野味给王阳明，同京城勾心斗角的人际关系相比，的确有天壤之别。王阳明身居山洞，心如止水，在龙场借不到书籍，就凭自己超常的记忆力背读《大学》，默记《五经》要旨，且凭自己的理解去领悟孔孟之道，忖度程朱理学。这一改变，使他摆脱了世间凡俗，跳出了"以经解经"为经作注的窠臼，发挥独立思考，探索到人生解脱之路。

一天半夜，王阳明正当挑灯夜读时，忽然顿悟，认为心是感应万事万物的根本，由此提出"心即理"的命题，以为圣人之道吾性自足，突破了朱熹的格物致知说。王阳明所说的"理"指心理，也就是人人都具有的良知，判断事物对错是非的标准是良知，而不是外在的一些事物。王

21

阳明认为事物无穷无尽，格之则未免有误。这就是著名的龙场悟道，是王阳明心学研究的转折点。

一次王阳明在龙场捕获一名强盗头目，头目对王阳明说，我死罪难逃，你的道德廉耻说教不想听了，要杀要剐痛快些。王阳明说，我不跟你说道德廉耻，天气太热，咱俩把外衣脱了再来审案。强盗头目点头脱了外衣。王阳明又说，天还是太热，把长裤、内衣也脱掉吧。强盗头目没有犹豫脱了，觉得挺舒服的。王阳明瞧瞧强盗头目说，干脆把内裤也脱掉算了。强盗头目一惊忙说，万万使不得。王阳明因势利导说，为什么使不得？说明你内心还有一些羞耻感，这羞耻感何尝不是道德良知的表现呢？看来我还是可以跟你讲道德廉耻的。强盗头目被彻底折服，乖乖地认罪伏法。

王阳明心学的起点是龙场悟道，这奠定了王学的基石，构建起心即理——知行合一——致良知的基本理论框架。

王阳明心学的发展和弘扬在绍兴。嘉靖元年，父亲王华去世，王阳明回绍兴守制。因邀去范仲淹创办的稽山书院讲学，慕名来聆听先生讲学的弟子不下百人。王阳明又自己创办阳明书院，培养心学骨干分布各地讲学，传播弘扬王阳明心学。

嘉靖六年，王阳明去广西平乱前夕，在家宴请弟子，临走拿出四句教条送给弟子："无善无恶心之体，有善有恶意之动，知善知恶是良知，为善去恶是格物。"饭后，王畿、钱德洪等几位弟子与王阳明一起走到宅内天泉桥上，请问先生对教条的解释。王阳明不作正面回答，他告诫弟子：心学是圣贤功夫，知行合一是俗世智慧，知行合一并非得自顿悟，而是在磨难中不断反思、修炼，最终砥砺出的生命境界。

王阳明自小聪慧过人，却体弱多病。弘治十五年因肺病复发回到绍兴，在宛委山阳明洞旁结庐养生讲学。王阳明用《论语》中的话教育弟子，立志一定要高远，如果一个人把终生的目标定格在荣华富贵上，那么他成功的时候就是他失败的时候。他拿宦官刘瑾一类人为例，并非他们没有良知，只是私心膨胀权欲熏心，不择手段追求荣华富贵，以致良知被湮没，做出违背良知的行为。

王阳明在宛委山道教圣地潜心修道，他发现道教与儒教、佛教的宗旨一样注重道德修养，倡导为人善良，都是中华民族的文化瑰宝。他要从儒、道、释中寻求人生真谛，体会出良知的意义，给良知一个全新的理解，从而总结出如何修身养性和处理社会关系的秘诀。

一次王阳明的学友王思舆几个人来访，刚出城区的五云门，王阳明就让仆人前去迎接，世人惊叹说王阳明已有心灵感应，成得道高人了。

王阳明是一位集立德、立言、立功于一身的明代贤士良臣。他在血腥的沙场让龙场悟道实际发挥作用。凭借"行知合一"和"致良知"的强大力量，王阳明率文吏弱卒平息了江西数十年的匪患；凭借"行知合一"和"致良知"的强大力量，王阳明几封书信，一场火攻，三十五天荡平宁王之乱；凭借"行知合一"和"致良知"的强大力量，王阳明从根本上扫清了困扰多年的广西部族的骚乱。

王阳明曾对部下说，为圣者在纯乎天理、而不在乎力也，只有使自己达到宁静于内，才能无敌于外。可惜如此一位不可多得的贤士良臣却马革裹身，病死在平乱反叛的江西荒野。临终时身边人问他有什么 话要留给世人，王阳明摇摇头说，此心光明，亦复何言。

一生光明磊落，襟怀坦白，还有什么可遗憾的？徐渭说，王羲之以书掩其人，王守仁则以人掩其书。

宛委山孕育了阳明洞天，引来了历代儒家、道家在这里修身养性，讲学播道，留下了一个个动人的历史故事，弘扬了中华民族的传统文化。宛委山成了儒教、道教的一大圣地，阳明洞天与王阳明的名字一起永远载入中华民族的文化史册。

云骨的遐想

　　从柯岩景区归来，我的一位老同学几次提到千年奇石何谓"云骨"？或许书法家沈定庵"一炷烛天"的隶书题词，是对"云骨"的一种解释吧。凭心而论，沈老把奇石想象成点着的一炷香，一支烛，插在精雕弥勒石佛的右侧，将两尊艺术品融合在一体，突显云骨之高之瘦之奇。要说形象，沈老的比喻也的确高雅真切。

　　云骨高许百余尺，头大脚细，似一朵蘑菇云飘逸在天空。我真担心如此瘦弱的身架，会不会被一阵风刮倒？当然这是俗人之见。

　　云骨和弥勒石佛是隋唐年间，一家祖孙三代石匠历经百年相继开凿而成的，距今已一千四百多年。其间经受了多少的风风雨雨，日曝冰冻，依旧那么亭亭玉立。是什么力量在支撑着？云骨虽飘逸在天空，它的根深深地扎在越中大地，它的神世世代代留在越中人的心间。

　　自古越地出奇女。在无意识的采石劳动中，民间艺人突发奇想，何不为西施、祝英台、曹娥这些越女立一块丰碑呢？乍一看云骨似朵彩云停留在空中，细细琢磨更像一

25

位外表柔弱、内藏傲骨的女神在俯视越中大地。

西施聪明贤慧，去江边浣纱，鱼儿见她貌美如花，自愧不如，沉下水去不敢出来。西施出生耕读之乡，有美好的理想，与才俊范蠡一见钟情，立下爱情的海誓山盟。偏偏命运捉弄这对恋人，为实施复国大计，范蠡含泪力劝西施去吴国做卧底。西施深明大义，毅然抛弃个人的爱情和幸福，像一朵白云孤苦飘离故乡，飘离心上的爱人。

西施身居异国心恋故乡。她想念烛光下母女相依的亲情，浣江畔少女嬉笑追逐的快乐，小桥上与范蠡约会的心灵碰撞，这一切都已风流云散。在异国，她不得不违心去笑迎夫差，投仇人所好，西施不仅要承受出卖灵肉的感情煎熬，还会招致不明真相的国人和亲友的唾骂。感情的煎熬，精神的折磨，像一把双刃剑，剑剑刺在西施的心里。倘若没有坚定的信念，没有刚强的意志，谁能挺得住？西施挺过来了！这位外表妖媚柔弱的越中女子，在情感错位的痛苦中煎熬了整整十年。

复国成功后，勾践挽留西施共享荣华富贵，被西施委婉拒绝，她和心上人范蠡偷偷驾着一叶小舟，不知去向。

"患难共命运，享乐黄鹤去"是对西施和范蠡不贪富贵、不求高官、一身清廉的赞语。

被称为东方"罗密欧和朱丽叶"的梁祝爱情故事，传说发生在一千多年前的越州上虞县。这个凄婉、动人故事的女主人祝英台，是位贤淑温柔的才女。她一心追求妇女解放，婚姻自由，女扮男装去杭城读书，与梁山伯同窗三载产生爱情，在相送路上，祝英台向山伯暗示爱慕之心。

祝英台是古代越女的一个典范,她追求真爱,渴望美好人生,深得越中人民的喜爱和赞颂。残酷的封建势力扼杀了美好的爱情,然后梁祝双双化蝶的结局告诉人们:爱情是地下的烈火,烈火一旦喷发就会燃烧大地,爱情的力量是伟大的。

西施对国家的忠义感动着越中世世代代的父老乡亲,后人在诸暨浣江边修建了西施殿,供奉着西施娘娘神像;祝英台对爱情的执着追求,同样让越中父老乡亲传为佳话。越中孝女曹娥的悲壮故事从另一角度彰显了越女的风采和美德。

传说曹娥的父亲溺于江中,数日不见尸体。孝女曹娥年仅十四岁,昼夜沿江号哭,最后投江寻父,五天后,曹娥紧抱父亲的两具尸体浮出水面。后人为颂扬曹娥的美德,将江命名为曹娥江,在江边修了曹娥庙,庙宇正殿悬挂蒋中正的题词匾额,上书"人伦之光"。

千百年来,云骨耸立在越中鉴湖之滨,它既是越女的丰碑,又是越女的保护神,日夜守卫着江南水乡这片美丽的土地。云骨成了越女的精神支柱,激励世世代代的越中妇女,巾帼不让须眉,在社会动荡、民族危亡之际,以天下为己任,挣脱身上的精神桎梏,与男儿并肩战斗。

鉴湖女侠秋瑾是近代越中女子的杰出代表。她出身官宦家庭,天资聪颖,饱读诗书,被同行称誉为情感细腻、文字清丽、文采飞扬的女诗人。这样一位看似文绉绉的弱女子,却成了封建社会的叛逆者,为推翻清王朝一腔热血洒在越中大地。如今绍兴轩亭口解放路正中高高屹立着一座纪念碑，秋瑾那英姿洒脱的形象印入每一位越中人的心间。

秋瑾生活在半封建半殖民地的一个最黑暗的时代。她虽出身官宦家庭，同样深受封建礼教之害，缠足，包办婚姻，限制女子参加社会活动，这像一条条绳索捆绑着秋瑾。她呐喊，她挣扎，她要冲破封建势力的牢笼，寻求妇女的自由平等和解放。可是觉醒者寥寥无几，越中善良而愚忠的人民，仍处于昏昏沉沉的噩梦之中，鲁迅笔下的祥林嫂、闰土、孔乙己、阿Q、老栓就是一幅当时社会的群生图。

秋瑾随夫赴任期间，耳闻目睹官场腐败，民不聊生的社会现实，激发了女侠的反抗情绪。秋瑾痛下决心，以天下为己任，唤醒民众，推翻这个人吃人的黑暗社会。她毅然选择抛夫弃儿，东渡日本从容投奔革命的道路。

有人说秋瑾红颜一怒气如虹，断然抛弃家庭儿女，投身社会革命，完全背离了中华传统的女性形象，不是一位好妻子、好母亲。这话有失偏颇，秋瑾没有局限在社会赋予的特定形象下生活，而是冲破了这层阻碍。南唐后主李煜在国家危亡之际，空吟"古国不堪回首明月中"，而秋瑾一介弱女子，虽少不了深闺哀愁，一当接触社会现实，毫无顾忌选择救亡的艰辛道路。秋瑾是一位有情、有义、有爱的优秀女性，在日本留学时，她十分想念父母，思恋儿女，感伤"骨肉分离出玉门"。但更多的是"热心唤起百花魂"，她呼吁闺中好友，"祖国沦亡已若斯，家庭苦恋太情痴"，劝好友不被家庭所困，投身革命。

秋瑾明白自古忠孝不能两全，哪有守住温馨的小家庭革命的？牺牲的只是一家的亲情，换来的是民众的觉醒，社会的革新。残酷的现实，让秋瑾渐渐成长为一个性格豪放洒脱，英武干练的侠女，"身不得男儿列，心却比男儿烈"。

徐锡麟去安徽发动起义，临别时告诫同仁：我这次去安徽是预备流血的，诸位切不可引以为惨而存退缩的念头。

秋瑾不甘示弱：古来中国之革命尚未有女子断头流血，请从我始，"拼将十万头颅血，须把乾坤力挽回"。

秋瑾为民族而生，为国家而死，一身侠骨却也有英雄的伤心时。为掩护同仁疏散撤离，秋瑾明知危险却留守大通学堂，被捕入狱。就义前秋瑾给亲友留下绝命书：痛同胞之醉梦犹昏，悲祖国之陆沉谁挽，日暮穷途，徒下新亭之泪，残山剩水，谁招志士之魂？……壮志犹虚，雄心未渝，中原回首肠堪断。

这就是巾帼英雄的血泪、悲愤、责任和愁绪。

壮别时的秋瑾为国而忧、为民而悲，若是自己的死能唤起沉睡的土地和千千万万个祥林嫂、闰土、孔乙己、阿Q、老栓的觉醒，算是死得其所了。

青山遮不住，毕竟东流去。秋瑾牺牲四年后，辛亥革命爆发，满清王朝被推翻。百年秋瑾，鉴湖女侠，用她的一腔热血印证她的诗句："休言女子非英物，一袭红衣尽风华。"

历史早已翻开了新的一页，如今的越中平和吉祥。

每天柯岩景区游客如云，不少的女香客带着一片虔诚的心意，在弥勒石佛前合着手，闭上眼许下自己的心愿，或许在她们的眼里，奇石云骨只是插着的一炷香，陪衬弥勒佛普渡众生。

石 梁 山

从国清寺出来，驱车直奔石梁镇。

石梁山东邻宁海，北接新昌，全镇海拔在五百至一千米之间，境内森林覆盖面达到86.9%，古木参天，是云豹等国家珍稀动物的栖息地，还分布着国家一级保护树种浙江七子兰，江南独一无二的野生杜鹃林，是天台山的一颗璀璨明珠。

据天台县志记载，唐代诗人纷至沓来寻访石梁山水，他们从钱塘江入古运河，到达越中古镜湖，再向南经曹娥江抵剡溪，最后溯源至天台石梁。全长二百公里的唐诗之路，留下了无数优秀的诗篇，故有"一座天台山，半部全唐诗"的赞誉。

石梁的山水像一壶芳香醇厚的酒，醉倒李白，醉倒白居易，醉倒众多的唐代诗人。

孟浩然醉了，尚在旅途船中，以诗明志，"问我今何适，天台访石桥"；刘希夷醉了，游心未了仍不肯回首，"醉罢卧明月，乘梦游天台"。

石梁飞瀑位于石梁镇西面，离集镇不到十五公里，整个景区由南北走向和东西走向两大峡谷交汇组成，全长八公里，成"Y"字形。

走进石梁山峡谷，石子铺设的山路顺着东侧山势的曲折，蜿蜒伸向谷底深处。山路平坦斜坡小，雨后天晴，阳光穿过树冠缝隙，斑斑点点投落在行人身上。路旁的几枝野梅正赶上花季，一丝清幽的芳香随风飘来沁人肺腑，令游者开怀舒畅。

向西步行不到二十分钟，坡度逐渐增大，山路蓦然向左拐弯，面前出现一道陡峭的石阶，幸亏外侧有栏杆护着，悬着的心才慢慢放下。沿石阶下去，隔一堵石壁便听到"哗哗"的水声。转过石壁下到谷底，抬头见南边山崖形如瓮胆，内壁色如青铜，光滑似镜，恰如一把硕大的铜壶，一股雪瀑从铜壶口喷出，"如裁一条素"直冲龙潭，水珠四溅，烟雾迷漫。瀑布两旁的花岗岩极像两猴对饮，左猴状如畅饮，右猴状如品尝，形神兼备。

潭边有一巨石，形似猪头，人称迎宾石。相传原本是一块方石，为当年五百罗汉观瀑时所坐，年长日久被磨去了棱角，成为一块圆石。

离开铜壶滴漏、迎宾石，山路又显平坦。设计者故意将两三枝横卧的虬枝嵌入路面，似游蛇伏龙，一路触目皆景，幽静而不寂寞。

过了渥云亭，再往前行百步，一堵方形巨石赫然立于谷溪西畔。驻足细看是一枚天然和人工巧妙结合的巨石大印，号称天下第一印。印体长约六米，印面边长四米，上篆刻"法华晨光"四个大字。"法华"指佛教天台宗经典

《妙法莲华经》，是大乘教义的集大成之作；"晨光"寓天台山最早沐浴大乘佛光，石梁是天台宗的发祥地，早在隋开皇年间，天台宗创始人智者大师二度入天台石梁创立真觉讲寺，继而衍生了高明寺、方广寺等五大寺院，至今石梁仍是宗教朝拜圣地。

东、南两峡谷的交汇处有个小卖部，给过路游客供应些茶水食品。这天游客稀少，有一对青年伴侣吃着天台煎饼，相依着凭栏远眺。时间正好日中，两侧的山峰衔着一线蓝天倒映在碧波潭中，峰峦蓝天在波光里摇晃。我想起刚才渥云亭的一副对联：石梁夜溪声，银地秋月色。要是乘月色观赏碧波潭，别有一番"浮光跃金、静影沉璧"的安逸美景。

出了小卖部，山路由北转东逆流而上，返回的游客告诉我，再行三公里就可看到飞瀑了。

东峡谷地形复杂，处处崎岖坎坷。在山势险要的地方架设了吊桥，人走上去摇摇晃晃如荡秋千。老伴胆子小，我扶着她过桥，陪同的大女儿捕住镜头拍下照片，发在家人群里，引发了一场牛郎织女共度鹊桥的热议。

一路走来，石梁峡谷满是有棱有角的巨形花岗岩。有卧着的、立着的、斜插着的，像叠在盘子里的蛋糕、面包，像摆设在庭院里的石桌石凳，像竖在公园的一方石碑，不仅形态逼真，连色彩文理都十分鲜活。传说共工怒触不周山、天柱折，断石飞往东海，路过天台被大力士罗汉用铁手掌切成块块，掉落在石梁山涧。

峰回路转，过了山涧吊桥，峡谷豁然开朗。在苍松翠柏掩映之中，立着明代地理学家徐霞客的雕像，徐霞客对天台山情有独钟，曾三上天台，大观石梁飞瀑，写下《游天台山日记》，置于《徐霞客游记》篇首，让石梁飞瀑这一奇葩大放异彩，扬名天下。

再行二百步，耳闻隆隆声，转眼来到飞瀑脚下。抬头仰望见一石梁如苍龙耸脊，横亘在两山峭壁上，梁下洞天訇然中开，飞瀑似一片素练穿越梁下而出，恰如天上银河倾泻直下，色如霜雪，飞溅似梨花朵朵，汹涌波涛声震林木。倘若月夜观瀑更为奇妙，唐白居易有"天台山上明月前，二十四尺瀑布泉"的诗句，极言此妙。

石梁为花岗石天生桥，梁长约七米，宽不盈尺，桥洞高两米。李郢诗云：南国天台山水奇，石桥危险古来知。龙潭直下一百丈，谁见生公独坐时？诗人的"一百丈"有所夸张，石梁飞瀑不过高三十米。唯有"危险"一词点中石桥的主题。李白的诗句"石桥如可度，携手弄云烟"，给了"危险"两字一个恰当的解说。

千古石梁，瀑以梁奇，梁以瀑险，山、石、水奇妙结合巧夺天工，故历来被人称天下第一奇观。我想徐霞客之所以把《游天台山日记》置于《徐霞客游记》篇首，或许是对石梁飞瀑号称天下第一奇观的认可吧。

2021 年 3 月写于绍兴

黄酒小镇

越酒行天下，东浦酒最佳。

东浦乃绍兴黄酒发祥地，1915 年东浦周清酒作为绍兴黄酒代表，参加美国旧金山举办的巴拿马太平洋万国博览会荣膺金奖。

东浦位于绍兴城区西北十五华里处，古镇核心保护区面积三平方公里，人口 4.2 万。早在东晋末年已有聚居村落，宋时形成繁华的商业集镇，有"酒乡、水乡、桥乡、名士乡"美称。

东浦四周河港纵横交错，湖泊星罗棋布，最著名的有鉴湖、青甸湖、瓜渚湖。村庄、田野、果园被分割成一块块，以桥相连，以河为路。清代文人李慈铭作诗称赞："鉴湖秋净碧于罗，树里渔舟不断歌。行到夕阳中堰埭，村庄渐少好景多。"

东浦人杰地灵，不仅酿造出世界一流的黄酒，还孕育了不少名人学士。唐代的贺知章，南宋的陆游，清代将领周国奎，辛亥先烈徐锡麟，民国爱国将领陈仪，在东浦都留有许多业绩，极大地丰富了东浦的历史文化内涵。

老街是东浦古镇的缩影。这里的村民都是沿河而居，街随河走，河连桥行，宅第傍水，错落有致。富有江南风味的粉墙、黛瓦、沿廊、马头墙、骑马楼，倒映在清澈的河水中，配上河上的石拱古桥，真有"小桥、流水、人家"的感觉。

东浦的老街形成于南宋，繁华于清代。元代时老街逢六开猪市，那时沿河南北店铺林立，据说一条街共有二百五十余家店铺，其中酒楼有四十五家。老街酒旗招展，酒客满座，觥筹交错，佳酿飘香，犹如仙境一般。李慈铭有诗云："夜市趋东浦，红灯酒户新。隔村闻犬吠，知有醉归人。"逼真地写出了繁华时代老街酒店夜市的盛景。

千年沧桑，老街依旧。到了抗战时期，战事频繁，商业萧条，许多店铺关门迁徙内地。上世纪六、七十年代，一些老字号商铺惨遭破坏，如今已失去以往的繁华景观。但老街的整体结构依旧，大部分店铺保留着，电视剧《九斤姑娘》《狂生徐文长》《阿Q正传》都在这里拍摄，被影视界誉为"活动的摄影棚"。

老街上孝贞酒坊的传说，引起我浓厚的兴趣。在越甫桥畔找到了酒坊旧址，已面目全非。当地老人告诉我，明清时代此地酒肆鳞次栉比，如今已是百姓住家，唯有街南街北的门石仍保存旧时酒肆模样。一瞧让人联想起"风吹柳花酒店香，吴姬压酒劝客尝"的情景。

传说明武宗微服出行，来到绍兴东浦，在越甫桥头一家酒坊后边店堂里沽酒品尝，大为赞赏。见掌柜的是婆媳二人，相依为命开个酒坊度日，武宗深受感动，赐题"孝贞"二字，回到宋城拟旨钦定"孝贞"酒为朝廷贡品。两百年后，乾隆南巡到绍兴，先去兰亭瞻仰爷爷康熙的御碑，即兴作《兰亭即事诗》一首，被镌刻在碑阴。祖孙两代同书一碑，成千古奇闻。乾隆一时高兴又到东浦，慕名进了孝贞酒坊，品尝佳酿赞叹不绝。赏赐御用金爵一尊，并留下墨宝："越酒行天下，东浦酒最佳。"自此，孝贞酒坊将乾隆御赐的金爵作为商标，名声大噪、生意兴隆。

东浦酿酒的历史悠久，从梅里尖山陶罐、陶鼎、陶壶等文物出土，壶觞地名由来到东晋末、南朝初王城寺的建成，可以证明东浦酿酒已有两千多年历史。东浦黄酒特点是酸、甜、苦、辣、鲜五味一体，香、醇、柔、绵、爽综合的风格，为古越酒中之珍品。有人说，东浦一杯酒包括了全部人生。东浦的酒坊多，酿酒的药方、配料、技艺大同小异，黄酒品种大致分元红、善酿、加饭、香雪四大类。

酒是一种文化，东浦酒文化讲究酒具酒器的造型美。商周时多用鸭形壶，春秋战国时改为盏，晋朝出现鸡头壶，唐朝盛行盛托与执壶，明朝换成犀角觥，清朝时尚套杯，近代喜用锡酒壶与量酒器，每一件酒具酒器上都深深地留下了时代的烙印。

东浦酒文化像越女的性格一样细腻，什么酒配什么菜都有讲究。元红配鸡、鸭类荤菜，加饭配茴香豆、盐煮花生一类的冷盘，善酿配甜味菜肴或糕点最适宜，香雪和古越醇作为饭前饭后少量饮用，最感适口开胃。

东浦属鉴湖水域，阳光充沛、土地肥沃、水源丰富，盛产优质糯米。鉴湖水清、秀、甜、美，是酿酒的好材料。

历史名流学士王羲之、王十朋、李白、杜甫、陆游都为鉴湖的水所倾倒，留下了不朽的诗篇。陆游的"千金不须买画图，听我长歌歌镜湖"，是对鉴湖水的最高赞美。有人把东浦特有的好米好水比作黄酒的血肉，那么东浦酿酒技艺就是黄酒之魂。

东浦有独具一格的酿酒技艺，是千百年祖辈积累传承下来的。为纪念黄酒祖先，每年农历七月初六到初八，东浦要举行隆重的酒神会，迎酒神菩萨。出人意外酒神菩萨是女性形象，头挽发髻，身穿大唐大襟衣衫。酒神两侧侍立两个童子，左手持酒耙，右手捧酒坛。为何酒神菩萨是女性呢？追溯东浦黄酒的渊源，原本是农家自酿自饮的糯米酒，绍兴人叫新酒。南宋诗人陆游蛰居山阴老家农村时，写的《游山西村》首句"莫笑农家腊酒浑"，指的就是最原始的绍兴酒。酿酒者多为农妇，这或许是酒神菩萨为女性的最好解释吧。自酿自饮的越国风俗一直沿续到现在，某些农家一入冬就酿一缸米酒过年，可以吃到来年开春。

可惜时间久了，家酿酒易发酸变质，不宜存放远销。酿酒前辈在实践中摸索出造酒经验，将生酒在高温下慢慢煎熬成熟酒，配上糖色就制成了黄酒。灌坛封盖摆进通风、干燥、低温的地窖里储藏，至少三年再出窖勾兑成不同口味的黄酒，装瓶外销。存放的时间越长，黄酒越香醇，吃起来后劲越足。传说东浦酒师周清后代拆房重建，发现其蜂窝墙内藏满百年陈酒，孙辈将价值百万的上等黄酒献给了国家。听说每年祭大禹用的就是周家百年陈酒。

这座恍如隔世的千年文化古镇东浦，有着沧桑美，憔悴美，宁静美。其丰富的人文景观和浓厚的酒文化内涵，引起了政府旅游部门的关注，命名东浦为黄酒小镇，建成了黄酒小镇展示馆，供游客了解东浦酒文化发展史。绍兴市政府将投入五十亿的资金，做好古镇的拆改工作。未来东浦的赏祊、舜豪将建成善酿镇、香雪湾，景区内新建民宿、酒坊街、商业休闲中心、国际黄酒交流中心、特色社区、游客集散中心、越秀演艺中心。新建别具一格的绍兴水上舞台，让游客坐乌篷，喝老酒，看社戏。

枯木逢春，千年古镇换新颜。展望未来的东浦不再是憔悴和宁静，那将是黄酒小镇的新生美和繁华美。

秋 韵

　　"自古逢秋悲寂寥"是一般人的见识，其实何至于寂寥呢？或许看到了莲荷的凋零，银杏树叶的飘落，秋雨抽打巴蕉发出的呻吟，你的心沉寂了，觉得万物行将衰败，生命快要终止。朋友，请换一个审视的角度，你会发现在空旷的秋天里，有一种成熟的生命在跳跃，在奔放，"我言秋日胜春朝"。

　　那是个十分朗润的傍晚，我独自行走在古运河畔，秋风飒飒拂面而过，稍稍有一丝凉意。前段时间受台风影响，一连下了几场大雨，将刚刚吐蕾怒放的桂花打落满地。见到秋雨残忍无情的暴行，我很替桂花抱不平。桂花是有灵感的花中仙子，她默默承受秋风秋雨的虐待，那怕遍体鳞伤，没有悲哀傲然挺立，在沉寂中彰显英气。雨后天晴，桂花不让她的粉丝失望，抖擞精神又绽开花蕾，二度飘香。有人赞美花语无声胜有声，这话我认同。牡丹繁茂红火，告诉人们什么叫富裕华贵；莲荷亭亭玉立，告诉人们什么叫丰姿冶丽；腊梅独立傲雪，告诉人们什么叫飒爽俊俏。桂花没有牡丹的华贵，没有荷花的冶丽，没有梅花的俊俏。

桂花形体微小，色彩平淡，不引人注目，但花萼紧紧靠拢，组成一束束，连成一串串，点缀在丛绿之中，就像夜空里满天的星星。她告诉人们：微小可以凝成大美。不是嘛，海洋里无数的动物分泌物堆积成千奇百怪的珊瑚树，秋天的夜空中成千上万的萤火虫结成天灯网，其景颇为壮观。

古运河边的桂花林送出阵阵清香，弥漫天空，游船上的人们纷纷打开窗，探出头，拿出手机拍下桂花长林的美景，嘴上赞叹不绝：好香，好香！

运河岸边的柳树苦苦等待了两个季节，它痴情于桂花。春天里曾为桃李伴舞，可是桃李过于轻佻自高，从没有去正视过飘逸的柳条；夏日里曾为莲荷陪衬，可是荷花安于宁静不喜染指，难以合群；只有秋天的金桂平易相处，视柳树为知音，它们共同解读生命的喜怒哀乐。柳条开始憔悴枯黄，已没有春天的妩媚，也失去夏日的硬朗，却多了秋天的成熟和坚定；它经受住秋雨的冷讽热嘲，至今仍不掉一片叶子，它不忍心让桂花独自撑着秋天的风景，它在秋风中翩翩起舞，在秋雨中声声吟唱，它要陪伴桂花走完生命的历程，一同谱写秋日的壮丽篇章。

其实桂花并非孤芳自赏，就在桂花林的背后，立着高大魁梧的栾树，它们特别耐寒，一到深秋碧绿的树冠上突然冒出火一般红的花朵，一丛丛偌大艳丽，似一群雄鸡兀立树枝，迎着朝阳昂首高歌。栾树是桂花志同道合的兄弟，它们一起展示秋的魅力。栾树的热情感染了霜天里的山水草木，与古运河遥相呼应的香炉峰云霭萦绕，一排大雁几声鸣叫往南飞去，寺庙的晚钟敲响了，满山的红枫与夕阳交相辉映，折射出秋日美的韵律。

迷人的秋景赋予我一种留住美好时光的信心与坚定。在我面前又一次出现绵绵四明山中的丹山赤水，那是浙东的一颗璀璨明珠。我不写它苍翠峡谷、茂盛竹林、澄清的飞瀑山泉，也不写它清新怡人的空气、满山红叶耀眼绚烂，就写丹山赤水脚下古色古香的柿林村。在那里柿子是秋天的主角，独领风骚的人爱之物，无论是路旁河边、地里山上，放眼望去尽是"红红蒂头绿绿盖"的柿子树，红得发亮，红得撩人。

漫步古村，最显眼的要数村头那棵六百年的柿子树王，它是村民的祈福之地，树枝上挂满许愿布条，寄托着人们的愿景。古村处处都是青石板铺的路，青灰色屋檐，连着一条条互相交错的巷子，说不准有多少沧桑和古老。这里没有繁华热闹，只有寂静和安详，粉墙黛瓦上，小柿子一盏盏红灯笼似的悬吊着，显得喜庆吉祥，空气里弥漫了村民自酿柿子酒的醇香，这是一卷独特的山村秋景风情图。

几天前去了福建武夷山，途中一晃而过的田野风光深深地刻在我心间。那山是馒头形的小山，一个个散落在平地里，山与山的空隙处便是田野。当地的农民依旧守护着家园，没有抛荒的田，稻谷熟了泛着金光，远远瞧去似一条围住小山的金黄领带。更美的还在山丘那边，有两座小山似一对连体姐妹，交接处形成一弯一弯的梯田，田里的稻谷是黄的，田埂上的草是绿的，黄绿相间让人产生奇想：有一匹非洲的斑马吃饱了青草，安静地躺在山地里休憩。

对秋的思绪如一匹野马驰骋在回想的空间里，金秋的湖光山色、田野风貌太迷人了，总是留在我心头抹不去，忘不掉。夕阳喷出最后一道余辉，夜幕徐徐降落，运河两岸的霓虹灯亮了，映在波动的河水里，幻觉置身于世外仙境。稽山公园的天一阁飘来一阵悠悠的琴声，这是二胡独奏曲《秋韵》，琴手在抒发一种淡淡的秋思和哀伤，将我从明净的秋空里拉回现实。随着主题的展开，节奏和音韵的变化，曲子又转入了温暖明亮的意境，表现在秋日里对美好生活充满理想和期望。

我一度受凉的心渐渐被煨暖了。不知什么时候，身边多了许多散步的人，有老的、年轻的、小的，彼此陌生却又似相识，互相用眼神打个招呼，在桂花清香的一路陪伴下，随着《秋韵》轻快明亮的节奏，一起沿着古运河畔朝前匆匆走去。

2018 年 10 月写于绍兴

42

白云深处有人家

　　游了南山水库兴致未尽，酒店老板提议我们去西白山小崑村，说那边有独特的地理风貌，不仅可欣赏高山湿地的湖光山色，还可走进世外桃源式的村落感受山民的淳朴风俗。借着手机导航的优势，汽车像匹野马撒开四蹄穿越十里花木基地，很快钻进人烟稀少的西白山地区。

　　这里是乡村四级公路，又遇"五一"节假日，往来车辆多，为防止对面来的车偷偷"亲吻"，有时只得主动停下来靠边站，让它挨过去再启动缓行。不久，汽车驶进西白山峡谷，晚春五月，山里的草木长势旺盛，一个挨着一个的树冠似喷泉涌出的万朵水花，太阳光柔和地撒落在新长的树叶上，折射出一片晶莹的闪光，那气派远胜公园里的桃红柳绿。公路的坡度渐渐增大，汽车一路上摇摇晃晃绕着梯云古道盘旋而上。爬上一个山坡，高大的树木陡然消失，展现眼前的满是矮矮的茶树，一行一行斑马线似的覆盖在坡顶，顺着山势的曲折柔柔地伸向远方。茶树修剪得十分平整，没有见到采茶的茶农，时值春茶采摘落场，正好赶上秋茶的萌芽期。

汽车进了小崀村，这里找不到平坦的停车场，环村公路全建在陡坡上，公路的外侧是用山石砌上来的，足足有四米高。路下是一条小河，发源于湖塘塍的几十处山泉细流，在小崀村汇合成小崀河，流经太平村汇入长乐江。潺潺的流水声吸引了我，沿着青苔石阶下去，小崀河河面很窄，铺满大小不一的奇形怪石，有像小牛蹚水的，有像猴子捞月的，还有像母鸡孵蛋的，每块怪石都留给人无穷的想象空间。最可爱的数碧玉般洁净的山泉，它们绕过山石间的缝隙，一路欢歌蹦跳，那美妙的天籁之音沁人肺腑，令我陶醉。此刻一缕斜阳穿过树叶的空隙，洒落在飞溅的水花上，恍惚间发现水面升起一股似烟非烟的雾气，脑子里闪电般掠过李白"日照香炉生紫烟"的诗句。我曾怀疑过诗句表达的真实性，今天的亲身体验让我坚信无疑，我赞叹古人的观察力，能如此精确地捕捉瞬间的自然现象。

　　离开小崀河，走进小崀村。这里的民宅都建在山坡上，每上一个台阶建一排房子，后排房子的大门口与前排的后窗持平，间隔距离不到三米。抬头朝上望，梯田式的民宅一层层直通山腰。从村脚沿着断断续续的石阶走，到达村顶需二十分钟，我想空着手走都气喘吁吁，村民要从小河里担水上去该多辛苦？村民笑笑说，生在山里便在山里，习惯了也不感觉有多辛苦。

　　一阵"叮咚叮咚"的打击乐声悠悠飘入我耳中，循着乐声我走到一间矮小简陋的平房前，抬头看到"小崀村老年活动室"的牌子，屋里一本正经坐着七八位老太太，眯着眼打着手中的乐器，面无表情，口中念念有词。我从附近的村民里了解到，老年活动室从不打牌、搓麻将，就那么十几个老人常聚在一起聊聊天，念念太平经。我对吃素念经没有非议，农村老妇读书少缺文化，平常闲着念念经，寻找精神寄托，是一种修身养性的原始方式。

从老年活动室拾级而上，左侧便是小崀村村庙。在南方，村村皆有庙，无庙不成村。这话我信，我老家当初只有百多户人家，村前有土地庙，村中有钟公庙，村后岭上有统天大王庙。庙宇都是坐北朝南，中有天井，两边通过厢房紧密相连，构成前厅后殿式建筑格局。一般前厅为戏台，后殿为神明居住之所。古人敬神畏天，建庙宇一则祭祀天地神明祈求保佑民间风调雨顺，二则演戏娱乐庆贺丰年喜事，相当于现在的社区文化礼堂。小崀村的村庙全是雕梁画栋，配有浮雕"牛腿"，宣扬中国正统的儒教思想，人物形象栩栩如生，两侧厢房的凭栏镂空精雕高雅大方，整座村庙简直就是木雕艺术的殿堂。

说实在的，凡我见过的，能与小崀村媲美的木雕文物不在少数，却没有一家像小崀村保护得如此完好无损。小崀村的村庙已有几百年的历史，岁月风霜没有摧残它的鲜活形象，它一次次躲过社会劫难，至今那几尊威严的神像仍纹丝不动立着，这在我的记忆里是很少见的。前些日子我慕名去了诸暨斯宅参观千柱屋，讲解员指着横梁柱子上一幅幅珍贵的木雕作品告诉我，"文革"期间差点被红卫兵毁坏，幸亏预先得知消息，连夜用石灰泥包装起来才逃过一劫，因封闭的时间长了，木雕的色彩、人物形象多少受到了损坏；我老家大姨门口柱上有两只"牛腿"，一只雕的

45

是白鹤双栖南山松，另一只雕的是雄鹿相伴老寿星。我自小非常喜爱这两幅木雕作品，后来遇上破四旧运动被糟蹋得面目全非，好端端的艺术作品让无知者断送了生命。

究竟是什么力量保护住小崀村这些木雕珍品的呢？我百思不得其解。我踱步穿过天井，见后殿石阶上坐着三位衣着土气的老人，手里捏一根细竹拐杖，乍一看以为是要饭的，细细观察慈眉善眼、精神矍铄，一脸的憨厚。他们时而仰面爽朗大笑，时而低首窃窃私语，见我过去朝我点点头，彼此寒暄了几句。左边戴鸭舌帽的老哥见我对庙里的木雕感兴趣，起身陪我绕了村庙一周，当起义务讲解员，老哥带着浓重的嵊州土音告诉我小崀村的历史。

南宋末年小崀村始祖马嵩原住谷来马村，当时还没有小崀村，只有马踏石旁边有间草房隐居一位得道高人名叫葛洪，他以草房为学馆给西白山学子讲经布道。马嵩十分仰慕葛洪大师，经常到马踏石去听课求教，葛洪大师见马嵩一表人才、聪明厚道，便将爱女许配马嵩为妻。待葛洪大师仙逝后，马嵩率领同族兄弟和子孙乔迁马踏石，在此建立村落，他以西白山"乃剡水滥觞，犹河之于昆仑"之意，命其村落为小崀。

始祖马嵩在晚年发动同族集资建造村庙，临终时立下族规：凡小崀族人少闻世事，克勤克俭，振兴家园，邻里和睦，团结互助；村庙乃人神共乐之场所，小崀权力之象征，男女老幼务必视之为至高无上之神圣圣地，庙荣族荣，庙损族损，望吾同族子孙竭尽全力保护好村庙。

每年农历三月初三小崀村举行庙会，家家户户杀鸡宰羊祭祀神明祖宗，族长要上戏台庄严宣读始祖遗训，旨在弘扬族风、代代相传。"文革"期间，虽然遭受外界政治运动的冲击，小崑村有造反派组织，却无造反行动。村民牢记始祖遗训，不搞窝里斗，你种你的地，我采我的茶，村庙只关了六年的门，最终平安无事。

从村庙出来，时间还早，女儿她们叫我去梯云涧休闲中心喝茶。走上二楼靠南边有个露天茶室，一字形摆着三张茶桌，服务员早已送来四只茶杯，一把热水瓶，意思是客随自便。平台外有两棵树，一棵枝繁叶茂满树银花，一棵秃枝横生嵌着寥寥数片绿叶，树身爬满毛绒绒的青苔。我心里窃笑：这两棵树不刚好代表我们一老一少两代人吗？女儿不爱喝白开水，说小崑村属高山湿地盛产辉白茶，自然该尝尝。服务员很快送过来一袋包装精致的辉白茶，叶大汁浓，喝起来清香可口，临走时服务员只收了二十元钱。

汽车刚启动要走，看见服务员提着我们剩在桌上的茶叶，边跑边喊：城里来的客人等等。她把茶叶从车窗向里递给我说：这茶叶是你们出钱买的，请带走。女儿一脸惊讶说：你只收二十元钱，够吗？服务员说：到小崑村来做客，坐一坐歇歇脚，喝杯白开水从来不收钱。

我把那袋茶叶捏在手里掂一掂，觉得沉甸甸的，是呀，这里面藏的是小崑村人淳朴厚道的一份心意啊！

汽车缓缓驶向梯云古道，一路的湖光山色已失去诱人的魅力，因为我的心仍留在小崑村，那里的景色真美。

2019 年 5 月写于绍兴

台湾之行

　　年轻的时候读过台湾诗人余光中的《乡愁四韵》，很有感慨。一湾浅浅的海峡将两岸骨肉同胞割离了整整半个世纪，那时，台湾在我的心目中是一个神秘而遥远的地方，不敢想象何时能去台湾走走看看。

　　2010年3月11日，梦寐以求的愿望终于实现了。我们一行三十九人乘坐AE496客机直飞台湾，当天中午十二时抵达高雄机场。一出机场见到对面大厦顶上飘着的青天白日旗，我的心禁不住一悸，明白现在已置身于国统区台湾了。

　　当天下午，我们马不停足游览了高雄的西子湾，参观了清代外国人在台湾设立的第一座领事馆——"打狗"英国领事馆。事后我问台湾的导游"打狗"是什么意思，原来"打狗"是高雄的旧名，英国人叫起来很像闽语的"打狗"，于是大家学着英国人叫。自小日本占领台湾后，觉得"打狗"不雅听，用日本的高雄山来命名，从此"打狗"改为高雄。这天我们下榻在高雄嘉悦商务大酒店，夜里逛了大合夜市，品尝了台湾的风味小吃。

　　第二天一早，便乘坐旅游大巴从高雄出发到台东花莲，沿途游览了垦丁国家公园的猫鼻头、船帆石、鹅鸾鼻灯塔、北回归线纪念塔、八仙洞、三仙台，还目睹了"水往高处流"的奇观。台湾的地形像一片芭蕉叶，南北长，东西狭，沿海四周平中间高。开始汽车几乎贴着海岸线走，右边躺着一望无际的太平洋，平静得像一位沉睡的巨人。海的颜色随着距离的拉长，由淡蓝、深蓝变为紫黑色，看不到船只，甚至连飞鸟也无踪影，偶尔见海岸礁石上伏着几位垂钓者，给这幅壮阔空旷的大洋图添上一笔活力。

汽车很快就钻进了大山窝，这条东西横贯的公路把我们带进雄伟壮丽的大理石峡谷。公路大都修建在半山腰，山势十分陡峭，岩石特别坚硬，听导游介绍是当年大陆过去的老兵硬是用钢钎一锤锤凿出来的，前后用了八年时间才通车。这段山路的隧洞一个接着一个，最长的有十二公里多，峡谷中的清水断崖、燕子口、长青祠、锥麓断崖、九曲洞成了游客观光的亮点，我们为大自然的造化赞叹不绝。

经过两天的颠簸，我们带着一身的疲劳，由花莲改乘火车到达苏澳，再乘大巴车前往台北。路上，参观野柳风景区，在驰名中外的"女王头""仙女鞋"前摄了像。随后去了台北市仁爱路的国父纪念馆，厅内坐落有孙中山先生铜像，基座刻有孙先生亲笔书写的《礼记·礼运》首段内容。我们有幸看到三军仪仗队卫兵换岗仪式，当然无法与天安门升旗仪式媲美。

台湾历来有珊瑚王国之美誉，我们一走进珊瑚博物馆，立刻为眼前神奇的珊瑚树造型所陶醉，许多游客一时找不出恰当的词语来形容，只是一连说了几个"太美了"。

3月16日清晨，我们匆匆赶往台北故宫博物院。这天参观的人特多，为保持馆内安静，要求游客戴上耳机，随队听馆内导游讲解。故宫博物馆的藏品共约七十万件，来自清代北京故宫、沈阳故宫和原热河行宫内及海内外名士捐献。其中西周的毛公鼎、西周的散氏盘、唐代颜真卿书法真迹《祭侄文稿》、北宋苏轼书法真迹《黄州寒食帖》、北宋范宽的国画真迹《溪山行旅图》、黄公望的国画真迹《富春山居图》，北宋汝窑"天青无纹水盆"和"莲花氏碗"，清代翠玉白菜称十大镇馆之宝。翠玉白菜一体成型，观赏性很强，是一般游客眼中的玉之第一名品，居故宫博物院排行之首，与肉形石一样全年展出无休日。凡到故宫的游客，一定要看过翠玉白菜和肉形石才觉得不虚此行。

导游告诉我，1948年蒋介石派人把大批国宝从大陆偷运到台北，一直专人保护，至今没有遭受任何损失。我想大陆和台湾本是一家人，不管是谁保护国宝，只要完好无缺就是为中华民族做了一件大好事。这天下午，我们又去参观了台湾的标志性建筑101摩天大楼，许多游客兴致勃勃登上大楼最高层，欲一览台北风光，可惜天不作美，遇到风暴尘，台北市被一片尘土笼罩着，游客只好败兴而归。

次日，我们告别了台北，驱车前往有台湾天池之称的日月潭。日月潭四周群山环抱，北潭状似日，南潭形如月，所以被世人称为日月潭。有朋友问我日月潭与杭州西湖比较谁更美，我说各有千秋。杭州西湖的美，美在有浓厚的历史文化底蕴，有脍炙人口的民间故事，有灵隐、岳坟、六和塔、三潭印月等十大名胜的点缀；而日月潭美在四周群山的天然神秘，美在湖水的清澈明净。如果要打个比方，西湖就像大家闺秀，雍容大雅，日月潭似小家碧玉，清纯美艳。游船上的导游向我们介绍，这里严禁向日月潭排放污水，连四周宾馆的污水都要经过净化处理，再渗入地下，难怪日月潭的水质保持得如此好。

离开日月潭沿途浏览了文武庙、慈恩塔、玄奘寺等名胜，在邵族文化村我们欣赏了原住民的歌舞表演，然后匆匆返回台南高雄，结束了绕台一周的观光旅游。

这次旅游虽然是走马观灯，多少还是对台湾留下一些印象。早些年台湾被誉为亚洲四小龙之一，心想台湾经济发达，应该到处是一片繁荣景象，到了台湾乍一看，远没有想象中那么美。无论是台北还是高雄，要说高楼大厦比不上香港，要说街道宽广比不上北京，要说市容繁华比不上上海，要说景色秀丽比不上杭州。台湾经济建设的高峰期是在三十年前，大陆的经济崛起是在改革开放后，从外观对比的确是后来居上，大陆超越了台湾。

不过台湾的城市交通秩序比大陆要好。大陆人喜欢摆阔气，私人轿车特别多，台湾人讲实惠，出门上班骑摩托车，人人戴头盔，不抢道，形成一个车队方阵，顺序渐进，所以交通事故大大减少。台湾市民的环保意识也比大陆市民强。我们在高雄夜市步行街观光，两边摆满台湾风味小吃摊，台湾人有个特点，买来熟食或水果，喜欢边走边吃，所以连水果也剖开切成块，装在食品袋里便于顾客现吃。将近一公里长的步行街看不到一只垃圾筒，街面上却没有发现丢下的塑料袋，哪怕一张纸头也没有。导游告诉我，台湾的市民已养成习惯，他们把废袋废纸包好，放进背包里带回家处理。在大陆随处可见的白色污染，而台湾就很难见到。

台湾讲言论自由，和尚可以上电视台讲经念佛。有位德高望重的净空法师常在电视上露面，他极力推崇和平教育，提倡仁爱。他说一个家庭不讲论理道德冲突将会不断，同样一个国家不讲仁爱慈悲战争将会不断发生。他直言不讳指出：台湾当局花钱买武器，武装十万军队不如培养一百个好老师，教育出几千几万个优秀学生，只有治教才能发展台湾经济，只有和平才能使台湾繁荣稳定。

八天的台湾之行结束了，它将成为我永生的记忆。我盼望着有生之年看到两岸的统一，让华夏子孙团团圆圆、和和睦睦生活在同一片祖国的蓝天下，那时我将与儿孙们一起，再次飞赴台湾观光旅游。

2010 年 3 月 25 日写于绍兴

第二辑

沧桑壶源江

沧桑壶源江

　　提起老家诸暨市马剑镇金沙村，最让我自豪的数绕过村西南的那条河。河面窄窄的，只有四五十米宽。说来也怪，就这么一条不起眼的河，却有一个响亮的名号——壶源江。我曾拜访过德高望重的老人，想得知名号的来历，一直不能如愿。

　　一次，我去浦江寺前会友，从老家金沙出发，乘车溯河而上，不用一个小时来到浦江下毛店。见对岸一堵峭壁耸立，犹如被利斧中半劈开，气势磅礴，十分壮观。蹚过小河移步仰望，见峭壁上凿有十几条垂直的齿痕，我好生奇怪。刚巧碰上村里的一位老人牵牛去河里饮水，他指着峭壁告诉我，这叫金耖山。传说宋朝宣和年间，南方农民方腊在歙县七贤村揭竿起义，他出身贫苦，深得民心，很快建立江苏、浙江、安徽、江西六州五十二县农民政权。有一次方腊在下毛店屯兵养马，午觉时梦中有神仙交给他一头金牛和一把金耖，指点他上至洪口坪、下至青港口，来回不停耖十遍，把河面耖平成大江，就可以当皇帝了。方腊遵照神仙的旨意，扶着金耖，赶着金牛，一刻不息地

54

秒了九个来回。眼看大功告成，不巧夫人送茶进去，见方腊满头大汗，气喘吁吁，慌忙将他叫醒。方腊长叹一声，愤愤地把金秒往河边山上一插，大山"哗啦"一声倒下半爿，金牛也一头钻入深潭不再现身，后人叫这个潭为金牛潭。方腊终究当不成皇帝，而老百姓拥戴他，念记着他，或许是民意所向，壶源江的名号就这样叫响了。这是我的臆测，没有历史考证。

壶源江发源于洪口坪，流经浦江、桐庐、诸暨、富阳，在青港口汇入富春江。我老家处于壶源江的中游，上下一百多华里流域，两岸群峰峥嵘，山势回旋，河道走势斗折蛇行，形成一滩一潭，往复循环，河床全由大小不一的圆石铺成，因之，流水特别的清，特别的净。路上南来北往的行人，常常会驻足凝望，久久不肯离去。

每当朝晖沐浴江面，滩头的流水波光粼粼，如一串串断了线的珍珠在滚动，而潭水却静得像一块巨大的碧玉，鱼翔浅底，历历在目，它们舒展着红鳍，摇摆着尾巴，显得悠闲自得。行人干脆下到河里，掬一捧凉水咕咕地喝下去，脸上挂满舒心的笑容。

壶源江几经沧桑，深深地刻下了时代的烙印，它有过欢笑，也有过哀伤。上世纪八十年代，曾刮起一股歪风，说是承包制度要取消，山林统统砍光。滥伐山林的愚昧行为招来大自然的报复，那一年的农历六月初六，一场特大暴雨引发了大面积的山洪，平常温顺的壶源江顿时像一头发疯的巨兽，波涛汹涌，咆哮如雷，洪水淹没了庄稼，冲毁了田地，放眼望去一片汪洋，有两位村民被泥石流卷走，连尸骨都找不到。

时隔十年，农民开始学城里人，用煤气代替柴草烧饭；用钢筋水泥代替木头造房子。山上的树木有了繁衍生息的契机，不上几年，青山依旧，山洪、泥石流销声匿迹，壶源江重现璀璨的笑容。

好事多磨，刚刚跨入新世纪，壶源江又遭受了一次大劫难。当时，城市周边开始整治污染企业，几家排污不合格的冶炼厂，悄悄搬来壶源江，利用廉价的沙石资源，趁火打劫办起轧石场，一时空中浓烟滚滚，江中黄水横流，宁静的世外桃源被破坏了，壶源江显得憔悴不堪。残酷的事实教育了山里人，终于有了生存环境的危机感，一场经济与环保的较量，持续了整整五年。今年清明回老家祭祖，见江水清净如玉，恢复了原貌。老乡告诉我，政府抓"五水共治"取缔了沿江所有的污染企业。为保护壶源江的水资源，严禁用电瓶捕鱼，现在好了，鱼儿多了，野鸭子又归来了。我在村委办公室见到了村主任，他兴致勃勃地向我聊起家乡的生态建设规划，政府已批准拨款资助，利用引水渠道长、落差大的优势，与五泄国家级风景区联手，开发漂流旅游业。一提到旅游，让我想起家乡十景之一的大石镬，被埋在老公路下有二三十年了，村主任知会我的心思，他用肯定的语气告诉我，等金沙岭隧道一通车，村里会把大石镬挖出来，金沙十景不能缺一景啊！

这次回乡我心情特别好。我看到了当今的家乡人正在利用得天独厚的生态环境，开发农村休闲观光旅游业，闯出了一条致富路。壶源江的皇帝梦已破灭了，但中国梦已在一步一步实现，她不会再去贪慕长江的气势，黄河的磅礴，她将焕发青春，用自己的乳汁哺育出一个蓝天、白云、青山、绿水的美好家园。

古道往事

我漫步在秦王古道金沙岭上，踏着犬牙参差的石阶，一步步往上攀。

清明的雨最迷人。缠缠绵绵、似雾非雾，飘洒到行人身上，柔柔的是天赐的亲吻，轻轻的是母亲温情的抚慰。

清明的雨是一首诗。浓浓的情思在慢悠悠的脚步声中，一缕缕地释放在朦胧的雨丝里，记忆随着"沙沙"的雨声，穿越时间的隧道，飘落在两千年前的黄土岭上。

明代诸暨籍著名御医戴良有诗云："西界出吴道，东临入越关。"黄土岭就是"一人守关，万夫莫入"的吴越交通要道。每天，南来北往的行客有携儿带女的，有背包挑担的，有递送公文书信的。遇到雨天，踏在泥泞的山道上，一块块的泥巴像蚂蝗一样，死死咬往行客的鞋底，越粘越厚，沉重得每跨出一步都要付出极大的努力。黄土岭像头年迈的黄牛，驮着行人发出呼哧呼哧叹息声。

岭南脚下，住着一户倪姓农民，长年以挑夫营生，每天在黄土岭上往返来回，吃够了黄泥巴粘脚底的苦痛。他搬来了好多好多溪石，决心砌一道石阶路直通岭岗。苦于身单力薄，石阶路没有砌成，人却累倒了，带着一生的遗恨离开人世。倪姓长子继承父业，串街走巷集资筑路，终究未能圆梦。一怒之下，弃家远走，求师读书，在大越县混了一官半职。

传说这年，秦始皇灭了六国，统一了中国。他雄心勃勃，意气风发，带着左丞相李斯一干人，乘船沿长江而下，到了江苏镇江，再沿大运河南下抵浙江，要去越州会稽山祭祀大禹。适遇连日大雨，钱塘江水汹涌，无法过江，只好向西溯江而上，在富春江江面狭窄的汤家埠横渡至场口，入湖源。

消息惊动大越县令，立即派遣倪姓长子召集当地民工巧匠千余名，加紧改造黄土岭，限期五天完工。倪姓长子不敢怠慢，督促民工运石、挖山、砌阶，一刻不停地干，万万想不到刚砌成的石阶第二天莫名其妙全塌了，一连两天都这样，倪姓长子急了，大越县令也急了。此时来了一位风水先生告诉倪姓长子，这山是条卧龙，砌石阶造岭是在它脖子上架锁链，稍稍一挣扎，石阶自然要倒塌。

第三天，风水先生叫人杀了白狗，将狗血洒在黄土岭上，口中念念有词：狗血喷，灵气湮，功名无，燕窝暖。果然砌好的石阶不再倒塌。

临走时风水先生告诫倪姓长子，莫贪功名，但求温饱。倪姓长子慷慨陈词，只要能造成石岭，实现父亲遗愿，回家种地也心甘情愿。倪姓长子连日连夜督工修建，第五天如期完工。

秦始皇登上新建的石岭岗，远眺斗折蛇行的壶源江，见云雾缠绕，众山踊跃，村庄点缀，满滩黄沙，龙颜大悦，脱口念出一副对联：卧龙拱卫银燕窝，金沙铺地碧水流。

从此岭下的倪姓家族有了一个正名——金沙村，黄土岭改叫金沙岭。为纪念秦始皇御驾金沙岭，后人在岭头平岗凉亭一侧，修建了一座小庙，供奉一尊统天菩萨，颂扬秦始皇统一天下之功德。倪姓长子记住风水先生的话，辞去了大越县衙的差使，做了金沙岭统天庙的庙祝，日夜守护统天菩萨，一年四季香火不断。倪姓长子一心修善，在凉亭摆设茶摊，为过往行客提供茶水，赠送草鞋。倪氏家族子孙满堂，男耕女织衣食无愁，只是几代人无一经商做官吃皇粮，应到了风水先生"功名无、燕窝暖"的预言。

几经沧桑，物是人非。秦亡后，始皇贬为焚书坑儒的暴君，统天菩萨被悄悄改为通天菩萨。倪姓长子初心不改，依旧住在小庙，香火依旧不断。

金沙岭并无因秦王的御驾光临而身价百倍，也无因秦王被贬而名落千丈。金沙岭受宠不惊，遭辱不动，依然默默地驮着南来北往的行客。南宋贤臣林子方受调知福州，慕名秦王古道，从临安绕道西向富春江，入湖源，登临金沙岭，见旭日东升金光万道，越州边陲风光尽收眼下，心有感触，口占一绝《金沙岭》：

尊危谁敢易登临，日照磊彻万点金。
堪笑往来皆自到，如梭参过织锦行。

明代诸暨籍著名御医戴良，每次回家探亲都喜欢走秦王古道。其五言诗《入湖源》"到家谅匪远，跋马势不前"和"独有山上云，既出复知还"，写的就是作者再次登上金沙岭，如至家门口，急切想见到亲人的那种兴奋激动的心情。

历史名人的事迹记载浓缩了金沙岭的文化沉淀，老百姓的口头流传丰富了金沙岭的神秘色彩。小时候常听老人说，当年洪秀全造反兵败，一些游勇散兵至金沙，见人就杀，见东西就抢。村民携儿带女往山上逃，游勇散兵在后面紧追不舍，突然天降大雾，村民终于逃过一劫。

抗战时期，日本兵到了离金沙只有三华里的三多桥，忽见眼前一道闪光，战马受惊前脚立起发出嘶叫，日本人疑有伏兵立刻转身走了，金沙村又逃过一劫。听说两次劫难化险为夷，都是金沙岭的通天菩萨在暗中庇护。

记忆中的金沙岭是儿童的乐园。每逢放学了，孩子们成群结队登上岭岗，在山脊上采摘映山红，在竹林里捉迷藏，在亭子里走八卦棋。那时通天菩萨的泥身已被请走，墙上写着"通天之神位"五个字，供奉着一尊石香炉，亭子柱上挂几双草鞋，旁边有一行字：过路行人需要请便。

遇到好心的行客会拿出糖果、米糕分给我们吃，孩子们知恩图报，争着替行客背行李，一直送到岭脚。那时孩子们觉得金沙岭的天特别蓝，岭特别柔，草木特别亲。

不知是哪一年，铁锤叮咚，石炮轰隆，惊醒了千年沉睡的"卧龙"，山里人硬生生在沿江的半山腰，修凿出一条省级公路。从此，车辆替代了步行，金沙岭渐渐失去行客的踪影，显得清闲空虚，甚至有些失落和凄凉。只有偶尔孩子们的到来，给古老的金沙岭带去些活气。

随着无情岁月的流逝，金沙岭渐渐被人们遗忘了。十年前我回金沙探亲，或许人老了喜欢怀旧，总想去爬爬金沙岭，寻找童年的故事。朋友告诉我，如今岭岗的凉亭小庙因长期失修已破败不堪，岭两旁的细竹、茅草疯长，把窄窄的石阶路遮盖得严严实实，连只狗都别想钻过去。

我一阵心酸，真替金沙岭受冷落的待遇抱不平。但事后想想又觉得幼稚，如今金沙岭走的人少了，成了荒地，这是世间万物回归自然的必然现象，我又何必去伤感呢？

两年前，在家乡网上看到一则微信：镇政府重视发展美丽乡村旅游业，着手开辟秦王古道，投入人力物力清除障碍，打开已荒废的金沙岭通道，重建凉亭小庙，恢复了千年古道的原貌，吸引一批又一批的游客，登岭观赏古道美丽的风光。这又勾起我对金沙岭的想往，决定回老家金沙岭走走。

时间又把我送回 2017 年的清明。春雨乃是淅淅沥沥下个不停，归来扫墓的乡人戴着伞，匆匆来，又匆匆去。我驻足叹息，请问匆匆的行客，是否可放慢你的脚步，听听山鸟们演奏的美妙乐曲，看看映山红描绘的含苞待放的图画，闻闻九节兰馈赠的扑鼻清香，你不觉得古道金沙岭有多诱人？

登上岭岗，重修的凉亭小庙青瓦白墙，古朴淡雅，显得十分精神。小时候常来歇脚的长条石凳依旧摆在原处，可惜四根圆木柱换成了水泥柱，再也找不到童年时刻在柱上的"到此一游"的字迹了。小庙打扫得干干净净，村里人告诉我，每天清晨三三两两的老年人穿上运动服，轻快

62

地登上金沙岭，放响音乐，在亭子里打太极拳，小庙里跳广场舞。清新的空气、宁静的环境、舒畅的心情、甜美的生活，怎能不让老年人越活越年轻。

　　站在岭岗上举目远望，此时的山、河、村子全朦胧在白色的水雾中，时隐时现。任凭柔柔的春雨轻轻抚摸，我心中涌起莫名的冲动：金沙岭老了，她已无法找回曾经的风光和骄傲，但金沙岭没有失落，没有颓唐，她面对现实，淡泊处世，遵循自然的规则，演绎着一曲人间沧桑的悲喜剧。我相信清明过后，卧龙山的映山红将含苞怒放。到那时，满山遍野火红一片，古道金沙岭岂不是红色海洋中一条腾空欲飞的金龙？

流淌在我心中的小河

又是一个炎炎的夏季悄悄来到江南，家乡的小河开始热闹起来。一清早，村妇们就聚集在河埠头，有浣衣的，有洗菜的，趁着这个机会出来透透气，拉拉家常话，难得轻松一回，河面上时而飘荡着开怀爽朗的笑语声；几个跟大人来小河的孩子泡在水里，拉开浴巾玩起兜小鱼的游戏；河边柳树上的几只蝉儿一股劲儿鸣叫，人们已听习惯了，也不嫌其烦。当火辣辣的太阳一露脸，村妇们带着孩子离开河埠头，小河像散集似的又清静起来。

傍晚，小河从恹恹欲睡中恢复了生气，这里成了天然的大浴场。在田里山上劳碌了一天的农夫，带着一身的汗水一头钻进河里，让清凉的河水冲走汗臭和疲劳。

家乡的每一个人从小就和小河结下了不解之缘。孩子们放暑假了，田里山上的活儿还帮不上，一群牧童把牛儿往河边草滩上一放，老半天泡在河里。"老虎嘴"是孩子们最喜欢玩的地方，这是一个深潭，岸边有一块三米高的岩石，中间凹进形如嘴巴，村里人都叫它"老虎嘴"。胆子大的孩子会爬上岩顶，直着身子往水里跳。潭底有个方方正正的坑，特别深，孩子们称它"茅坑"。他们常在这里玩打水仗的游戏，谁输了就将他沉入"茅坑"，从小在河里长大的孩子水性好，会潜水，不必担心出意外。

从"老虎嘴"往下游走，穿过百米长的滩头就是大镬潭。靠潭东岸岩石上有只天生的大石镬，圆圆的镬口需十个孩子伸开手才能围起来。石镬里面光滑如镜，孩子们把石镬当作滑梯，光着屁股从镬口滑到镬心，要想从原路爬上来有些难，幸亏石镬有一条裂缝，孩子们可以踩着裂缝爬上来。

这里有个古老的传说。从前在小河东边山上住着一位仙女，小河对岸山脚有个圆洞形如米斗，仙女每月十五用米斗量米到石镬来煮饭。不知哪一天，来了一个蛇精，她见石镬里有满满的清水，就爬下去洗澡。这事被仙女发觉，报告天上的雷公，雷公一怒之下劈死了蛇精，石镬也被打破了，仙女煮不成饭便悄悄离去。

从此，石镬成了孩子们的乐园，玩腻了便一头扎进深潭里，仰面躺在水上，凫一样漂来漂去。直至日沉西山，炊烟袅袅，岸边传来母亲的一声声呼唤，才恋恋不舍从河里爬上来，提着短裤子光个屁股跑去赶牛回家。

夏天的山村天气闷热，晚上蚊子多，扰得人睡不好觉。年纪大些的村妇聚在弄堂口，点着香蒿驱蚊聊天；胆子大点的村姑嫂子带上蓆子，照着手电筒，结伙去河里洗澡；劳碌了一天的男人们背上汤布去河边，把汤布往长石头上一摊，人舒舒服服躺在上面，凉风徐徐吹来，没有蚊子骚扰，尽可美美地睡上一觉；孩子们可没有大人安稳，白天都闲着有的是精力，一入夜便点亮松明灯，提把鱼叉去河边浅潭里猎鱼。有一种鱼大大的脑袋，圆鼓鼓的身子，傻乎乎地伏在潭边沙泥里，见到灯光也不会游走，孩子们拿着鱼叉慢慢靠近它，轻轻往下一插就把鱼逮住了。

家乡的小河是孩子们的乐园，又是山里人相依为命的运输线。那年代沿河一带公路未修，汽车不通，村民靠山吃山，每年有大批的竹木柴炭要销住外地，靠陆路人力挑背无济于事。家乡的小河水浅、滩多、流急，无法使用木船运输，当地人就地取村，用毛竹经过削青火烤编制成竹排，一排能装运几千斤木炭，十几条竹排组成一个水上运输队，顺流而下，此景颇为壮观。

一进仲夏天气干燥，河水枯竭，竹排难以过滩。沿途的排工们会在滩头挖出一条窄窄的航道，竹排照样畅通无阻。孩子天生贪玩，模仿大人用干毛竹扎成竹排，在新挖成的航道里玩漂流游戏。从滩头出发一路穿滩过潭，只觉得两岸青山、村庄、树木在往后奔跑。真是排在水中行，人在画中游。

运输毛竹、木头要等到秋季涨潮的时节，这种临时的放排形如飞天蜈蚣。打造过程讲究一个"巧"字，一般十株为一组，竹梢在前，用横木将毛竹压平绑紧成为一节，节与节首尾相叠，连接处既要牢固，又要能左右摆动，便于灵活转弯。每条放排足足有三四十米长，排头置一把长橹，样子像大刀，相当于船的舵，由经验丰富的排老大掌橹，排后配三个排工，手捏撑篙，一路上监视左右，不让排身拱起搁浅。放竹木长排挑战性挺大，家乡小河一滩连一潭，处处曲折回旋，暗藏危机，稍有不慎极易卷进漩涡，沉入河底。

排工开排前有许多讲究，一要夫妻分床净身，二要虔心祭拜河神，三说话要忌带"焖、沉、翻"之类的字。

每逢遇到放竹排的日子，小河岸上挤满了去观看的人群，那情景犹如端午节看赛龙舟一样热闹。最惊险的地方在"老虎嘴"，别看小河平常温顺得像只绵羊，一当涨潮立刻变成一头凶猛的巨兽。从小坑口到"老虎嘴"，一华里长的滩头涌起一波波的浪花，湍急的河水直冲"老虎嘴"岩上，发出雷鸣般的轰响，将激流对中劈成两半，一股左转九十度奔向下游，另一股右转回流形成一个漩涡潭。

竹排由滩头一泻而下，势如长虹贯天。岸边的观众屏住呼吸，目光一齐投向排头，排老大俨然是一位身经百战的将军，立马横刀，从容自然。竹排离"老虎嘴"不到二十米远，岸上的观众急得心都要跳出来了，忍不住大声疾呼：快摇！快摇！排头老大双手紧握大橹，目视正前方，依然稳如泰山，纹丝不动。隐隐听见有人在报数：十五米、十米……眼看竹排将撞向"老虎嘴"，岸边的观众惊呼一声，大家闭上眼不敢正视惊心动魄的一幕。在这一瞬间，排老大抓住机遇猛力向左摇了三橹，排头缓缓侧向左边避开"老虎嘴"，后面的排工抓住瞬息万变的时刻，默契配合排老大，摆开马步使出全力用撑篙抵住右侧，不让排身卷进漩涡。直到整条竹排安全驶出"老虎嘴"漩涡潭，人们才睁开眼，深深地舒了一口气。

这已经是半个世纪前的故事了。如今小河依旧在，从源头到我家乡流长百余里，沿途建起十二道拦河坝，供发电、灌溉，开发漂流旅游业，只有家乡的河段仍顺其自然。一到夏季干旱少雨，只有三四处深潭尚有一些积水，那滩头已难得见到河水流动，全长满了一丛丛小杨树，看上去倒有些像城里的湿地公园。

在儿子的眼里没有丑陋的母亲。或许家乡的生态环境建设是慢了一步，但丝毫改变不了我对家乡的那份殷殷赤子情。小河，永远流淌在我心间。

古樟树下

　　倪家台门口有棵古樟树，树冠像把大阳伞，遮荫了一片土地。树荫下摆放着五块长条山石，不知何年何人放的，反正自我懂事开始，就知道五块长条山石一直陪伴着古樟树。

　　夏天烈日炎炎，古樟树下清风拂面，荫凉爽人。在生产队干农活的社员，每每吃过中饭，就到古樟树下歇脚乘凉，这是一天中最轻松舒心的一刻。

　　不到半个时辰，队长亮开嗓子喊着：出工了、出工了。于是歇脚的社员乖乖离开古樟树下，鸭群似的被队长赶往田畈。

　　午休的社员走了，长条石上留下了淡淡的汗酸味。老妇们收拾完碗盏，带上小孩陆续聚集到古樟树下。这里数传囡太婆年龄最大，辈分最高，自然成了古樟树下的座上宾。听说传囡太婆的父亲是位穷秀才，生有一男一女，儿子不争气，既不要读书，又不会营生，整日游手好玩，偷鸡摸狗，被老秀才逐出家门，将二间陋室三亩薄田传给了女儿。后人渐渐忘记了秀才女儿的名字，都尊称她传囡太婆。

　　传囡太婆自幼耳濡目染父亲的训导，虽没有进过学堂，读过四书五经，在乡村也算是能断文识字的女秀才。在我的记忆里传囡太婆年岁已迈，她的眼眶凹成两个石臼，我从来没有瞧见过她的眼珠转动，更未见到过她喜怒哀乐的表情。她会讲许多聊斋故事，虽然没有说书人讲得有声有色，老妇们很喜欢听，常常把一些针线活带去古樟树下，边干活边听故事，听得走神时缝针刺痛手指才回过神来。孩子们没有大人的耐心，坐久了便跑去附近的竹园里捉迷藏。

十年后，古樟树依旧枝繁叶茂，台门里的老妇们依旧常聚古樟树下。传囡太婆活了整整九十岁，她累了，安安静静地走了，她带走了一肚子说不完的聊斋故事，带走了古樟树下老妇们的牵挂。

如今坐在古樟树下主讲席上的是位六十岁开外的老汉，他怀抱渔鼓，手持简板，仰首向天唱着金华道情《十二月花名》。

他是传囡太婆的独苗子。听说是三番五次求菩萨求来的，为感谢老天的恩赐取名天赐。八岁那年天赐出天花高热不退，传囡太婆变卖了爹留下的几幅名人书画请郎中看病，命算保住了，双眼却瞎了。传囡太婆的老公走得早，娘俩靠编卖草鞋度生。天赐长到十五岁，那年的隆冬，天赐的双手冻得发紧，仍坐在编织架上劳作，做娘的心如刀绞一样难受，为了儿子的前程，明知算命是门骗人骗鬼的行业，传囡太婆仍是违心托人送儿子去学算命。

天赐出身书香门第，虽然未曾上过学，慧根尚在，算命的几招伎俩一学就会。十九岁开始单身闯江湖，起初几年运气不错，过年回家总带些积蓄来孝敬母亲。民国三十二年临安一带闹灾荒，财主趁机放高利贷，地方民不聊生，天赐串乡走村，铁板敲得叮当响，几天捞不着一票生意，老乡愤愤地对他说：穷人算来算去是苦命，谁还要付冤枉钱算命。

天赐身在异乡忍饥挨饿，想起家中老母在盼他回去过年，心头止不住涌起一股辛酸。他从背上取下二胡，拉起《二泉映月》，悲凉的乐声感动了村里一位大娘，她送给天赐一些充饥的食物，腾出一间小屋让他安身。

晚上来串门的邻居提起董家财主婆受惊吓的事，说她整天疯疯癫癫，时哭时笑，财主请了附近所有的郎中都看不好。大娘说：这是天报应，谁让狗男女为人不仁，趁着荒年借一斗米还二斗，真黑心！天赐眼瞎耳灵，他向大娘打听了董家财主的一些内情，一一记在心里。

次日一早，天赐由大娘引路，敲响铁板来到董家门前，自称能驱邪降妖，保一家平安。管家急忙接进客堂，向天赐秉告主母病情，天赐故作镇静掐指一算，说家有陈年火腿成精，骚乱了主母心志。财主听说有妖气作祟吓得六神无主，急问解救办法。天赐说主母虽现凶象，只要心诚可化凶为吉，叫财主今夜子时，派人将成精火腿、米二袋送去河边柳树下，甩掉妖魔速速返回。

天赐从财主家出来，回到宿店串通农家大娘，子时前埋伏在河边，待财主家送邪神的一走，便将火腿、大米背回家。

天赐戏弄财主的事被母亲知道了，传因太婆觉得有失书香门第的颜面，她没有去指责儿子的行为，只是说今后别走江湖算命了。天赐是位孝子，母亲的话惟命是从，他

71

又操起编草鞋的旧业，母子相依为命，日子虽艰辛，倒也过得清静释然。

冬去春来，天赐在家羁居了一年。这天金华来了位唱道情的师傅，在八字台门古樟树下拉起场子。道情唱得有声有色，古樟树下挤满了人，天赐也去了，听入了迷。师傅见天赐资质聪颖喜爱道情，便收其为徒，从此天赐踏上新的生活历程。

新中国成立后，天赐进了浦江曲艺团。"文革"后退休回家，继承了母亲的衣钵，为村里当起义务说唱员。天赐毕竟受过专业训练，他声情并茂的说唱，给枯燥的村民生活带来了春雨般的滋润，许多年轻人也融入观众队伍，近便的老妇们干脆自带凳子，把石凳让给远客坐。

三十年后，天赐唱道情的时代也成了历史。如今古樟树依旧枝繁叶茂，天赐的儿子长治闯出致富路，他出资在台门前修建了老年娱乐活动中心。白天闲着的老人在棋牌室搓麻将、斗地主、下象棋，晚上古樟树下灯火闪烁，两鬓斑白的老太太捋起袖子，随着快速的音乐节奏，跳起广场舞。老妇们似乎忘却了年龄，蹦呀跳呀，尽情享受时代给予的快乐。

古樟树下的长条石被长治移到祖母和父亲的坟前，他想让长条石永远陪伴逝者，对世间留个美好的念想。

惟有台门口的古樟树，任凭世间风云的变幻，依旧枝繁叶茂，遮荫着一代又一代的家乡人。

2021 年 5 月写于绍兴

流动学校

一九五九年的深秋,地里的庄稼熟了,已到秋收冬种的季节。村里正经八百的劳动力,早在两个月前应征奔赴兴修水利、大办钢铁的建设行列,留守家园的尽是老残病弱者,劳动力短缺,秋收冬种进度缓慢。

不知何时突然冒出成群结队的田鼠,疯似的窜进稻田、庄稼地肆意糟蹋到口的粮食。农民告急,当地政府为解燃眉之急,发出紧急通知,动员各行各业抽调人力、物力,支援农村秋收冬种,确保粮食安全进仓。

集镇上的中学、小学高年级以班级为单位,组成临时"流动学校"下沉偏远山村,边读书边参加秋收冬种劳动。

那年我在镇小读五年级,班主任带领我们先后去过西坑、金沙、相公殿、龙门脚四个山村,记忆最深的数龙门脚那一周的生活。

从集镇到龙门脚有二十华里路程,全是崎岖不平的山道,光翻越东坞岭足足花去一个小时。

我们班的临时课堂设在潘家祠堂。课桌凳都是向村民借的,有长有圆,有高有矮,五花八门,参差不齐;黑板也是用祠堂的匾额改做的；我们睡在祠堂的侧厢楼上，老师与学生同甘共苦，全是打地铺。山里气温低，怕孩子着凉，下垫一层厚厚的稻草，躺上去软软的。

　　课余时间，我们作了一次社会调查，龙门脚有七十八户人家，三面环山，仅一条南北通道；这里是八分山，一分半地，半分田，光照时间特别短，有人取笑说龙门脚只有半个太阳；半分田也是缺阳光的梯田，有的小得可以一步从南边田埂跨到北边田埂。俗话说在山靠山吃山，龙门脚人的主粮是山玉米。

　　每天吃过中饭，大队会计来领我们上山掰玉米棒，他给我们每人发一只竹编的背筐就出发了。

　　我们沿着村前小溪往北走，开始陡坡小，行不到半顿饭的工夫，耳边传来"哗哗"的流水声。我们下了小溪，跨过溪上的丁步石，行不多久，见一堵石崖从天而降，兀立于龙潭边。泉水自崖顶飞泻直冲龙潭，溅起万朵水花，我想这应该是早有耳闻的龙门瀑布吧。

　　潭水如镜，潭底青石历历在目。我忽然想起哥哥曾来过龙门脚，在龙门顶的溪坑里捡去几个没有屁股的螺蛳，当时我好生奇怪，今天身临龙潭，正好验证一番事实。时值深秋，趟在水里凉得刺骨，终于发现青石上吸附着两三个螺蛳，仔细瞧瞧都有尖尖的屁股。我心生疑虑：为什么哥哥在龙门顶捡的螺蛳没屁股，而我在龙潭里所见的却有屁股呢？

　　上山的路坑坑洼洼，时陡时险，好在我们这些孩子从小爬山攀高，精得猴子一般，再说一路有鸟儿唱歌，山泉伴奏，心爽不寂寞，不知不觉就到了三界尖玉米山。我们这些孩子虽生活在山里，可从未见过如此壮观的场面，放眼望去满山满垄都是玉米秆儿，虽个子矮小，枝叶稀疏，比不上阳畈大田玉米青纱帐的蓬勃生机，却似整装待发的千军万马，精神抖擞，气势磅礴。

那年代农忙季节学校要放短假，我曾经去生产队帮助种玉米。那是在平地里，大人整好畦、挖了坑，我负责往坑里投放玉米籽，每坑两粒，干活轻松。今天我面对满山的玉米秆儿，简直不可思议。如此陡峭的山地，连立脚都困难，况且到处都乱石，几乎见不着泥土，不知怎么挖坑下种。

在我身边的大队会计似乎看出我的心思，他像老师给学生授课一样，耐心地解开我的心结。

他告诉我玉米播种方式分点播和散播两类。山上种玉米是采用最原始的火耕散播方式，先将山上柴草斫倒，待干后点火焚烧，一则肥土，二则除虫；开播举行祭拜山神仪式，由经验丰富的老山农播种；然后几十人脚套厚实的草鞋山袜，手执钩嘴山锄，排成一字横队；播种老山农一声吆喝：开锄！顿时几十把山锄齐落，人人憋住一口气，争先恐后往上冲。动作慢掉"袋"的常常遭松动的石块袭击，谁敢偷懒落后！

大队会计说：山玉米带有原始野性，生命力特强，不必精耕细作，只要地皮刨破，石块被撬动，种子落进石缝地皮就能发芽成长。种山玉米靠天吃饭，遇到风调雨顺的年头，中途打打苗，拔拔草，野猪不来作梗，就可坐享其成。

提到野猪，大队会计又告诉我，玉米灌浆成熟后，晚上野猪会出来偷吃玉米。村里必须安排人轮流上山守护，一发现有野猪出动，就拉响毛竹制作的响拍吓唬，开始还有些效果，次数多了，你拉你的响拍，野猪照样咬玉米，真闹凶了只有请猎人上山。想不到看护玉米还有这么多趣事。

对山里的孩子来说，上山掰玉米棒是件兴趣活，背筐装满了，就交给大队会计，他将嫩玉米捡出来，其余的并入高大的箩筐里待挑夫装担。大队会计让我们捡些干柴，烧起一堆堆篝火，发给每人一支削尖的竹签，插上嫩玉米棒往火上烤。一会儿玉米熟了，发出诱人的香气，吃起来又鲜又甜，我是第一次尝到如此有滋味的烧烤玉米，不愧是龙门脚的一大山珍。

下山时，挑夫将一些甜玉米秆插在箩筐里，没进村就有孩子候在村口，担子一放下，孩子们围着挑夫讨甜玉米秆吃。这是山里几代人延续的习惯，平常孩子们难得吃上几回甘蔗，大人带些山玉米秆回来给孩子们分享，权当长辈对晚辈的关爱。

晚上祠堂大厅里点起火把，照得四周通明，大厅中间摆下五个竹编的大簸箩，里面堆放一些晒干的玉米棒。我们分五组围着簸箩坐下，每组有位婆婆手执玉米钻，先给玉米棒犁出几道空档，然后交给我们揉。孩子手力小，揉起来速度慢，婆婆向我们介绍了一种新的揉法，见她左手捏住玉米棒，右手执一支棒芯替代手去揉玉米棒，瞬间玉米整排整排脱落下来。孩子们一下子兴奋起来，都照婆婆的方法去揉，既省力气速度又快。

婆婆十分健谈，我们老小无忌，聊得非常投机，大厅里充满着欢乐的气氛。我忽然记起白天螺蛳的事，问婆婆为什么龙门顶的螺蛳没屁股，婆婆清了清嗓子，给我们讲了个美丽的传说故事。

从前龙潭里住着一群螺蛳姑娘，过着无忧无虑的生活。其中有个心高志远的螺蛳姑娘，每年桃花绽放的春天，看到鲤鱼跃上龙门十分羡慕，但苦于自己身单力薄无法实现理想，只好望洋兴叹屈居龙潭。

这年从下游来了条大鲤鱼，与螺蛳姑娘成了莫逆之交。一天大鲤鱼告诉螺蛳姑娘，它要离开龙潭跃龙门了，螺蛳姑娘听了很伤心。临行时大鲤鱼突然心机一动，一口将螺蛳姑娘衔住，纵身一跃飞上龙门，因用力过猛，生生把螺蛳姑娘的屁股咬了下来。从此，螺蛳姑娘在龙门顶的小溪里繁衍后代，子孙都像老祖宗一样没有了屁股，而留在龙潭里螺蛳照样有尖尖的屁股。

婆婆讲完故事问我们："有人说螺蛳不该跃龙门，掉了屁股留遗恨，你们有什么不同的想法？"

我说："螺蛳姑娘一心追求自己渴望的新天地，在鲤鱼的帮助下，跃上了龙门，实现了愿望，虽然丢掉了屁股，我相信她不会有遗恨的。"

婆婆给我鼓了掌，同学们也都支持我的说法。回校后，我写了《螺蛳姑娘跃龙门》的作文，荣获区小学生作文竞赛一等奖。

流动学校是特殊时代的产物，时间虽短暂，却在我的记忆长河里写下了重重的一笔，半个多世纪过去了，这一笔始终没有抹去。

　　　　　　　　　　　2022 年 2 月 17 日写于绍兴

农　事

　　听说东溪坞的花事十分闹忙，城里的老人成群结队赶去观赏。

　　对于花事我很少感兴趣，唯一的念想能去农村重温一次开耕的喜悦，闻一闻新翻泥土的气息，多少年了，对农事的记忆仍耿耿于怀。

　　记得老家的西边有十几亩长年积水的稻田，一到柳絮纷飞、桃花盛开的时节，成千上万的青蛙集聚在这里，当人们熄灯入睡时，青蛙们开始抖擞精神演奏大自然的催耕曲。领奏的是一只硕大的青蛙，它蹲在田中央鼓起腮帮子，发出"咽咽咽"一阵鸣叫，紧接有三五只跟着融入合奏，声音渐渐由细小变为洪大，然后几十只、上百上千只如江河汇集到大海，一齐鸣叫。那声音高昂激越，似战鼓催春，万马奔腾，此起彼落，连续不断，听了让人舒心，催人振奋。我喜欢躺在床上静静地谛听，心里时有一种说不清的冲动在酝酿。我听过交响乐《黄河颂》，欣赏过贝多芬的手提琴《月光曲》，那毕竟是艺术，虽取材于大自然，却渗透了艺术家太多的主观情感，而青蛙们的催耕曲是纯自然的，只有身临其境的人才会有心去领悟，去品读大自然与人类那种唇齿相依的密切关系。

人们还在等待，田里的草子（紫云英）还没有到收割的时候。现在乡下人学会做生意，把草子一束束扎起来，去城里当作稀缺蔬菜出售，那时草子是专供猪吃的青饲料。农民几乎家家养猪，稻田提供养猪的青饲料，养猪又提供稻田的农家基肥，可说是一举双得。待到草子成熟，满畈一片紫色的花朵，成群的蜜蜂飞来飞去忙着采蜜，那种诗情画意远比如今的花海浓。只是人们熟视无睹，城里人也无那份闲情跑去乡下观赏农事风光，大家都在忙于自己手里的活儿。

布谷鸟又叫了，真不愧是大自然的忠诚信使，一遍又一遍催着农家开耕了。于是家家户户忙碌起来，农妇开始宰鸡剖鱼，准备开耕宴，厨房里飘出自酿米酒的香味；早在十天前农夫已给牛儿喂上精饲料，每天放学孩子牵着牛儿去河里饮水洗刷，牛儿已养得膘膘的，毛色光光亮亮；老人岁数大干不了力气活，在家帮着擦擦铁犁，磨磨镰刀，修修畚箕。

开耕是辛苦忙碌的，学校会配合农事放几天假，让孩子们跟着妈妈一起出畈，趁着天晴收割起田里的草子。男人们吃了开耕宴，似乎浑身有使不尽的力气，把收割的草子一担担挑进农家，又将猪圈肥一担担送到田里，农夫就像勤劳的蜜蜂，穿梭往来不给自己留点空闲的时间。

晚上在昏暗的灯光下，一家人分工合作，大人把堆积如山的草子一刀一刀劈成细料，孩子将细料搬进大坑里，每填一层人进去踏实平整一次，直到全部细料进坑，在面

80

上盖一层塑料薄膜，用竹片石块压着，经过发酵制成长年的猪饲料。

开耕的日子里，满畈响着赶牛的吆喝声，把犁的农夫中气十足亮开嗓门，在吆喝声中听出了欢快和希望。其实牛儿是最忠诚的合作者，它不需要主人扬鞭催耕，始终保持不紧不慢的节奏，牵着铁犁在田里兜着圈圈。农夫的吆喝是开耕的宣言，沉睡了一个冬天的黑土翻过身子醒来了，那情景似江河里掀起一排排浪花，从眼前逐波推向远方。

此刻，农夫憧憬着美好的未来，眼前展开一幅多姿多彩的田园画。经过半个月浸泡的稻田，草子根和农家肥已开始发霉，正渗入黑土为庄稼积贮养分，泡软的田土经不起农夫一翻二耙三耖，已侍弄得服服贴贴、平平整整。做秧畦最有讲究，先灌水到泥土平，再拿秧桶一边又一边捅，像细木工刨平板一样一丝不苟。农夫充满自信，他仿佛看到饱满的种子撒在平坦的秧畦上，长出一片禾苗，在和风细雨中变得青翠粗壮。

插秧时节，布谷鸟叫得更欢，催得更紧：布谷插秧，不误季节。

插秧是一场愉悦的劳动竞赛。有夫妻对决的，有父子博弈的，满畈只听见"唰唰"的水花声。青蛙赶集似的聚在田头，替农夫们击鼓助兴；放学的孩子们提水携壶赶到田头，赤着脚跑东忙西往田里扔送秧苗，见大人们插完一行走上田埂，立马提毛巾，送茶水，孩子的孝顺懂事像一阵春风拂过大人们的心间，疲劳随着吹走了。

插秧是丰收梦想的开始，是农家乐的序曲，开镰才是辛苦和喜悦的主题歌。瞧一眼沉甸甸的稻穗，那是农夫汗水和心血的结晶，是无数个不眠之夜的期盼。谁知盘中餐，粒粒皆辛苦？农夫！只有把心交给田野的农夫才有真切的体会。看，山风吹来带着栀子花的清香，稻田起伏，黄浪翻滚，一波连着一波，那气势虽然没有黄河壶口的波涛磅礴，却也足以让人心醉。有人说花海赏心悦目给游人一种美的享受，在农夫的眼里成熟的稻海泛着金光，低垂的穗儿羞答答的模样，给人一种心灵的慰安，凭心说稻海的壮观不逊于花海。

农妇送饭到田头，老远就在打招呼，她把饭菜摆在田埂乌桕树下的大石块上，过去把牛儿牵去河边的草滩。农夫坐石块上，思绪慢慢从甜美的梦想中走出来，喝一口自家酿的米酒，瞅瞅新翻的田土，几只乌鸦在土畦上跳来跳去寻找食物，那些草子根和猪圈肥被一犁犁压在新翻的泥土下，一垄一垄的新土像早先农家屋顶的瓦片，齐刷刷延伸到田的彼岸。

听说有位油画家站在自己得意的作品前，突然发现画中的河在流动，鸟在飞翔，他欣喜若狂奔过去，一头撞到墙上才知是种幻觉，这是艺术家对艺术的痴心所导致。农夫是田野的化妆师，他一年四季在打扮田野，变换着不同季节的服饰和颜色，为劳动者创造美好的环境，为自己寻找精神的慰安，我说农夫也是一位艺术家，同样有自我陶醉的成就感。

开耕之后，小河的堰坝被围得严严实实，一到农事忙时水就像珍珠一样贵重。水渠的闸门已打开，河水汩汩流进渠道，两三百亩的阳畈田，大大小小的水沟如人体的血管一样，布满田野的角角落落。水就是田野的血液，一旦注入新鲜的血液，田野复活了。青蛙们抛头露面活跃在水沟田头，准备产卵繁衍后代，它们不忘初心，坚守稻田的岗位，当好庄稼的卫士；泥鳅也陆陆续续从泥土里钻出来，吃饱了就伏在水田里闭目养神。几个没有上学的小顽童，整天光着个屁股在田里瞎转，见到一条泥鳅就大喊大叫扑上去捉，没等靠近，泥鳅一个漩涡钻进泥土不见了，小顽童栽了个狗吃屎，弄得满头是泥巴。

农事一半靠勤，另半靠天，农夫最担忧小虫子作梗肆虐。那些年农村奇缺农药，遇到虫灾只能靠祖传的土办法自救，夜里动员各家各户去稻田点灯除虫。到了水稻长叶拔节那段时间，村里会组织几次夜间大围渔，说白了就是除虫大会战。有种叫雷公藤结的籽，磨碎用白酒调匀发酵一个小时，倒进河里，鱼一闻到就会像人酒醉一样，失去控制乱闯乱撞。围渔的人点亮松明火把，手提网兜淌在河里，几百人结成一条火龙，将河水照得彤红。河两岸稻田里的小虫子见到灯光纷纷飞来，扑向点着的松明火把，前赴后继掉进河里，随着河水漂去下游，成了鱼儿的食粮。两三个钟头的围渔，彤红的河面变成一片皑皑"白雪"。收渔时，多数人的鱼篓空空然，灯火照耀下的脸上却挂满笑容，男女老少都乐意这样的围渔活动。

我不说花事不美，但更喜欢农事，从开耕到收割处处有希望、有追求、有喜悦。多少年啦，还是记得那么清楚，藏得那么深。

草 屋

我记忆中的草屋十分简陋，是李叔手把手教我，用竹子和稻草支撑起的最原始的尖顶草垛。山里人田少，都利用山地种植玉米、大豆之类的旱地作物，离村子远了就在地头搭一间草屋，用来歇歇脚避避雨。

李叔是位年近四十的赤脚医生，识得许多中草药，人又勤快善良。那时农村缺医少药，李叔说服村领导，开发了一个药材培植场，以低成本的中草药治常见病，想方设法减轻农民医疗负担。

这年我高中毕业回家务农，李叔看中我，要我去帮助管理药材培植场，照生产队定的标准点工记分。李叔的话的确很有诱惑力，生产队干的都是上山下地的粗活，我一个学生娃细皮嫩肉的，从早累到晚，浑身散了骨架似的酸痛难受，比较起来培植场的劳动轻松多了，无非是脚勤点多溜达，管住牛羊不踩坏草药，除草施肥一些重活由李叔安排临时工做。

培植场有十几亩土地，梯田型一挡挡分隔着，每挡地种一味草药，旁边插上标签。场地上草屋是专供我用的，四五个平米，内铺一张木板床，靠右边床头摆有办公桌、椅子，在荒山野地有间草屋歇脚避雨已是十分惬意了。

李叔名义上叫我管理培植场，其实更多时间让我待在草屋里，替他整理出诊笔记。李叔有段苦难史，他自幼孤姓独户住在大灵山，跟随父亲以采药打猎度生。解放后，村农会把李叔一家人接下山，分给房子和田地，李叔与同龄人一起进了夜校扫盲班，求知似渴的他不到两年，脱掉文盲的帽子，学会简单的写信记账。毕竟李叔文化底子薄，遇到难字或无法用文字表达清楚的，便在笔记本上画个记号，我看不懂，他就给我口头解说，嘱咐我务必要记准确明白。

药材培植场是李叔一生的心血，我勤于巡视不敢有丝毫的马虎，我用竹片编成篱笆插在场地四周，牛羊无法入内。空闲的时间多了，我便靠在床头看看书，也给村文艺宣传队写写演出小品，我不会抚琴吟诗，却也装模作样弄把凤凰琴玩玩，虽然音色单调俗气，仍可自娱自乐。

那天李叔带了五个人来给培植场除草施肥，他对我说：村里要聘请一名小学代课教师，我极力推荐你，有人说你是造反派骨干，上面传话不能用。

我没有惆怅，乐于清闲。前天老同学来看望我，咱俩就在草屋里促膝谈心，从初中毕业迎考时的秉烛夜读，谈到高中不欢而散被打回老家，感叹壮志未酬，岁月蹉跎。老同学临别时送我一个"引"字，我微微一笑，领悟了他的心意。

南方的梅雨时节，雨水真多，淅淅沥沥的，一下就是个把月。沉沉的雾霾压得天低低的，似乎驮不动那么多的水，便成了雨珠和雾气，在山地、村庄到处漫动，自然也漫进了我之草屋。草屋被浸泡得沉甸甸的，床板、桌子、椅子全被空气中的雾气沾湿了，我赶紧将几本书藏进抽屉，用布袋裹住凤凰琴，草屋不能住人了。

斜风裹着斜雨一阵紧似一阵，我担心茅屋随时会被掀翻、倒塌，毫无办法，只能任凭老天发威。

草屋前的那棵老槐树歪了，风和雨仍是一股劲地压。"啪"，一个鸟窝重重地掉到地上，散架了，一地的草秆子和羽毛，还有三只没长毛的幼鸟，只颤颤地咧着凄楚的嘴，没有声音，但这比呼叫更惨烈。

幼鸟乱蹬着殷红的小爪子，它们本能地抗争着，结果是徒劳的抗争，还是被积水一点点地冲到低洼处。我冒雨奋力追逐，将几只受惊的幼鸟从雨水中捞起，放进菜篮子里，底下垫些稻草挂在草屋檐口，头顶遮上笠帽，不让雨再淋着它们。

我盼着母鸟归来安抚孩子，一天过去了听不到母鸟的呼叫，又一天过去了仍不见母鸟的身影，雨"哗哗"下着，草屋的外面成了水世界。我绝望了，或许母鸟也遭不测，放下菜篮子瞧瞧三只幼鸟，嘴不再颤动，淡红的小爪子已僵硬地挺着，可怜的幼鸟等不到长出羽毛展翅飞翔，就悄无声息地离开了这个世界。

我的心在滴血，既为幼鸟之逝，又为自己人生之惨淡。

我们这一代人出身寒门，曾经立下宏志要报效祖国，轰轰烈烈干一番事业。残酷的现实将美好的憧憬摔成破碎的镜子，一个个噩梦塞进我的思绪，十几年寒窗苦读，仍旧回归山窝里的起跑线，与当年的放牛娃一道背日头赚工分，什么数理化统统如剩菜残羹被扫进垃圾桶。受骗上当的感情创伤，虽然已过去几年，未弥合的疤痕仍隐隐作痛，堵在心间的不快，只有依托时间去慢慢消磨。

在家我是待不住了，母亲整天叨叨着，说我当年如听她劝告，去跟舅舅学做木匠，也不至于落个文不文武不武的怂样；父亲更是牢骚满腹，怨我不去考商校，艳羡同事的儿子读了两年商校，就分进县商业局工作了。我理解父母失望的痛楚，但我无法去慰藉他们伤感的心，因为我对我今后的路怎么走，仍是个未知数。我只能采取回避的方法，将自己的身心都关进草屋，书和琴成了我最好的陪伴。

李叔每次来草屋，都会兴致勃勃与我聊些村里的事。他永远是那么的豁达、开朗，哪怕在梅雨肆虐的日子里，依然见不到脸上有一丝愁容，似乎他能透视阴沉的雾霾，窥见骄日当空的艳阳天。李叔告诉我，他用中草药治愈了一例急性胸膜炎患者，县报记者采访了他，对我村合作医疗建立药材培植场，大胆使用中草药治病，要作为新生事物加以宣传推广。李叔要我给他整理一份汇报材料，我欣然答应。走时，李叔突然想到一件事，他说龙门小学要办戴帽初中，乡里已在筹备招聘民办教师了，提醒我主动去乡里走走，别错过这个机会。

招聘初中教师的消息曾拨动过我的心弦，凭实力我应该在聘之列。想起灵隐寺的那副对联：人生哪能多如意，万事只求半称心。我波动的心又平静了，这是佛在劝诫我，属于你的总归是你的，它迟早会到来，不属于你的毋须刻意追求，路过也会擦肩而过，知足者常乐，一切随遇而安。

梅雨时节，难得有个晴天，暖烘烘的太阳照在身上，舒展了眉梢和心绪。湿漉漉的草屋开始蒸腾，屋前的老槐树又挺直了腰，我盼着鸟儿归来重建家园，有草屋、鸟儿陪伴，我称心如意了。

2020 年 7 月写于绍兴

樵　夫

大女儿常在我面前提起小时拾柴火的事，记得那时她才十来岁，在本村小学念书。每天放学后，小姐妹约好，挑着竹篮子去村后山地里拾枯枝干叶，给妈妈作引火柴。

这是上世纪八十年代的事，当时农村没有使用煤气灶，山里人取火烧饭用的都是山上的柴木。长年累月的滥伐乱砍，村前屋后的山坡像刚剃过头的秃顶，连只兔子跑过都能看见，农家用的柴火都得翻山越岭去深山老林打。

千万别说上山打柴是件粗活，如今的年轻朋友或许没有打过柴，其实打柴的诀窍不比做学问少，既要有从小练就的基本功，又要讲究应对不同山势地貌的灵活性。要把柴从山顶运到山脚，樵夫用的是巧力，他们专为竹木柴草开辟一条"放道"，那是一堵陡峭的石壁，你只要将捆好的柴从岗上往下一推，便顺着峭壁一路虎跳往下滚。

要想一路顺风到达山脚，捆扎柴木的技术是关键。选择的藤条既要韧性强，又要老粗有耐力，把打的柴一束束垫平整，做成圆桶形，凭樵夫的臂力捆紧扎实。我是半途出家的农民，不懂打柴的诀窍，又小气薄力，垫不实扎不紧，把柴一推下放道，经不住几个虎跳，柴枝一根根从藤条里拉出，如秋风掀翻茅屋一般，洒落在峭壁岩头上。我无法再收集打捆，只好望山兴叹空手而归。

有了一次教训，我不敢再贸然去高山打柴。我把目标瞄准了山坑两边的洼地、这里地势平坦，捆好便可装担，不过洼地不像高山有好柴，全是藤蔓荆棘石竹，不仅我砍伐难以下手，就是拿到家老婆烧饭也得戴手套。

那天我打了担荆棘柴回家，笑煞了隔壁邻里，几位大嫂怂恿老婆别烧饭给我吃。老婆淡淡一笑，说："我不在乎荆棘藤条，只要能煨熟饭菜就行了，想烧好柴，该像你们嫁个地道的农民。"

老街上的村民待我十分友好，每当地里收了玉米高粱后，会通知我去他们地里收拾秆子，有的干脆晒干捆好送到我家。不怕朋友见笑，我家已成了缺柴火的"低保户"。

坑边洼地虽不长树木好柴，却属于禁区范围，不允许随意砍伐。每次我进山，管山员总是紧紧跟着，直到看见我越过禁区上了山，他才慢慢返回坞口小屋门前去休息。我瞧他走远了又回到山脚，很快钻进坑边的藤蔓下。长久与管山员玩"捉迷藏"也不是办法，毕竟时时要提心吊胆，于是我设法从感情上去套近管山员。

管山员是位孤寡老人，晚年生活凄凉，村里安排他管山是个摆设，真正管山的有护林巡逻人。老人喜欢抽烟聊天，我每次去打柴，花一角三分钱买一包大红鹰香烟，走到山口小屋前亲亲热热叫一声，然后坐下请他抽烟，天南海北聊几句，见小缸里没有水，就去给他打满。如是几次老人家特别感激，他不再跟着监视我。

山里正儿八经的樵夫春夏两季是不打柴的。春暖花开柴枝抽芽长叶，此时打的柴欠老气不经烧，夏天气温高易中暑。到了仲秋之后，柴木枝粗叶老，田里农活已基本结束，樵夫开始穿上山袜草鞋带上点心，一门心思上山去打柴。一个月下来，一捆捆的柴火堆积成小山似的，下垫木头防潮，上盖稻草遮雨雪，长年不会发霉腐烂，除了卖出去的都留着自家烧。

我每周的机动时间只有半天，所打的柴烧一周略有积余，倘若遇到周日下雨打柴便泡汤。实话说我家烧柴，就像割菜一样现割现烧，幸亏女儿拾些枯枝干叶，老婆当宝贝一样留着做引火柴。那烧活柴的情景现在想起来都心酸，一股股黑烟直往灶膛外窜，老婆被熏得眼泪鼻涕一把，哭笑不得。我看在眼里痛在心中，最让我揪心的还是到了冬天，人家孩子提着个火熜去上学，上课时可以搁脚烘手取暖，我家柴火差烧了都成灰，儿女们从来不带火熜，她们靠跑步取暖，那双小手肿成馒头似的。我连做梦都想为儿女们捡些干柴，让她们在冬天也能享受到火熜的温暖。

听说北坑坞在两个月前砍伐过一批树木，至今仍有枝丫洒落。北坑坞纵深十多里，一路全是坎坷的羊肠小道。不管路有多远，山有多险，我决心去闯一闯，以了却我的一件心事。

进坞一段路较宽敞，阳光能直接洒落在行人身上。因为走的人多，脚下的一些山石被人们一次次踩踏已磨去了棱角。随着山谷的延伸，路愈走愈小，山势愈来愈陡，路两旁的藤蔓紧紧挨在一起，挡住了阳光，行人得小心翼翼低下头避开藤蔓。到了谷底，迎面突兀一堵八九丈高的峭壁，隔断了去路；谷的两翼全是参天大树，站在谷底遮天蔽日、阴森可怕。传说太平天国失败后，有个南京逃来的戏班子遭官兵追杀，躲进北坑坞，他们不顾死活纷纷攀岩逃命，结果都摔死在峭壁下。每逢雷雨来临之际，峭壁下会响起悦耳的锣鼓声。

　　传说也好，冤魂野鬼也罢，都不是我要关心的，统统置之不理。我很快寻找到砍伐的场地，看见满山横七竖八地躺着木头，等候伐木工来搬运，唯有我梦寐以求的树枝干柴已拾得干干净净。我的心好冷好冷，冷得仿佛结了冰，双腿发软呆呆地立着。此刻，老婆期待的目光，儿女们红肿的小手，又一次出现在我面前，男人的担当把我从冰窖里推出来，我匆匆返回谷底平地。就在一口荒废的炭窑里面发现一捆干柴，旁边的石头上用黑炭写着一行字：如果你急需干柴可以拿走，但必须用活柴交换。我像是黑夜里行路的人突然见到了一线亮光，情绪一下子高昂起来，我明白这是纯朴的山里人互相救急的一种方法。

　　我打了两捆柴放在废窑旁边，双手抱起干柴试试太沉了，山路实在陡窄，只好分成两捆背下山去，到了平坦一点的路段才装担起挑。

四十年过去，弹指一挥间，我打柴的日子早已结束，如今的小姑娘也不需要挑着竹篮子去捡柴火了，就连正经八百的樵夫都"退休"了。山里人与时俱进普遍使用了煤气灶，瞧瞧老家村前屋后的山坡，满目苍翠，蔚然成林，农民在山，不再靠山吃山了。

　　　　　　　　　　　　　　2020 年 6 月写于绍兴

老　屋

　　每当梅雨季节，身在异乡的我总是提着心替老家的旧房子担忧。老屋年份长了，又是泥墙青瓦老式木结构，长年没人料理，遇到屋漏泥墙最怕烂脚倒塌。这天果然应中我的担心，先是侄儿打电话告诉我老屋在漏水，搁不多久，村里主任也找我，在电话上通知说，老屋已定为村一级危房，不拆建对过路行人不安全，也影响村容村貌。

　　我和女儿匆匆赶往老家，打开大门迎面扑来一股重重的霉气，地面湿漉漉的，八仙桌面上盖着的白洋布染上一朵朵"黑梅花"。我小心翼翼扶着墙一步一步上了楼梯，因长时间受雨水浸泡，楼板开始波浪似的拱起，几处乌灰灰的已霉烂成一个个洞孔，踏上去软绵绵的，感觉随时会塌下去。卧室的木板床依然静静地躺着，床头靠窗口的老式账桌上的玻璃板结上薄薄的一层灰土，我用手轻轻掸去灰土，玻璃板压着一张发黄的照片，是我幼年时母亲带我去杭州旅游时留下的。照片已模糊不清，但母亲慈祥的面容早已刻在我心间。此时，一滴水从瓦缝间掉下来，重重地落在玻璃板上，我抬头见屋顶结满了蛛网，雨水沾着网丝，从亮瓦里透进一缕微弱的光映在雨珠上，一粒粒的雨珠洁白晶莹，那不是母亲的眼泪？我知道母亲不忍心见到老屋破败不堪的模样。

老屋不是祖传遗产，也不是父母手里建造的，父母家徒四壁、漂泊江湖，这房子是解放初土改时人民政府给的。父母原来在一个集镇开店，一次遭受国民党败兵抢劫，心有余悸不敢再留集镇谋生，经朋友介绍来到金沙老家开南北杂货店。那时老家是壶源江有名的水陆码头，过往驻足吃宿的行客很多，我家老屋位于街路东侧最热闹处，是金沙大姓徐家太公手里建造的店面屋。父母每年要向徐家付昂贵的租金，还得请徐家四个房头的家长吃饭送礼，稍有不周全，出来一两个人作梗，又得加租金。人在屋檐下不得不低头，父亲只求太平无事，与别人分着吃饭。老屋共有二间，正间大侧间小，解放初定为宗族公房，所有权归属人民政府。土改时规定凡是无房子的村民都可分到一间房子，为鼓励农村小商经营，政策有倾斜，我家多分了一间。

"文革"期间宗族势力控制了造反派，借开办农村供销社的名义，勒令我家让出多分的一间房子。那个年代政府官员靠边站，公检法全砸了，天下大乱，造反派就是土皇帝，手握生杀大权，他们封了我家的大门，我们进出只能绕后门走，那气势好像我家成了土豪劣绅了。母亲曾经是老家第一任妇女主任，她接受过共产党的教育，懂得土改法是国家大法，只要是共产党执政，任何人不得随意践踏。母亲性格刚烈，做事果断，她鼓足勇气，抢起斧头砸烂了造反派上的铁锁封条，向封建宗族势力讨回公道。

造反派明知理亏却不甘心失败，硬的不行又来软的，在别处给我们安排了住宅，让老干部上门做说客，劝说我们搬家。父母亲考虑到开办供销社是利民的大事，最后答应让出老屋。"文革"结束后，一切拨乱反正，我们重新回到老屋。母亲健在时常对我说，这老屋是人民政府给的，地段好财气旺利于开店。可是我不争气，不能继承父业，对开店做生意毫无兴趣。初中毕业时父亲执意要我报考杭州商校，我没有答应。在我的记忆中，工商所的人员经常来小店突然袭击，检查小店的盘秤是否标准，打酒的吊子有否凹进去，有没有来路不清的货物出售，就像过去衙门出来的差吏，一副凶巴巴的样子；有些顾客也不好惹，买货物时一双眼睛老盯着父亲的秤花，嘴里嘀咕不停嫌老酒味淡，我为父亲愤愤不平，讨厌买卖之间的斤斤计较。

我退休后离开了老家寄居绍兴，老屋从此关上大门，一年中除了清明、冬至率全家人去给父母亲上上坟，平时很少回老家，即使去了耽搁时间不长，无非是打开老屋的门窗通通风，在朋友家吃过中饭就回绍兴了。

至于老屋破败得如此之快，我心里有些疑虑。早在两年前我曾发现有几处漏水，楼板起了乌花，我委托朋友雇人翻修了屋顶，添了瓦片，情况一直良好，仅仅一年多时间屋漏得这么厉害，不可思议。侄儿借来长梯，上去屋顶看后告诉我，邻居偷偷把墙翻高了，雨水不往原先的水沟走，而直接朝我家屋顶冲，难怪老屋经不起折磨，变得破败不堪。

邻居是我的发小，自幼一起上学、放牛、玩耍，情同兄弟。虽然近些年我不住老家，平时走得少了，从小藏在心里的那份情义是不会忘记的，他怎么忍心给我暗中捅刀子呢？家里人劝我事到如今算了，老屋迟早要拆的，何苦去同他一般见识，怪就怪自己不住老家，没有心思照料好老房子。俗话说：人在人情在，我一走七八年，有几个能在得失面前做到重情重义？

村主任告诉我，危房拆建不必向土管部门报告审批，只要周边关系户在协议书上签字同意就行。在与我的发小商议时，我提出两家一起拆建，照原先的模式不变，公共墙由我一方负担费用。我私下考虑这个方案应该能让对方接受，一则邻居是投我老屋的墙，二则毕竟是多年的邻里情同手足。事情远没有我想的那么简单，我的发小借口说经济条件不够，暂时不想拆建，其实我已读出了他的潜台词，要把我家的那道墙占为己有。农村早已形成一条不明文的规矩，合墙的邻居先拆屋者必须把墙的所有权让给未拆者。农民精明，心眼多，平常热情大方，对邻里朋友可以慷慨送这送那，一当遇到土地房产纠纷，变成铁面无情，寸土不让，多少兄弟同室操戈，反目成仇。我的发小知道我拆旧建新势在必行，他不仅要占有公共墙，还得寸进尺提出再让出三十公分地面给他落檐水，否则协议书上不签字。

原来他们偷偷把水沟墙翻高，将屋檐水流到我家屋顶上是早有预谋，真是秀才遇到兵有理说不清。不是我缺心眼任人摆布，我是不想把心思用在这种无端的纠缠上，既然已走出老家，在绍兴全家团聚其乐融融，谁还想回到老家去过日子？决定拆建老屋是老屋已破败不堪，不拆就会倒塌，我对老家没有什么贡献，总不该在老家脸上抹黑吧，我已违背了父母的遗训，不能留在老家开店守业，我无论如何不能让老屋在我手里荒废倒塌，我要给父母在天之灵一个交待，让他们看到老屋的新生。

我遵循父亲的教诲，一切以和为贵，痛痛快快答应了邻居提出的要求。第二天一早，推土机来了，老屋在轰隆声中夷为平地，我和我的发小多年的情谊也被深深地埋入土中，一切将在"破"字中得到重生。

2019 年 7 月写于绍兴

年　味

今天是大年初六，又一个年悄无声息地擦肩而过。坦白说如今过年没有什么指望，也没有过深的留恋，过年不再是一种憧憬，而成了一种形式。

有人说，以往过年缺的是年货，有的是年味；现在过年缺的是年味，有的是年货。这话说的不假，如今老百姓腰包鼓鼓的，平时菜篮子装的尽是鱼肉海鲜，蔬果山珍，吃得人营养过剩身体发胖，人们追求的是健康，指望的是开心。早几年一到过年城里人可以买些鞭炮烟花，一家人吃过年夜饭，跑去路边广场放鞭炮、看烟花，乐一阵子，然后回家坐下看春晚。陈佩斯的《主角和配角》、赵本山的《卖拐》、冯巩的相声《虎年说虎》，让家人捧腹大笑留下不朽的回味。如今爆竹烟花禁放了，熟悉的笑星们都回家过年了，见到的尽是一些小鲜肉，吊不起观众的胃口，曾经扣人心弦的《难忘今宵》已显得平平淡淡，再也找不回当初的魅力。

人们开始追忆贫穷时代的年味，那些年国家物资匮缺，平常老百姓省吃俭用像工蜂采蜜一样一分一分赚钱，一分一分积累，到了过年将积蓄倾囊而出，一家子团聚开开心心乐一场。

最盼望过年的数孩子。从我懂事开始，父母平时没给我做过一套新衣服，穿的都是大哥大姐的旧衣裳，又大又宽老被小哥们取笑，说我像个小道士。实在看不过去，母亲答应过年去裁缝店给我做套新衣服，于是我天天扳着手指头盼过年，盼穿上一套属于我的新衣服。

年三十夜，为讨个吉祥，大人会给孩子发压岁钱，钱虽少只有二角、五角，孩子们心情特别激动。那时农民家的孩子很少见到钱，把压岁钱放进袋子里觉得沉甸甸的，他们用压岁钱买鞭炮、蜡烛，提着自家糊的红灯笼，点亮蜡烛，放起鞭炮，满街疯跑。

不要说孩子，其实大人们也盼望过年。一年的辛苦换来过年短暂的轻松愉悦，谁不想享受一番？一到年近，家家户户蒸馒头，裹粽子，打年糕，杀鸡宰羊，打扫厅堂，挂红披彩，忙得团团转。最让我追忆是宰年猪，记得我第一次捉猪脚，被猪踢下屠宰凳，摔得四脚朝天，给村里人留下笑柄。在开宰的日子里，从天刚蒙蒙亮到傍晚，村子的角角落落随处可听见猪的尖叫声，这是人类主宰世界的血腥的快乐。孩子们只能远远站着看，做母亲的绝不允许自己的孩子见到白刀子进红刀子出，说是看到的小孩脑子要变笨，不会读书了。

男人们最企盼宰年猪会餐。我老家有个乡风，谁家宰年猪会把四亲八眷邻里朋友请来吃年猪饭，做老婆的平时管住男人省吃俭用，此刻男人们可以开怀畅饮，老婆在旁边还会劝酒助兴。农民的情感是最原始的，就像一只没有装饰过的瓷瓶，纯朴无华却又实实在在，无半点虚假。平常谁家遇上婚嫁丧事，建房修舍，不用招呼亲戚朋友甚至邻里都会主动上门帮忙，待过年时节宰猪杀鸡请帮工的人聚聚，算是谢恩还人情。那年代生活虽则清贫，乡村间却无处不洋溢着浓浓的年味。

我已经十多年未回老家过年了，记忆中的年味仍耿耿于怀。正月初一侄儿发来微信，告诉我一些乡村琐事，如今乡下过年与城里一样，一年比一年冷清，老家的烟花爆竹销售点取消了，除夕夜有回乡的老板带上几箱烟花，在村前广场上放了一阵子，围观的人也不多。如今的人对传统过年的意识在逐渐淡化，不再一味守护生根落脚的老家欢度新春，在外打工谋生的为避春运高峰懒得回家，在家的年轻人不甘寂寞，携带妻儿自驾车去外地旅行过年。城里一些思想活络的老人，也学起赶潮儿，组团去乡下休闲山庄过年，相比之下城里的过年显得单调乏味，去乡下至少还能找到传统的年味，大多乡村尚未禁放爆竹烟花，城里人听到爆竹声，闻到弥漫在空气中的火药味，似乎又回到以往的年代。

我和老伴随儿子媳妇去了绍兴皋埠过年，亲家是渔民，一年四季泡在鱼塘里。绍兴和诸暨虽同属古越地区，民俗乡风有些不同，诸暨人过年讲究宰猪，绍兴人过年讲究宰大鱼腌制鱼干，一眼望去河港两岸，几乎家家屋檐下挂着七八条青鱼干。听我亲家介绍，青鱼干不宜曝晒，在通风处晾成半干半湿就可食用，煮鱼干不摆任何佐料，也不除鳞片，斩成一块块放进海碗里，下垫小盏、上倒盖大盘，不让蒸汽水爬进海碗里。旺火蒸上十分钟，吃起来又香又鲜，是绍兴传统的一道下酒美味。

亲家十分好客，年夜饭做了满满一桌子菜，光是本地河港里的水产就有青鱼干、长白条、清蒸鲈鱼、红烧胖鱼头、醋鱼块、油烤葱花鲫鱼、清蒸馒鱼七样，真是在水靠水吃水。这与诸暨老家有别，一般来说，诸暨人喜欢吃肉，猪、牛、羊、鸡、鸭，甚至狗、猫肉都上桌。在吃法上也有差异，绍兴人清蒸鱼不放盐，用酱油蘸着吃，开始我很不习惯，觉得腥味特别重。最遗憾是在绍兴喜庆宴会上见不着豆腐，连我最爱吃的西施豆腐都不上菜，在诸暨西施豆腐是喜庆宴会的当家菜，厨师手艺高低就凭这道菜。而绍兴有个风俗，凡上豆腐的餐饮叫"豆腐饭"，是做白事用的，既然入其乡也必随其俗，慢慢就觉得理所当然了。

年，是在一年一年过，年味，是在一年一年变。我想不必去刻意寻找以往的年味，其实新的年味陪伴着你的每一天，只是你没有去好好珍惜，去欣赏。

2019 年 3 月写于绍兴

第三辑

夜
渔

石门旧事

诸暨西陲龙门山脉东部的山谷里，藏着一个美丽而古老的石门村。这里山青水秀人勤，空气清新，被人誉为天然氧吧，如今民宿兴起，石门成了老年人的休闲胜地。

石门村口立着两座对峙的山崖，一座叫狮子山，一座叫象鼻山，元朝时越中有位名叫戴良的御医慕名去石门游玩，见两山高耸危立，形象逼真，赞叹不绝，称其"双峰耸秀，形如奇门"，石门便由此得名。

石门是我方氏家族的发祥地，父亲的童年便在石门度过，那山岭小径、竹林野地，有父亲的足迹和汗水、艰难和辛酸。父亲有兄妹四人，父亲排行老三，祖父穷困劳累英年早逝，兄妹四人尚未成人，家庭的一副重担全压在祖母的肩上。当时祖父留下的仅是一间泥墙矮屋、六分山垄薄田和二亩毛竹山，祖母是个很坚强的女性，虔诚的佛教徒，她没有眼泪和悲伤，带着十几岁的大伯和大姑上山砍毛竹卖给造纸坊，换点油盐日常用品。那年遇到大旱，粮食欠收，一家人连稀粥菜饭都难以维持，祖母狠心将十岁的父亲送给一位杀猪的爷爷做义子。从此，父亲由糠箩跳进了米箩，杀猪爷爷视父亲为亲生，送去周边大村读私塾。石门实在太穷了，为了谋生十四岁的父亲背井离乡，外出学徒经商，中途曾经几次回石门探亲，没有久住，父亲羽毛干了，从此飞出了穷山沟。

我第一次与大姐去石门探亲还在读小学二年级，祖母见到姐弟俩眼睛都睁大了，人很精神仿佛年轻了许多，那话匣子一打开没个歇脚。祖母个子不高，穿件蓝色的大襟布扣外套，脑后绾一个圆圆的发髻，插一支豪猪簪，人挺斯文，平时老眯着眼，脸上很少有表情。父母亲都希望祖母搬去金沙住，一家人在一起相互有个照应。在我的记忆里，祖母也去过金沙几次，她与母亲话语不多，特别疼爱大姐，当时大姐已出嫁，每次大姐回娘家祖母拉着手有说不完的话。祖母住不上十天，就会捎信让石门的伯父来金沙接她回家，她说喜欢每天看到翠竹、听见山坑里"叮叮咚咚"的流水声。

那天中饭后，我见祖母和大姐在嘀咕什么，过了一会祖母把装着纸帛香烛的袋子提给大姐，三人去到后山散步。正值春暖花开的时节，田头地坎到处是野草莓，一粒粒红红的，祖母领着我满山坡走，将采到的野草莓用抽心草一粒粒串起来，挂在我脖子上带回家。大姐没有与我一起采摘，她拎只袋去了山湾边的坟山，见她伏在一堆长满乱草的坟前点香烧纸，远远瞧去大姐不时用手在擦眼睛。这是谁家的坟，为什么只让大姐一个人去祭祀？

晚上，我要求与祖母睡，问起白天大姐单独去上坟的事，祖母便原原本本告诉我有关父亲的一些旧事。父亲二十六岁那年杀猪爷爷与祖母商量，替父亲娶了一房媳妇，当时父亲已在集镇开店经商，对这门亲事很不在乎，出于长辈的压力只好默认。婚后第二年生下一女，这就是我的大姐，父亲很少去石门，对大妈缺少夫妻感情，大妈忧郁成病，在我大姐五岁时撒手而去，是祖母把大姐捋在身边，既当爹又当娘一手拉大，大姐在祖母眼里是块宝，祖孙间的感情胜过娘儿俩。

在大姐七岁时，父亲认识了小他十一岁的母亲，因为外婆家境贫穷，母亲看在父亲人品好，又有一份开店的固定职业，就稀里糊涂结婚了。婚后才知父亲是二婚，还有个七岁的女儿，母亲与父亲大吵了一场。中国妇女长期受封建礼教束缚，严守三从四德，既然生米煮成熟饭只好认命了。结婚后的第三年生下二姐，此后六年没有再怀孕。父亲急了，祖母更急，父亲征求母亲的同意，去邻县桐庐领回一个儿子，这就是我的大哥。第二年母亲怀孕了，祖母吃素念经，一连七天每天登二千级台阶，上岩头庵拜观世音菩萨，祖母一心想求个亲孙子。

母亲的预产期一到，祖母从石门匆匆赶去金沙，她日夜守在母亲身边，婆媳俩一天说不上三句话，却心心相通，母亲想吃点什么不用开口，祖母随即拿来摆在母亲面前。母亲肚子痛了两天两夜，接生婆一再鼓励母亲咬紧牙别泄气，母亲痛得满头大汗，祖母用热毛巾给她轻轻擦去汗水。母亲用手敲打自己的大肚子，骂未出世的我讨债鬼，祖母附在母亲耳边耐心劝阻，她怕伤着肚里的孩子。祖母说，我一落地就"哇哇"直叫，母亲已浑身软成一团棉花，连说话的力气都没有了，接生婆让祖母去熬了米汤，足足喂了我一酒盅才睡着了，祖母开玩笑说我是饿鬼投胎的。

在石门的日子里，我从祖母嘴里知道了很多家庭旧事，尤其是大姐的身世更让我揪心。我悄悄问大姐，小时候为什么不去金沙与全家一起生活，大姐比我大十三岁，尽管我们不是同个娘肚子出来的，大姐很疼我，她告诉我是祖母担心母亲不能接受她。其实母亲是位深明大义的女性，事情既然已明白了，没有什么可顾虑的，母亲视大姐如亲生女儿一样，从来不分彼此亲疏，这是一种无私的母爱。

祖母家的生活十分清贫，三五天吃不上一回鱼肉，而我觉得特别开心舒畅。祖母常带我和大姐去竹山挖笋，采野菜，到山坑里捉石蟹，其实孩子不在乎吃而在乎玩。祖母养了只老母鸡，我们去石门那几天刚孵出二十只小鸡，每天带着孩子们在屋后的竹园里玩。这些黄毛小鸡特别可爱，学着妈妈用小爪子轻轻地刨着土，偶尔刨出一条红蚯蚓便大呼小叫起来。老母鸡赶过去用喙钳住蚯蚓挥了几下，将半死不活的蚯蚓丢在地上，"咯咯咯"叫一阵，招呼孩子们大胆上去享受美餐。小鸡们钳着蚯蚓，你拉过来，他拉过去，旁边的围住"叽叽"的叫，我看得真有趣，对大姐说小鸡在拔河游戏呢。此时，从大姐嘴里发出"哦、哦、哦"的呼叫，老母鸡突然昂起头警觉地朝四周瞧了瞧，立即向孩子们发出警报，小鸡们马上跑过去钻进老母鸡的翅膀下藏起来。大姐告诉我山里的黄鼠狼、老鹰特别多，时时在窥视这些小动物，在危机四伏的环境中，女主人经常会发出"哦、哦"的声音，提醒母鸡的警觉，保护好自己的孩子。

我离开石门回家时，祖母送给我二只小鸡，将它们放进一只篾箩。临走小鸡一个劲"叽叽"地叫，老母鸡围着篾箩不停地走动，喉间发出低沉而悲悯的"咯咯"声，我不忍看到母子分离的伤心场面，将小鸡送回到母鸡身边，小鸡一头钻进妈妈的怀抱半天不敢出来。

时隔半个多世纪，今年"七一"前夕，我随中成社区党委组织的赴革命老区学习参观团重返石门。展现在我面前的不再是过去的山间小道、泥墙茅屋、褴褛衣衫，二车道的水泥马路一直通到村口，一眼望去全是崭新的楼房。小坑依旧，翠竹依旧，祖母早已不在人世，祖母居住过的泥墙矮屋已夷为平地，建成了村级公园，听说我的堂弟一家已搬迁去大唐做袜子生意，老家是铁将军守门。我走近方氏祠堂，想在里面寻访祖辈的踪迹，村书记告诉我方氏祠堂已捐献给国家，设立了浙东金萧支队革命纪念馆。

我随大家走进了石门农家，体验了山里人过小年的传统风俗。手拉石磨的"吱嘎"声将我带回与祖母一起生活的童年时代，祖母的音容笑貌深深地刻在我心间，如果时光能够倒流，我真想与祖母再过一次清贫的生活。

梅雨绵绵，思念悠悠。

2019 年 7 月写于绍兴

小　店

　　明天是父亲的忌日，三十年的思念，刻骨铭心。

　　父亲是厚道本分的小商人，一生与小店为伴，扎根于大山，坚定一个信念：和气生财。

　　父亲又是和蔼可亲的长者，为家为儿女辗转艰辛一辈子，奉献了无私伟大的父爱。

　　那年，父亲调苍山坞小店工作，我离乡背井去外地读书，因病回家休养，住苍山坞小店，与父亲朝夕相处了一段日子。

　　每天清晨，父亲起床，先去村口小溪里洗刷，回来就给我煮糖水鸡蛋，然后叫醒我，待我洗刷完毕，将鸡蛋捧到我手里，立在旁边。看着我把鸡蛋吃光，才舒心地说一句："山里空气好，去走走，带上书，别把功课落下。"

　　父亲一生清贫，平时一个月难得吃一两回猪肉。我住小店后，隔三岔五买点鱼肉荤菜，每次尽往我饭碗里夹，自己老吃青菜、萝卜。我过意不去，对父亲说："您已上年纪了，也要注意营养。"父亲对我的懂事，十分欣慰，他说，他是苦水里泡大的，习惯了。

父亲上过三年私塾，写得一手好字，店堂里挂着的，"和气生财"四个颜体楷书，体满筋健，柔中带刚，很有气势，我视为字帖，时常临摹。父亲见我对书法有兴趣，闲下来给我聊些舞笔弄墨的故事，说"永"字有八法，一字练成百字会。一次，我在练书法，偶尔抬头，见父亲紧锁眉头，看邮差送来的信。阅毕走到我身边，把信交给我，指着我写的字说："笔画不到位，不耐看，先练好楷书，把根底扎实。"我默认父亲的中肯指点。拿起信，原来是我的成绩单，班主任犀利尖刻的评语，像一枚枚钢针扎入我心。父亲最疼我，理解我，他没有半句指责的语言，是怕火上浇油受不了，不利我的康复，他用写字的道理暗示我，读书，做学问，要脚踏实地，不可满足于一知半解，我想如果父亲弃商从教，一定是位好老师。

农村小店越到吃饭时，顾客越多，有买盐买酱油打酒的，来的往往是孩子。父亲知道家里大人要等急的，一见孩子进店，立马起身，俯下身去细声细气地问买点什么，当货物送到孩子手里后，又要唠叨几句："拿稳慢慢走，别在路上贪玩。"遇到天冷，父亲一餐饭捧起放下十几回，差不多会结冰了。我心疼父亲，有时会提前吃好饭，顶替父亲去做生意。村里有班喜欢喝柜台酒的顾客，每逢山上地里劳作归来，脚手不洗先到小店来喝上一碗。我有些讨厌这班顾客，一身臭汗脏兮兮的，父亲不在乎，碰到我们在用餐，会将菜碗捧到柜台上，吩咐我添双筷子，给顾客下酒。喝酒的都很知趣，只是把筷子往菜碗里伸一伸，放到嘴里去咂一咂，多半时间在与父亲聊些山上田头的见闻，听听蛮有趣。

最让父亲头痛的是赊账，同住一个村子，乡里乡亲，有时手头紧，缺现钱赊个账，也在情理之中，父亲出身贫寒，十分同情农民的苦痛。其实多数顾客都讲信用，不出十天半月就会还清帐。但终究有几个无赖，一次次的赊，欠多了一走了之，半载一年不见面，父亲会拿工资替他们抵账。

小店最忙数过年时节，到了农历十二月二十，父亲开始作纸蓬包，形状像劈柴用的斧子，也有人叫斧头包。那时代，正月里走亲访友，时兴提对斧头包去表示敬意。父亲是作斧头包的行家里手，他作的包特别饱满结实，正面斗方平直，上添一张红纸。写着"新春快乐"四个毛笔字，用丝草十字形扎紧，在我的眼里，父亲的斧头包就是一件民间工艺品。村里有位老木匠，带着角尺来买斧头包，他用角尺量了量斧头包的正面四角，连声叫好。木匠量斧头包的故事，一传十，十传百，越传越神，苍山坞附近的村民都来小店买斧头包。生意越忙，父亲越舒心，他不让我帮忙，还是那句话："好好养身体，功课别落下。"

我身体康复后，离开苍山小店回校复学。那天凌晨三点钟，我起来整理行李，父亲坚持要送我，说到汽车站有四十里路，又要过苍山岭，怕我身体还虚弱，放心不下，我拗不过父亲。天还墨墨暗，东边有几颗星星在眨着眼，父亲挑着行李，我照着手电筒紧跟父亲身后。过苍山岭时，父亲不时地回过头嘱咐我，看路慢慢走。我见父亲摇摇晃晃的身影，艰难地一级一级往上登，几次上前去接父亲的担子，都被拒绝了。突然远处传来几声阴森森的惨叫，我浑身一悚，禁不住"啊"了一声。父亲止步转过身安慰我："别怕，是野猫子在叫春。"翻过苍山岭，前面的路就平坦了，此时，东方露出了鱼白，山地、田野的轮廓渐渐地清晰起来，父亲把担子提给了我，又塞给我五元钱，嘱咐我："身体刚好，别硬撑，到前边村里去雇个人挑挑。"我挑起担子，父亲目送我渐渐远去，直到身影消失在他的视线中。

苍山岭与父亲一别，半年没有见面。"文革"期间，学校停课，各行各业乱了套，我在社会上瞎闯了一阵子，打道回老家当了民办教师。上世纪七十年代，老家商业界刮起一股红色风暴，一个上午全县村一级的代销店统统被关闭，营业员停发工资，不给养老金，一脚踢出。父亲卷起铺盖，依依不舍离开苍山小店，村里来了不少人与父亲挥泪道别。父亲回家后，与母亲一起寄住在同村大姐的老屋里。星期天，我去看望父亲，人瘦了，满头白发，十分憔悴，他看到我勉强给我一个笑容，我安慰父亲，天无绝人之路，相信政府会有公道的。我们兄弟姐妹几个每月给他一些生活费，父亲在家闲不住，时常到山地边去捡些柴火，我不放心劝他别去，他说动动舒坦，在家越坐越闷。我知道父亲心里藏着太多的委屈，劳动或许可以忘却痛苦。冬去春回，燕子归来，又在梁上衔泥筑巢，父亲痴痴地盼望政府给个公道，等了一年又一年，我曾多次替父亲奔走上诉却石沉大海，杳无音信。

那年秋风乍起，大姐老屋天井里的银杏树叶飘落满地。母亲告诉我，父亲的举止显得有些迟钝，饭量大减，捏筷的手老是发抖，常常一个人坐着自言自语。星期六下午，我送几本杂志给父亲消遣，父亲站在天井边，仰着头，秋风里瘦弱的身子似一杆枯死的树桩，茕茕孑立。见我进去，瞥了一眼，又只顾自己看天上的云彩，嘴里唠唠叨叨，听不清说些什么。母亲还告诉我，父亲常在念叨小店，一次睡梦中惊醒大喊："小店起火了，快救火！"我向学校请了假，陪父亲到江边走走，晒晒太阳。这天父亲精神好多了，脑子也清醒，父亲在我家吃了中饭，想不到这是我和父亲最后的一顿午餐。

三天后的上午九点钟，家里打来电话告诉我父亲不行了，待我急急赶到父亲身边时，他闭着眼躺在床上，喉结处发出"咕咕"的声音，我抱住父亲的头哭着喊着，他再也没有醒过来。

"有的人活着，他已经死了；有的人死了，他还活着。"这是臧克家为纪念鲁迅写下的诗句。鲁迅是伟人，父亲是平民，不可相提并论，但生命无贵贱，父亲一身正气，活得本分，走得干净，永远让人怀念。

涓涓细流

别瞧不起涓涓细流，虽然小气薄力，却终年能听到它欢快的脚步声；虽然没有江河豪放博大，却已让人感受到生命脉搏在时时跳动。涓涓细流是生命之源。

小时候听妈妈讲的一个传说故事记忆犹新，某山村的神庙里住着一位得道和尚，他惜水似金。神庙背后有一道山崖，崖缝间长年不断滴着一线细流，和尚用细竹管将滴水引进一口大水缸，每天规定煮茶、烧饭、洗漱只用五瓢水，说起来也怪，这缸里的水既不会浅去也不会溢出，永远保持一个水平。有一年遇到大旱河流干涸，而崖缝间的一线细流依旧不断，日日夜夜"嗒、嗒"滴进水缸，村民都来神庙汲水，和尚的一口水缸救了全村五十八条生命。和尚圆寂后，村民遵照和尚的遗愿，在神庙背后山崖脚修建了一口池塘，命名滴水塘，一年四季碧水盈盈，永不枯竭。

我二十岁那年响应上山下乡的号召，从学校回到老家接受贫下中农再教育。一次跟着生产队的伐木组去深山老林伐木，我忘记带茶水，口渴了到处寻找泉水，偏偏遇上干旱季节，几条山涧早已断流。疲劳加干渴，我双脚发软，倚着崖石坐在地上，我满脑子想的就是水、水、水，哪怕只喝上一口也足以心慰了。无意中我感觉屁股凉凉的，一摸已湿漉漉，赶忙立起用双手刨开泥土，见有涓涓的细流溢出，我喜出望外，迫不及待地匍伏在地，张开嘴去轻轻吮吸。我仿佛回到了襁褓之中，吮吸的不是清泉，而是母亲甜蜜的乳汁，浑身有一种说不出的舒畅痛快。我从青年一步步走到老年，经历的事太多，该忘的都忘了，唯有深山刨土吮水一事常常记起。我崇敬涓涓细流，不仅仅是它对我有解渴救命之恩，也不是它形象有多高雅，其实涓涓细流从来没有要显耀自己，它低调自怜，却不自卑，它对宇宙间的万事万物一视同仁，它没有因为大海浩渺而去攀附巴结，也没有因为山坑渺小而鄙视远离。它永远以博大的情怀，默默无闻地守护着大山这个神奇而美丽的大家庭，全凭不起眼的涓涓细流笼络着山鸟、山木和山花，让大山永葆青春。

我崇敬涓涓细流，更在于它的品格魅力，它给了我们人生很多的启迪。

回忆与母亲在一起的日子，从来没有暴吃暴饮的，哪怕有了新谷，照样吃掺着萝卜碎沫的饭。我很羡慕邻居孩子捧出来的白花花的米饭，闻了真香，母亲猜着我的心思，有时她偷偷盛给我一碗白米饭，而她尽吃些萝卜碎沫。那时我才七八岁，虽然还不太懂事，母亲的慈爱和袒护让我十分感动，从此，我不再去羡慕邻里孩子的白米饭，坐在屋里吃完了就去上学。到了来年青黄不接的时候，我家照样是半菜半粮，虽然吃不好，却能填饱肚子，而邻居家断粮了，只好去山上挖葛根，到地里摘青麦子过日子。母亲心地善良，看到邻居孩子挨饿的样子心里难受，悄悄给他盛碗萝卜饭，我看着他吃得比自家的白米饭还有味。

母亲她慈祥、沉稳、不显富不哭穷，待人扑心扑肝，没有半点虚假做作。记忆中我的姑妈、姨娘和舅妈几家老亲与母亲都走得很近，她们喜欢带上孩子来我家做客，哪怕住上十天半月母亲依旧笑脸相迎，虽然从不当贵宾招待，吃的仍是我们平常吃的粗粥淡饭，这些长辈如在自己家一样，无拘无束开心自在。这种貌似平淡内心真诚的姊妹亲情，一直延续到彼此离开人世。

母亲的情感永远是不显山不露水、平平和和，却又让我们时时感受到涓涓细流般温柔体贴。父亲的小店生意清淡，大哥结婚家里欠了一笔债，母亲瞒着父亲卖了结婚戒指，给大哥置办了一辆双轮手拉车，指望农闲时跟着村里跑运输的出去拉几趟货，赚些钱把债还清。遇到大哥第二天要起早出远门拉货，母亲就会把大嫂叫去与她一起睡，大哥大嫂都很理解母亲的用心，从未半句怨言。

天刚蒙蒙亮，母亲不惊动大嫂，悄悄起床给大哥大嫂烧早饭，备好路上吃的点心，母亲一直送出村口，临别时老是一句话：小气薄力的别逞强。傍晚，母亲烧好饭早早站在村口盼着大哥大嫂，回到家先捧出热乎乎的干菜汤让夫妻俩喝下去。母亲没上过学，不懂补钙的道理，只晓得出汗多了双腿发软，喝干菜汤能养脚。

对于大哥母亲是很内疚的，他只读了四年书，父亲经商开店不会农活，在生产队没有赚工分的人处处受掣肘。

当时大哥才十四岁，毅然放弃学习，当起放牛娃，替父母分担家庭经济压力。母亲苦口婆心相劝，大哥索性当着家人的面把课本都撕了，母亲无奈默认了大哥的人生选择。

待到我十四岁进初中，碰上国家三年困难时期，与我同届进去的一百零八位同学，毕业时只剩下三十六人。那年代山里农民实在供不起子女读书，只好中途退学。我进初中的第一年新校舍刚开始建造，学校租用村里的民房上课，为节约基建经费开支，全日制中学成了工读学校，学生几乎每天下午参加公益劳动，去十里路外的砖窑厂挑砖块。我自小体力弱，受不了挑担跑长路的重活，一次跑了回家，对母亲说不想读书，我的逃学深深刺痛了母亲的心。已经有了大哥的前车之鉴，不能再迁就我了，母亲一脸愠色，一双眼睛死死盯住我，我禁不住心头一悚，乖乖地立着准备受训。

在我的记忆里母亲不轻易发火，她留给我的是个可亲可敬的慈母形象。只有我九岁那年的除夕夜，去徐家台门找小哥们玩，见黑漆大门关着推不开，就搬起石头去砸，给小哥们的爷爷逮住，将我扭送到母亲面前，母亲让我看着她的脸，见到的就是现在的满面愠色，当时我抖索着不敢说一句话。其实母亲没有责罚我，她用柔柔的语气与我讲理，句句似清泉滴进我的心田，是那么凉爽、那么的温馨。

我偷偷抬头见母亲脸上已"云开日出"，她正以慈祥的目光注视我，问我饿不饿，她去灶头拿来两个煮熟的红薯塞进我口袋里，找了一副担挑说声：走，妈帮你分着挑。

母亲融入我们这支学生娃娃运输队，一路上劝着同学

117

们脚步放慢别逞强，见到我班上的一位女同学步行艰难，忙赶上去卸下两块砖，加在自己的担子上。我跟在母亲的身后，沉重的担子压得她走路摇摇晃晃，我过意不去，想去替换一阵好让她松口气，被母亲示意拒绝了。此后，每次挑砖劳动母亲都会预先等在砖窑厂，我仿佛一下子长大了，因为我懂得母亲的良苦用心，她不让我重蹈大哥的覆辙。

初二年级的下学期，我们搬进了新校舍，教学开始正规化。山里孩子上中学中途不回家，必须带足一个星期的粮食和干菜，母亲怕我学习紧张营养跟不上，每星期三步行给我送菜到学校，她匆匆来又匆匆去，见了面用眼神打个招呼，彼此心领神会，什么语言都成多余了。我越来越感受到在母亲身上有着一种潜在的力量，是这种力量在推助我往求学路上迅跑，我终于顺利完成初中学业，考取省重点高中。

母亲离开我们已整整三十年了，过三天就是她的忌日，我想把《涓涓细流》作为祭文献给地下的母亲，愿她化作一泓永不枯竭的涓涓细流，日日夜夜走遍涧涧湾湾，滋润着家乡的每一方土地。

写于绍兴 2019 年 1 月

菜 园 子

人情重怀土，故乡安可忘?

客居异乡，最惦记老家的菜园子。每年清明回乡祭祖，总要带儿孙们去菜园子转转。我家的菜园子在东山坳，足足有二里路。当初母亲健在，娘俩三天两头跑菜园子，刨地、除草、浇水、施肥，或许心里藏有希望，走起来感觉只一箭之遥。

我从母亲手里接过来，侍弄了几年，有人夸我家的菜园子像花园一样美。退休离家时，将菜园子托付给隔壁阿叔料理。他是个说一不二的勤快厚道人，一年四季蔬菜，瓜果满园，遇到有人进城，少不了给我家捎些新鲜蔬菜去。现在城里人讲究饮食卫生，说自家种的蔬菜无农药残毒，吃下去放心。

去年春上，隔壁阿叔突发心肌梗塞去世了。村里几位留守老人嫌我家的菜园子偏僻路远，好歹不肯接手。今年清明扫墓，见菜园子已长满半人高的杂草，不知谁家的一头羊在园子里蹓跶，看到我仰起头"咩咩"叫了几声，我蓦然一阵心酸，不敢久留，匆匆离去。

我家的菜园子是母亲一锄头、一把汗垦荒出来的。那时我才十来岁，三年自然灾害，粮食、棉花欠收，老百姓缺衣少食，幸亏农民有菜园地，可以菜抵半粮。当时的农民觉悟高，体谅国家难处，家家勒紧裤带过日子。我家没有菜园地，父亲经商，平常吃的蔬菜是向农户买的。后来，粮食困难卖蔬菜的农户没有了，有时一连几天吃不上新鲜蔬菜，看到人家孩子跟大人去菜地摘瓜取菜，我好眼红。

　　一次，我已四天没尝到青菜了，口唇边满是疮。见伙伴小庆拎一篮青菜去池塘洗，偷偷拿了两棵跑回家。母亲问青菜是谁给的，我吱吱唔唔说不清，当母亲查明真相后气极了，狠狠地打了我一顿。我没有喊一声痛，也没有掉一滴眼泪，最后母亲抱住我失声痛哭。

　　一段时间我发觉母亲老是早出晚归，每次回来疲惫不堪，我好奇问母亲去哪儿了，她说以后会告诉我的。

　　阳春三月布谷鸟叫了，母亲愈加神神秘秘往外跑。一个星期天，母亲说要带我去一个地方，保证让我惊喜，我怀着好奇心，跟着母亲走。穿过村后的山地，沿着去东山坳的坡路，眼前横着一泓小溪，两岸藤蔓缠绕，将小溪遮盖得严严实实。我们弓着身，顺小溪踏着乱石堆往上游走，不盈二百步左转上了岸，见几畦平地，满目青翠。这里的土质肥，苗儿长得特别壮，五月豆已爬上棚，边开花边长出一串串淡黄的嫩豆；园子四周的南瓜藤顺着石块垒起的篱笆，撑起一把把小绿伞，南瓜花开得真闹忙，一支支金喇叭似的，吹得蜂迷蝶恋，忘记归途。我惊喜万分，对着大山高喊：我家有菜园子了！

此后，我常去菜园子拔草，捉虫，回家带一些新鲜蔬菜，品尝起来感觉特别鲜，特别美。我也明白了母亲选择这么个隐蔽地方，开发菜园子的道理，那年代开荒种地是不允许的，说是搞资本主义。母亲处事小心谨慎，为了孩子，为了这个家，她不得已冒这个险，我深深理解母亲的心。

　　在最困难的一段日子里，全家大小五口靠父亲一人的口粮度日。母亲是主心骨，一家的吃、喝、拉、撒全由她操心。我从来没有见过母亲为生计发愁，她那温和慈祥的脸上常挂着笑容，她有一句口头禅：没有跨不过去的门槛。阳春四月，南瓜菜瓜打旺，菜园子成了一家人的希望。我最喜欢吃母亲用嫩南瓜丝做馅包的饺子、馒头，又柔又鲜。那时孩子不挑食，能填饱肚子就是件福事。母亲不愧是持家巧妇，她有个生活准则：吃省、吃好、吃饱。一次家里只剩一小碗玉米粉，怎么吃？只有过来人明白，当时老百姓的肚子是个"清水衙门"，没有一星半点油水，一个正劳力一顿可吃一斤米。母亲做成大团大团的菜馅，往玉米粉里打个滚，小心翼翼放进锅子里蒸上五六分钟，一揭开锅盖，香气扑鼻，吊人胃口。

　　菜园子离村子远，又在山坳里，野兔子常出来捣蛋。黄豆苗没长半尺高，就连叶带芯被咬掉，常常要补种两三次。母亲想出好多治野兔子的办法，在菜园四周大石块上涂石灰，用毛竹片弯成弓插在菜畦上，拉上系粽叶的细绳，风一吹粽叶飘起来，发出"啦啦"的响声。野兔子虽然胆小，几次试探平安无事，便大摇大摆来享受它的美餐。一次听老农说兔子最忌腥味，于是母亲用鲞末子撒在黄豆苗四周，果然野兔子不再来捣蛋了。

冬天的菜园子没有夏天那么闹忙，高脚白菜已收割入缸制成咸菜，油冬儿、大白菜依旧守住阵地，几经风霜的洗礼，谨慎从容地进入冬眠。我最喜欢吃油冬儿，柔软油滑，母亲舍不得去割，说要留着过年吃。一场大雪将菜园子盖得厚厚实实。雪后天晴，积雪融化，饿慌了的竹鸡、斑鸠成群结队来菜地觅食。刚从雪窝里探出头的油冬儿，经不住鸟儿们的几次光临，只剩下矮矮的菜根。我又气又恼，借了一种叫"弶"的铁笼子去捕捉，一只竹鸡被关进了笼子，见到人拼命地挣扎、哀叫。母亲心软了，劝我放掉它，说这些竹鸡、斑鸠都是大山外婆的子孙，让着点。也真怪，自放走竹鸡后，不再有鸟儿来糟蹋幸存下来的青菜，过年终于如愿以偿吃到了自家菜园子种的青菜。

与母亲一起侍弄菜园子，是我少年时代最快乐的日子。母亲教给我许多种菜的知识，说茄子苗根部有只眼睛，种时不可把眼睛埋进土里，否则苗儿长不旺，到时会枯死。我仔细观察的确有一个小黑疤，大概就是母亲说的眼睛，我也试过有意埋住"眼睛"，不到六天苗儿枯萎死去。究竟什么道理，母亲说不准，她也是听外婆念叨的。我最感兴趣是母亲精心培育的那盆天葱，只要摘一根摆在面前，就会闻到一股清香。天葱有神奇的再生能力，每到秋季园叶变得粗硬，渐渐叶尖冒出一粒小豆豆，迅速长大成一束毛绒绒的白花，白花谢了钻出两三支小葱叶，同时往下伸出几枚白根，这时老葱叶日见枯萎。母亲教我把幼葱苗连根摘下来，移栽到新盆里。不出十天半月，新的一代天葱又是那么青翠挺拔，精神焕发了。

菜园子伴随我从少年一直到老年退休。母亲是菜园子忠诚的守护者。直至她年迈体弱时，仍挂着拐杖常去菜园子瞧瞧，有时会坐在地边石块上，侧耳听听山鸟的鸣啾，眯眼望望菜苗的旺长，守上半天，才迟迟离去。

母亲去世后，我成了菜园子的主人。我在镇中教书，下班了急急赶回家，就去菜园子侍弄一阵。在我的记忆中，种菜要比养花有趣，养花只给人眼福，待花儿谢了，什么都忘记了。而种菜从撒籽育苗，培苗成长，直至开花结果，是一种快乐的期盼，有激情，有奔头。试想有一天，暖烘烘的阳光照在菜园地里，你轻轻走近菜畦，紫色的茄子垂着，红喷喷的西红柿挂着，金黄的菜瓜摇着，碧绿的南瓜躺着，你还不被眼前的情景陶醉？这种精神的放飞，身心的愉悦，不逊于"采菊东篱下，悠然见南山"吧！

如今菜园子没有了主人，结束了曾经的辉煌历史，跟随母亲回归了大自然。再见了，令人向往的菜园子，瞧着你现在的模样，在母亲坟前不知说什么好。

夜　渔

"五月麦黄鳜鱼肥"，老家几代人都这么说。那些年小河里盛产鳜鱼，这鱼体扁鳞细，尾鳍呈扇形，腥味重，肉质鲜嫩厚实，听说有补阴养颜的功效，村里的女人们特别爱吃。

我的邻居大叔长年在河里捕鱼，他最了解鳜鱼的生活习性。鳜鱼昼伏夜出，待到月高人静时，它们悄悄溜出深潭石洞，大摇大摆上河边浅滩觅食。

我自小喜欢在河里扑腾，与邻居大叔走得近，常跟着去河里撒网下钩，久而久之也养成了夜渔的嗜好。

新婚燕尔正赶上麦黄季节，爱人想去体验一次夜渔的生活，我欣然答应。

出村去河里撒网要踏过九九八十一阶丁步石，穿越三百米乱石滩。爱人最怕走木架桥和丁步石，说是看见湍急的流水，仿佛地在移动，人就头晕目眩，双腿发软。我要背她过河，她一口拒绝，坚持要自己走，爱人的性子外柔内刚，多说也白搭。我侧身在前面开路，一手紧紧扶住她，走几步歇一歇缓缓气，又继续一步一步往前走。我时

124

时提醒她：眼睛别老看水面，脚踏实，人站稳。

到了河心有条二米多宽的航道，东西两石墩间铺一块窄窄的木头桥板，一股急流从上直往下冲，发出隆隆的响声。爱人一脚刚踏上木桥，我已感觉到她的手在微微发抖，她不敢开步，蜗牛似的沿着木桥移动，后来索性闭上眼止步不前。我护着不去催她，待气喘平息下来，我轻轻问一声："能坚持吗？"爱人突然睁开眼，朝我一瞥，点点头。

踏过丁步石，穿越乱石滩，眼前是一片沙地。这里是我孩提时代的乐园，每天放学了，爱玩的孩子都会来沙丘演练捉特务，摔跤格斗。这里的沙子历经上百年的浪淘，抓一把撒在地上，手上不沾一点尘土，天晴久了，我们走在上面会发出"唦唦"的响声。

爱人见到这一片沙地兴奋不已，她张开双臂像只蝴蝶一样飞到沙丘脚下，一屁股坐在柔软的沙子上，背倚着略带余温的沙丘，脸上挂满甜甜的笑容。晚风混和着新翻泥土的气息轻轻吹来，爱人静静躺着，惬意地享受着大自然的馈赠。

我与爱人从恋爱到结婚，风风雨雨过了五个春秋，从未见到她像今天这样放飞、开朗。在我的记忆里，爱人稳重矜持，喜欢把喜怒哀乐藏在心里，从不轻意挂在脸上嘴边。我受爱人的感染，激发了少年时代的张狂，爬上丘顶腾起身子往下跳，准准地落在爱人的身旁。我们这对来之不易的新婚夫妻，不在花前月下，却于河畔沙地，重又荡起爱恋的涟漪，追忆那刻骨铭心的爱情历程：从陌路邂逅到一次次相约，从冲破阻力到终成眷属，一幕幕一场场，既有牵肠挂肚的缠绵，又有分分合合的伤心，似熊熊烈火在锻炼一块金子，过程是痛苦的，结果却是幸福的。

新翻的麦田里传来一片蛙声，今晚听起来特别悦耳。我对爱人说："蛙们挺通人性，它们在为我俩庆贺演奏。"爱人却说，是蛙们自己在呼朋唤友，求偶相会。我突然想起庄子和惠子游濠梁的故事，逗着爱人问："你咋知道蛙们在呼朋求偶？"爱人明白我在捉弄她，佯装生气打了我几拳，嘴上骂着"真讨厌"，脸上却神采飞扬。

不知何时，月亮已悄悄爬上柳梢，皎洁的月光洒落在河岸狭长的沙地上，远远望去似条银白的带子护着小河。鳜鱼该上滩了，我背起渔桶，提上鱼网，沿河边沙地蹑手蹑脚下去潭口。

爱人兴致蛮高，坚持要下河撒网。渔桶是专供捕鱼者用的水上载人工具，它没有渔船好驾驭，坐的人重心稍有偏斜，极易翻桶落水。我让爱人与我背靠背逆向而坐，双脚拉开，人保持四平八稳。爱人帮我提鱼网，我左手划桶，右手撒网，船桨激起的浪花搅醒了河底的睡月，渐渐拉长圆脸，化成一条金色的光柱移向远方。渔桶在"哗哗"的划水声中，打着圈缓缓驶向彼岸。

刚撒下鱼网，滩头传来一阵骚动，爱人紧紧捏住我的手，我安慰她没事，是鱼儿已收到了大自然发出的危险信号，它们在惊恐中寻路逃生。我用船桨往渔桶边敲了几下，对爱人说："鳜鱼马上要上网了。"话音未了，一条大鲤鱼突然腾空跃起，直朝渔桶撞来，爱人惊呼一声，人失去了平衡，渔桶剧烈地摇晃起来，我双手迅速抱住爱人，厉声喊道："别动！人坐正。"渔桶终于平稳下来，我划到岸边，扶着爱人上了沙地，她一脸惊慌呆呆地坐着。

爱人毕竟第一次下河捕鱼，从未见过如此惊险的场面，我陪着她讲了许多有趣的捕鱼故事，给她压压惊。她很快镇定下来，脸上有了笑影。

五月的天，孩子的脸，说变就变，刚才还是朗月当空，瞬间乌云遮天，"嗦嗦嗦嗦"下起零星小雨。附近尽是空旷的沙石滩，没有一处可挡风遮雨。我灵机一动将渔桶作帐顶，倒盖在地上，一头用船桨支撑，夫妻俩钻进里面，过起蜗居的生活。

雨点敲打着渔桶，爱人的话语开始像雨点一样多起来。回忆起刚才鲤鱼撞人的一幕，心仍有余悸，她问我："鱼也会发疯吗？"我说："兔子急了也会咬人。"她又问："鳜鱼能像鲤鱼一样跳网吗？"我告诉她鳜鱼不会跳网，它只会一味低着头往河底钻，它的鳍带刺，一碰鱼网就被粘住，十有八九逃不了。

爱人缄默片刻，重重叹了口气，惋惜地对我说，她宁愿鳜鱼跳网逃生，不忍心看到老实巴交的鱼儿被逮住。

雨停了，我匆匆下河收了网，不再去计较逮住了多少鱼，因为我已读懂了爱人的心语。

几十年过来了，每次提及新婚夜渔的事，爱人一直在替老实巴交的鳜鱼抱不平。

2020 年 7 月写于绍兴

127

煮　妇

我真服了老伴，别看她两鬓染霜，上了七十的年纪，在家仍唱主角。每天买菜做饭料理一家子的饮食生活，整天不打一个盹，瞧她那副乐呵呵的样子，简直就是一棵不老松。

我们是个大家庭，姐弟仨同在一个城市工作，每天晚餐都相聚在我家。老伴做好菜，放进保温箱里，等候儿女孙子陆陆续续进门，围坐在餐桌边，开开心心品尝她做的菜。儿女们催老伴坐下一起吃，她说站着好，站着看你们吃菜下饭最开心。

老伴心里有本账，一家人谁喜欢吃什么菜，都一一记在心里。有时为买到儿女孙子喜欢吃的菜，跑遍半个绍兴城，我问她累不累，她说她乐意。同样是只鸡，吃法不同、烧法也各异，女儿说白斩的清口，儿子说红烧的入味，孙子说全鸡柔软，老伴不厌其烦，变戏法一样烧出合各人胃口的鸡肉，难怪儿女孙子都亲热老伴。

如今老年人喜欢积蓄钱防病，年轻人喜欢花钱享受。他们隔三岔五带着家人上酒店打牙祭，城里的菜馆吃厌了，又跑去乡下品尝农家的风味小菜。嘴巴就像孩子一样，宠坏了回到家吃自家的菜，难免口味对不上号，会挑剔这个菜太咸了，那个菜太熟了。老伴听着心里针刺一样痛，她不再站在餐桌前，悄悄退走去卧室休息。小女儿最理解老妈的心思，会放下饭碗跟过去给她敲敲背，聊几句单位的新鲜事逗老妈开心。我晓得老伴不会生儿女们的气，我们是个民主式的家庭，在父母面前儿女们向来是直言不讳的，老伴在自责烹饪操作中的失误，为烧出不合格的菜肴难过。在她的心目中儿女孙子是上帝，老伴常在念叨，我们操劳一辈子就是为了儿女们的幸福，儿女们能和我们聚在一起开开心心吃顿饭，再苦再累也心甘情愿。

老伴时常在电视上听烹饪课，每学会一样菜的烧法就让我品味点评。啤酒全鸭是她的拿手杰作，我孙子最爱吃，儿女们也称赞叫绝，每次贵客临门啤酒全鸭是少不了的。我外孙从国外回绍兴，吃了老伴烧的啤酒全鸭，对他妈说，舅婆烧的菜是我吃得最上口的。老伴听到亲人的称赞，心比蜜还甜。

如今要当好一位称职的煮妇的确是件难事。在我年轻的那个时代，人们是在熬日子，只要有白米饭，什么菜都不用，撒撮盐一搅拌，狼吞虎咽要不了几口一碗饭就落肚。我的丈母娘是厨师，村里的红白喜事都叫她去掌勺，那时大锅的菜缺油少料，只要是肉不管是蒸的、炒的，还是炖的，从来没有挑精剔肥，嫌淡嫌咸，酒席间不论上什么菜都吃得碗底朝天。现在的人才是真正过日子，讲究绿色生态，追求营养配比，要求色、香、味俱全，每天餐桌上的荤素菜肴都得有变化，今天烧的是醋鲤鱼，明天该换清蒸鲫鱼，每一位煮妇追求的是餐桌上能见到灿烂的阳光，听见欢快的笑语。

老伴疼儿女爱面子，儿女们十分理解老妈的心思，有时胃口不好，饭菜咽不下，脸上尽量不挂"晴雨表"，不让老妈难堪。但儿女们任何一丝心里不快都逃不过老伴的眼睛，她不声不响起身离开餐桌，不一会端上一碗自家做的馄饨放在餐桌上，细声柔气地告诉儿女们：胃口不好想吃点什么同妈说一声，这是自己家。

老伴学会用微信与儿女们联络，每天在家人群里总能见到她发的微信：晚饭来吃吗？喜欢吃什么菜？她会按照儿女们的喜爱去选购蔬菜。

老伴时常提起五年前她患病住院的事。她告诉我最舍不得的是儿女孙子，原本亲亲热热一家，如果自己撒手而去，再也不能为孩子们烧饭做菜，再也见不到一家人开开心心团聚，心里着实难受。但在儿女面前老伴显得坦然镇定，当推进手术室时她朝儿女们微微一笑，似乎在说，放心吧，老妈挺得住！老伴最不能忘怀的是二十个日日夜夜，儿女们轮流守护在她病床前，为她喂食把尿。儿女们的同事好友都去看望她，见面的第一句话就是：伯母什么时候上您家去吃饭，您烧的菜真好吃。主刀医师也对她说，一年后，照样可以上灶头烧饭了。老伴受医生、亲友的鼓励和开导，很快从病魔的阴影中走出来，重新燃起生命的火焰。老伴很庆幸自己的康复，说是老天爷眷顾，让她再为儿女们当几年煮妇。

老伴在娘家做姑娘时，整天背着药箱走村串街，忙她的兽医行当。母亲是厨师做得一手好菜，根本无需女儿上灶掌勺。与我结婚后，被逼无奈学会烧饭做菜，受我的挑剔和鼓励，她的烹饪技艺日见成熟。能促使她烧出一手好菜，在于她的母爱。老伴平常念叨的就是儿女孙子，每天傍晚见到儿女带着一身的疲倦踏进家门，心里总有一丝酸溜溜的感觉。她找不到贴切的语言去安慰儿女们，她只有把一样样小菜烧得可口美味，让儿女们吃得开心舒畅，忘记白天工作的疲劳，找回青春的笑容。

平时儿女们聚在我家喜欢聊些生活趣事，说某某菜馆的特色菜烧得如何如何好吃，老伴听了特感兴趣，向儿女们问长问短，了解菜的制作过程，第二天她照着介绍的烹饪方法去烧，失败了再来，直到儿女们点头称赞才会像无邪的孩子一样开怀喜笑。

老伴烧饭做菜讲究一个"变"字，不仅每天的菜肴在变，主食也在变，她常说餐餐吃同样的菜，哪怕是特级厨师的绝活，也会让人吃倒胃口。儿女们常在同事那里夸老妈，每天的晚餐都有新的感觉，一进门闻到菜的香味，看到菜的颜色，油然吊起食欲。南方人几乎餐餐是米饭，有时也想吃点别的主食活活口，儿女们想到的，老伴就会做到，一瞬间一大碗土包馄饨或是一大盘菜馅包子出现在餐桌上，像行走在沙漠里的饥渴者突然遇到一泓溪水，带给满席人一阵惊喜。

老伴制作点心心比绣花针细。她学会做馒头，裹馄饨，包饺子，烤油饼，制挂面，她干一样专一样，样样有她的特色风味。在美国念书的外孙女儿每次回家探亲，总要外婆做菜馅包子给她吃，还带去美国让同学一起享受。老伴做的挂面粗细均匀，没有一根折断的，是名副其实的长寿面，家人过生日，老伴体体面面烧一大碗，吃起来柔中带韧有嚼劲。

有一道人生的难题是每一位老人必须解答的。随着年龄的阶梯一步步往上爬，总有一天要面临失去生活自理能力的尴尬，今天你给儿女们烧饭做菜，说不定明天你坐在轮椅上让儿女们喂食把尿，这是多么令人揪心的人生结局？可是谁也无法抗拒命运的安排，天终将慢慢黑下来的，只能以现实的态度去面对和接受。老伴很坦白地告诉我，过一年是一年，能替儿女们多当几年煮妇，是我这辈子最大的愿望，养老院我是不去的，没有亲情的晚年生不如死。等到失去自理能力的那一天，拿我们的养老金雇位保姆，既照料我们的衣食起居，又给儿女们烧饭做菜，我坐在轮椅上看着儿女们每餐吃得津津有味，我就放心了。

老伴啊，不知说你什么好，这辈子你想的就是替亲人当好煮妇，让儿女们吃好吃饱，可从来没有考虑自己年纪大了，该享享清福啦。儿女自有儿女福，何必想得那么多，那么远呢？

每当席散儿女们离去后，老伴会重重地坐在沙发上，打开电视机听一段戏曲演唱，此刻她会安静地闭一会眼睛，缓冲一下体力的透支。我注视老伴清瘦的脸上，挂着两只下坠的眼袋，眼眶四周隐隐有一圈黑晕，只有眉宇间透视出来的倔强的生命力，给了我一种心理的安慰。老伴真的要谢谢你，是你的辛苦换来一家人的团聚，延续着人世间最美好的亲情。

大　姐

　　杭州的大姐刚刚过完九十岁生日就走了，走得那么突然，那么悄无声息，接着噩耗我忍不住失声痛哭。

　　半个月前，姐夫电话告诉我，大姐体检状况不好，医生建议住院观察治疗。大姐不肯配合，执意要回家，姐夫无奈，要我出面劝劝大姐。

　　在视频中我见大姐白发苍苍，脸上依然挂满慈祥的笑容，但人瘦了，老闭着眼不爱说话，没有以往精神。大姐听我劝告，总算答应住院观察治疗。

　　三天后，我"阳"了。嗓子痛说话哑兮兮的，不能与大姐视频聊天，只好发个微信向大姐问好。她一直没有回复，或许没有留心看到，我心里老是悬着似的不安。

　　我已三年未与大姐见面了，以前每年一次去杭州看望她，后来闹新冠疫情，政府管控严，彼此都是上了年纪的人，不好走亲访友尽量不去。每次电话大姐总有说不尽的话，年纪虽大声音清亮，我说大姐身体硬朗可活一百岁，她笑了，笑声里充满了对生活的自信和乐观。

　　真想不到短短一个月，乐观自信的大姐会突然病变，人老了真的今日不知明日事。姐夫告诉我，住院期间一直由儿子日夜陪着，我外甥对妈妈耐心体贴，从无半句怨言。不久母子俩都"阳"了，一个瘫痪在床生活完全失去自理，一个连续几天发高烧，咳嗽不止，浑身乏力。我的大外甥女要带小孙儿，二外甥女在日本一时回不来，身边没有可替换的人，外甥全凭着一颗孝心，仍一刻都不敢怠慢，守护在母亲身边，医生称赞我外甥是个大孝子。

大姐年迈体弱经不起新冠病毒的折磨，肺部感染后全白了，肺功能丧失，呼吸困难，心律不稳定，生命之油已耗尽了。

一月五日大姐离开人世，一月十一日才轮到火化，这个来无声去无影的新冠病毒，夺走了多少像大姐一样慈祥善良老人的生命！

姐夫回忆起大姐的一生眼泪汪汪，说是太亏待她了。几天前发给我一帧照片，姐夫单脚跪地，面对大姐墓碑上的遗像似醉如痴，我被他对大姐的一腔情爱深深感动，当即回赠一副对联：青山翠柏黄白菊；逝人跪者生死情。

大姐的青春年华就像漂摇在水中的一叶浮萍。十九岁出阁与姐夫过日子，一年后，姐夫受四哥的鼓励提出想去武康（建德）中学修完初中课程，毕业后回来就业。大姐知晓自己的丈夫胸怀大志，便满口答应，且鼓励姐夫说：家里有我，你尽管放心读书。

在姐夫复学的第二年，大姐有了女儿，为了一家人的生计，让丈夫安心读书，大姐忍痛割爱将襁褓中的女儿托付给婆婆，经人介绍只身去上海当奶娘，继而帮拥，将挣来的钱一分一分拼起来，支助丈夫读书，供女儿生活。大姐早出晚归虽然工作辛苦，却活得充实有滋味，每当空闲或躺在床上时，她会想念女儿和丈夫，看到别人家老少相聚团团圆圆，自己家三口子天各一方，难免有些心酸，幸亏四哥四嫂视大姐如亲兄妹，孤独中分享到家的温馨。

每次收到大姐寄去的生活补贴费，姐夫心里潮涌似的既感激又难受，他知道这钱来之不易，恨不得一分钱掰成二分用。姐夫是个有心人，他在校不仅学习刻苦用功，成绩优秀，各方面的工作都积极参与，圆满完成，年年都获得奖学金。姐夫又是个体育爱好者，不管刮风下雨，酷暑严寒，每天坚持赤脚长跑，他舍不得跑破鞋子，尽管一双跑鞋不值五元钱，对姐夫来说那是一笔不小的开支。

初中毕业后，姐夫想到家境窘迫，决心弃学从业。武康中学的校长十分器重姐夫，劝他别半途而废；大姐也写信鼓励姐夫说：你读书，我打工，再苦再累我心愿。大姐的爱重新点燃了姐夫的读书欲望，他以优异的成绩考取省立湖州高中。

上了高中，姐夫有了明确的奋斗目标，他更加勤奋刻苦，以坚韧的步伐朝着既定的目标前进。三年后，姐夫被保送到浙江大学电机系深造，接到消息大姐喜泪满面，含辛茹苦这多年总算在黑暗中见到了人生的曙光。

大姐辞去保姆的职业，先后去过学校做校工，进一家公私合营的无线电元件厂打工，最后在亲友帮助下，被招入国营上海无线电九厂，在厂业余学校取得初中毕业文凭。她实实在在做人，勤勤恳恳干活，每月都超额完成生产指标，深得领导信任，年年都评为先进生产者。我知道大姐并非贪慕虚荣，她想的是多干活多得点奖金，供女儿生活丈夫读书。

姐夫读大三时因长期营养不良、劳累过度，患了肺结核，他坚持边读书边治疗，因为家庭条件不允许他住院疗养。这一年大姐被精简出厂，失业后因生活所逼，结队去上海安灰矿区跑单帮。

这天下了一场暴雨，从矿区返回时河水猛涨，木架高桥被洪水冲得摇摇晃晃，大姐从小怕走木架高桥，眼望着滚滚洪流，双脚发颤，不敢上桥。天渐渐暗下来，大姐急得真想哭，幸亏工友赶来，一前一后扶着她过了桥，直到晚年每当回忆起过桥的事，还是心惊肉跳。

十年的炼狱终成正果，1963 年 7 月姐夫大学毕业了！他被分配到浙江省电力管理局设计处工作，单位给了姐夫一套住房。从此大姐结束了颠沛流离的生涯，将大女儿从乡下接到杭州，组建了一个温馨的家。

在大女儿十二岁时，大姐怀上了二女儿，生活稳定了，前车之鉴让大姐意识到孩子不能离开妈妈，亲情是靠母爱培育的，已委屈了大女儿，不能再委屈二女儿了。大姐毅然辞去一家国营企业的工作，一心一意在家做专职主妇，相夫教子。

我在金华一中读书那几年，每当放寒暑假，总要去杭州大姐家住上几天，记忆中大姐说话柔声柔气、笑容可掬，一见面就有亲切感。当时大姐白手起家，经济不宽裕，生活非常俭朴，我一点不在乎，感觉在大姐家就像回到母亲身边一样舒心随意。

平常大姐家的客人不少，有上海、香港的，也有乡下山村的，大姐不分贫富贵贱，一视同仁热情招待，深受亲友的赞誉。

大姐的一生是踏踏实实走过来的，她给丈夫儿女是满满的爱，待亲朋好友是一片真诚的心，唯有给自己留下的是苦和累。

上海四哥发来唁电说：爱罗的一生是可歌可泣的。

香港的侄儿传来视频，他在大姐遗像前痛哭流涕说：小婶婶是我最敬重的长辈，她心地善良，为人真诚，吃苦耐劳是我们学习的楷模。

姐夫的一位好友评价大姐说：周师母用自己的艰辛和痛苦成就了丈夫的理想和事业，营造了一个美满的家庭，她是一位普通而伟大的女性。

2023 年 3 月写于绍兴

实　惠

　　女儿的旧衣裳存放在我家，衣橱挂满了，连三只衣箱也塞得严严实实。老伴发出黄色警示，让女儿赶紧将这些旧衣裳处理掉。女儿是位超前消费者，喜欢穿着打扮，走进商场瞧着款式新颖的高档服装，不论价格贵贱都会买下，穿不上几遭感觉平平又去换新的。前些年常把搁着的衣裳送去乡下亲戚朋友，如今农村经济条件好了，妇女们进城花几百元钱买套时尚衣裳已不稀罕，你送去的高档名牌衣裳毕竟是过时的二手货，外表看起来没有自己花几百元买的光鲜靓丽。最后女儿决定把满箱的衣裳统统送去旧衣回收柜，听说慈善机构拣好的运往贫困地区，救济那些缺衣少穿的人。女儿看着簇新的高档衣裳一件件丢进铁柜子，难免有点"衣衣不舍"，她心里明白这种施舍毫无情意，甚至让人会有"嗟来之食"的感觉。

　　平时我曾半开玩笑对女儿说，少买几件、买低档一点的不好吗？女儿报我以淡淡的微笑，这内涵不言而喻，是代沟啊，时代给予的代沟。我们这一代人穷怕了，把钱看得比山还重，对生活习惯于瞻前顾后，年轻人未见大海不

138

知风浪，生活在蜜糖中甜惯了，视钱为身外之物，追求个人享受，热衷于现代人的高消费生活。我的一位初中老同学改革开放的号角一吹响，就下西洋出东亚、经商义乌小百货，最后定居南非娶了一位年轻的妻子。几十年的辛苦经营，手头积攒不少钱财，老婆看上了一条宝石项链，价值八万美元，我的老同学觉得挂如此昂贵的项链，纯粹是拿钱打水漂，浪费。他想出一个两全其美的办法，既不破费巨资，又讨好老婆，他在银行给妻子另立了一个户头，存入六十万人民币，自己趁回国去义乌批货，请当地的工匠花三千元人民币打造一条假宝石项链，乍一看与真的一模一样。年轻夫人旗袍配上宝石项链气宇轩昂、身价百倍。南非治安不好，一次夫人单独外出遭劫被抢走了项链，夫人痛不欲生，我的老同学不得已才道出真相，答应夫人再去义乌打造一条。

爱美之心人人皆有。年轻人哪怕缺钱花也要买名牌服装，多半为的是满足心理虚荣，穿上名牌衣裳自我感觉提升，走在大街广场志高气昂、显示身价。其实老年人也好虚荣，今年四月我带社区的夕阳红观光队去舟山旅游，玉器店有款镀金鸡心项链做工精细，价格便宜，吸引了众多女顾客，明知这是假货，大家把它当作手工艺术品去欣赏，乐意掏钱买一条当即挂在脖子上，彼此点赞。

我的老伴十分注重仪表，讲究衣着穿戴，这一点母女很相似。别说她已上70的年龄，身段依旧没有半点走样，是天生的衣架子，无论怎样款式花样的衣裳穿在她身上都得体大方，就像特地为她裁剪的。女儿常带她去逛商场，要给她买高档服装，被老伴婉言谢绝。她对衣着打扮很有个性，大红大绿的不喜欢，高档名牌的不追求，讲究朴素文雅，平价实惠。她说衣服只要款式新颖，合身得体，穿起来自我感觉好就行，不必过分要求面料质地好，做工细腻。如今服装款式瞬间万变，今年时尚这个，明年又时尚那个，多则穿二年，少则穿一年，价格便宜的丢掉不心疼，随时可换新的，何必踮起脚花大钱去追求高档名牌呢？

正值十里荷塘花红莲绿，女儿开车带我和老伴去观赏美景。走在十里锦香的荷塘曲桥上，这里聚集了许多旗袍秀，大红大绿，光鲜夺目，她们倚在桥栏上正兴致勃勃议论着各自旗袍的品牌价格，在她们的眼里穿什么样品牌的衣服代表了什么样身份的人。老伴穿的是无品牌的廉价旗袍，颜色淡雅勾勒的曲线分明，走在这些华贵的旗袍秀中间，仿佛是一只白蝴蝶蹁跹于红花绿叶丛中，自然，质朴，不失高雅，老来俏们纷纷投来羡慕又妒忌的目光。我深深为老伴独树一帜的衣饰打扮所感动，面对接天莲叶的十里荷塘，口占一诗为老伴点赞：

陪老伴走荷塘，十里锦香暖风爽。

旗袍秀笑语浓，素颜淡雅红绿中。

我很赞同老伴的大众化消费观念，并非我们这一代人缺钱花，是长期的极简生活养成的好习惯。大众消费讲公平买卖，一分钱一份货无欺诈。我从来没有进商场去买过一次衣服，到现在连 T 恤衫和棉毛衫都搞不清楚，老伴笑我是生活白痴。记得我曾买过几回皮带，都是从地摊里拣便宜买的，有一条是自动扣的人造革皮带，用了半年开始扣子失灵，一次遇上拉肚子扣子怎么拉也拉不开，急得我大呼小叫，最后还是老伴拿剪刀把皮带剪断。"脱裤子剪皮带"一时成了家庭笑话，儿女们都说老爸太抠，我狠狠心托儿子去大商场花四百多元钱买回一条牛皮带，这次吸取教训改买针孔的，想不到牛皮带成了吹牛带，用不上三个月洞孔拉开成一个口子，原来是条人造革制的伪劣牛皮带。我当时像误吞了一只死苍蝇一样恶心，并非在乎几百元钱的经济损失，作为消费者得不到应有的尊重，是一种人格的侮辱，心理上的折磨，刚刚建立起来的对高档商品的一点信誉荡然无存。

价廉物美仅仅是一句商业口号，便宜的诚然没有好货，但消费者明明白白心底踏实；高价的未必是真货，遇到伪劣商品不仅经济遭损，又受精神折磨。我无权对消费者说三道四，每个人都有自己的消费理念。钱虽然是身外之物，但不是取之不尽的海水，我们应该学会过日子，如果花小钱能得到与花大钱一样的结果，那么省钱总比挥霍要实惠。请记住我的一个忠告：假如你感冒了，完全可以去药店买点便宜的感冒药吃几天就好了，何必要小题大做去医院检查、打针、吃药，花几百上千元钱呢？

2019 年 6 月写于绍兴

待放的纸鹞

　　早春的风神奇，一夜吹开了满园的樱花，剪出了一堤丝丝的柳条，桃树、梨树、杏树相继惺惺然睁开眼，含情脉脉笑对春风，很快，世界将被染成五彩缤纷的大花园。

　　公园里响起孩子们欢快的笑语，一只只纸鹞带上天真烂漫的童心，随着二月风轻轻地飘浮在天空。看到蓝天白云下自由自在的纸鹞，我蓦然想起上初中一年级的孙儿泽恒，他曾经有过一只心爱的纸鹞，是朋友送的，一只展翅欲飞的草原雄鹰。孙儿很喜欢，几次拉着我去公园广场试放，怪我无能老放不高，看到人家的纸鹞飞在天上，孙儿一脸委屈赌气走了。孙儿又去缠着他爸爸，我儿子是医生，哪怕双休日也很少在家歇脚，十有八九要爽约，一次次的失望像瓢冷水，把孙儿心头燃起的那把火熄灭了。如今那只纸鹞仍搁在衣橱顶上，表面蒙上细细的灰尘。

　　孙儿已十五岁了，这个年龄雨后春笋似的疯长，过了个年又长高了一截，已超过他爸爸了。做爷爷的瞧着孙儿一天天长大，如同见到自己侍养的花草长出新叶，吐出花蕾一样喜悦。照理说，这个年龄的孩子无忧无虑，应该是

142

天真烂漫的阳光少年。回忆自己小时候，放学回到家将书包一扔，装几个熟红薯，牵着牛去河边的山地放牧。捉石蟹，采野果折腾够了，躺在柔软的草滩上，拿出《三国演义》连环画欣赏一番，厌倦了对着河流山谷哼几句"在那遥远的地方"。我先天缺少音乐细胞，小伙伴取笑我唱起来比牛叫还难听，我不在乎，因为我开怀轻松，真把自己当作自由自在的小鸟。可是我发现孙儿自进了中学越来越少言寡语，放学回来见到他弓着背驮一只鼓鼓的书包，仿佛是驮着一座大山，跨进门低着头礼节性的叫一声爷爷、奶奶，便径直去书房卸下背上的书包，重重地往椅子上一扔，长长地吁一口气，坐下去完成他的课外作业。

　　记忆中孙儿长着圆圆的脑袋，从小活泼爱动。三岁时玩乒乓球，球滚进了柜橱底下，他待了一会去拿来衣叉，人躺在地上用衣叉将乒乓球勾出来；一次他在墙上涂鸦，我制止他，他报复我偷偷把我的老花镜扔进马桶；四岁时，孙儿看见我给鱼缸里的金鱼喂食，他学样站在小凳子上，将自己吃剩的半袋牛奶倒进鱼缸，待我发现，八条鱼儿都已肚子朝天了；孙儿五岁上幼儿园，他懒得走，喜欢骑在我脖子上，抓住我的头发催我跑起来，一路喊着"驾、驾、驾"，竟把我当作了一匹老马。

　　七八岁的孙儿无拘无束，爷爷奶奶也舍不得去管他规矩。上小学仍是我负责接送，他已主动提出走下我的"马背"，开始独立行走，过马路我不放心要携着他，孙儿一脸不高兴，他爱逞强自主。那时候孙儿的嘴甜甜的，晚上跟奶奶睡会讲很多很多故事，听得我们耳朵起茧了，仍滔滔不绝地讲。

　　小学四年级转到新校区学习，离家近了他谢绝接送，我不放心偷偷跟在他后面，看到他穿过斑马线走进校门才安心回转，偶尔被他发现我在跟踪，孙儿会很严肃地敬告我，他长大了，不需要大人呵护。

　　孙儿去年考上建功中学书法特色班，学校距离家远了，为了赶时间改由父母用车子接送。每天傍晚五点半钟，我和老伴就记挂孙儿，期盼能见到灿烂的笑脸，感受到春风般的温暖。自进初中后，孙儿的功课多了，学习更紧张了，每周都有测试，孩子和家长成了绑在一根绳上的蚂蚱，大家的心绷得紧紧的。每次听到孙儿考出好成绩，全家人眉开眼笑举杯庆贺，偶然不经心考砸了，大眼瞪小眼黯淡无声，孙儿的学科成绩成了一家人喜怒哀乐的寒暑表。

　　特色班十分看重平时的考分，每次测试都登记在学生个人档案里。家长在私下排名，哪怕相差一、二分，排名次序就落下一大截，家长屏住一股气为孩子呐喊助跑，可怜天下父母心，谁不想自己的孩子百尺杆上高过别人。我儿媳妇好胜心特强，孙儿都归她接送，每次放学回到我家，大气没等喘平就敦促孙儿写作业，待吃好晚饭，又急忙催他回自己家去"开小灶"。双休日对孩子来说是雪上加霜，孩子们已没有自己支配的时间，他们成了父母手中的木偶人，全由父母拉着线从东街跑到西市，从早晨忙到傍晚，名曰兴趣班，实为填鸭式的文化补习班，究竟有多少效果只有天晓得。家长们全在赶时尚，觉得出了钱烧了高香，可以理直气壮对孩子说：爸妈尽力了，今后看你自己了。

孙儿从小由奶奶带大，对奶奶有特殊的感情。小学时每逢双休日喜欢住我家，晚上睡时常给奶奶敲背按摩说些甜言蜜语，哄得奶奶心花怒放，一个劲称赞好孙儿。其实孙儿肚里有个小九九，把奶奶哄乖了，趁机玩一回电脑，奶奶受了孙儿的感情贿赂，只好睁一只眼闭一只眼，有时在儿媳妇面前还要替孙儿护短。上了中学，儿媳妇不允许孙儿睡我家，怕孩子失控，成绩会掉下去，孙儿只有肚里嘀咕，嘴上不敢说。

　　其实十五岁的孙儿开始有了自己的思想，他既不想任人摆布，又不敢明目张胆对抗父母，毕竟还是青涩的毛孩子，左右不了自己，他在矛盾的漩涡中沉浮，只能用缄默的方式掩饰内心的苦痛。我每次阅读孙儿的作文，仿佛打开了他心灵的窗口，见到了一个真真实实的孙儿。他说他喜欢一个人走在宁静的古道上，听不到世界上一切嘈杂的声响，没有诱惑和烦恼，彻底地放松了心情。五天的紧张学习让他的神经一直处于亢奋的状态，今天终于可以充分享受属于自己的时间，把思绪安置在自由的空间，化作一只小鸟去感受春风，感受阳光，感受花的芳香。

　　我似乎看见在孙儿憧憬的那片蓝天上，有一只雄鹰纸鹞在自由翱翔，时而摇晃俯冲，时而平稳飘荡。我既欣赏它搏击长空的勇气，又担心它好高骛远失去控制成为断线的纸鹞，最终坠落荒山野地。

　　很多时候我对孙儿的担心都是多余的，我曾经怀疑自己是否患了多虑症，害怕纸鹞会坠落荒山野地，近乎杞人忧天。其实孙儿心如明镜，他说：古道虽然清静，没有诱惑和烦恼，毕竟不是久留之地；蓝天虽然美丽，羽毛未丰满岂能翱翔于天空？走出虚无渺茫的心境，回到现实生活之中，我既然降生在这个时代，愿意接受人生赋予的煎熬，与快乐无忧的童年说声再见。

孙儿的语气带有无奈和伤感，他毕竟还是个孩子，爱玩是每个孩子的天性，百草园诚然是孩子的乐园，三味书屋也不是孩子的牢房，如今的学生应该具备竞争的自信和能力，否则将会是断线的纸鹞，最终坠落在荒山野地。我欣喜孙儿说的一句话：小时候我和爷爷未曾放飞的纸鹞一直留在我心间，等待吧，我心爱的纸鹞，总有一天我会让你翱翔在蓝天。

2019 年 4 月写于绍兴

宅家的那段日子

新冠病毒异常迅猛地在大江南北蔓延、肆虐……

大年正月，小区统一设卡联防，工厂停工，学校停课，餐饮服务业停业。原先明朗的神州大地被蒙上一层恐惧的阴霾。

我从设卡联防那天起，老老实实待在五楼足不出户。儿子在医院忙碌，听说已有不少确诊病人住院治疗，他每次发来信息总是强调形势不容乐观，告诫我安心宅家千万别外出。我理解儿子的处境，别人是心挂两头，而他是心挂三头。在医院他是急诊科主任，每天送去的疑似病人首先要急诊科接收处理，然后再转去特设的病房确诊治疗。他每天都在与病毒打交道，时时有被感染的危险，我们做父母的常为他担心。疫情期间取消了硬性的下班休息时间，全天二十四小时不间断地轮流守护在岗位，责任重于泰山，不敢有丝毫的分心。听说他的两位同事进了特殊病房区任主治医师，为防止病毒向外传播，他们吃住在病区，与家人隔离了整整半个月。

孙子十六岁在读初二年级，疫情暴发后在家接受网上教学。父母都在医院上班，爷爷奶奶蜗居自己家，儿子家整天只有孙儿一个人。儿子因疫情严峻事务忙，已好长时间没与孙子面对面沟通了，每次下班回家都是夜深人静的时候，孙子早已进入梦乡，做爸爸的不忍心去吵醒他。十六岁的孩子说懂事也不懂事，网课枯燥乏味，视力差的他经常会失控开小差，一个多月的网课孙子的学习成绩退步了。这对我儿子来说是最揪心的事，做父母的谁不希望自己的孩子能在百尺竿头比高低？当今这个竞争激烈的社会，孩子学习成绩不好，等于失去了希望。儿子想哪怕医院工作再忙，也不能丢掉孩子。

儿子利用每天午休的时间匆匆回家一次，检查孙子的作业，与孙子聊聊天，这些看似细微小事，及时弥补了父子间的感情裂缝。对孙子来说，父爱重于山，就像寒冬的一片阳光带给他无限的温暖，消除了他孤独无援的心理阴影，几次测试孙子的成绩开始回升。

我是有基础病的人，是新冠病毒最喜欢找的"朋友"。凡事该未雨绸缪小心为上，儿子够忙了，我得自己保护好自己，不让儿子分心、担忧，这是对儿子工作的最大支持。儿女们已长时间不来我家吃饭了，老伴做惯了煮妇，一段时间闲着，反而心里空荡荡的不是滋味。我明白疫情期间不来我家就餐是儿子的决定，他和媳妇整天在医院与新冠疑似病人接触，怕万一把病毒带回家。

宅家的那段日子，老伴隔天下楼去买过几回蔬菜，她拒绝我跟着去。疫情一当紧张，儿女们不放心老伴外出，每天打电话问我们喜欢吃什么菜，缺什么日用品，儿女们遵照我们的需求——买好送到家里。老人单独过日子都欢喜简单化，无论什么食物吃饱了就行，儿子知道后特意打电话给老伴，说老爸身体刚恢复需要足够的营养滋补，以增强免疫力。对母亲来说，儿子的话如圣旨，我们的伙食立马得到改善。

我的生活既单调又有规则。每天睡十二个小时，睡足了起来吃饭，看新闻，读书，坐久了绕着客厅小跑步。医生再三嘱咐我要适当锻炼，千万别染上流感，疫情高峰期发热咳嗽去医院会被隔离观察的，这对家庭对自身都会造成麻烦，尤其是儿子他已经够操心，我岂能再给他添堵？

尽管神州大地笼罩着一片阴霾，春天依旧姗姗来到江南。稽东的梅花谢后，委宛山的樱花、吼山的桃花相继开放。明朗的天、苍翠的山、碧绿的水衬托着粉红的花，这是多么令人向往的美景，可惜委屈了大自然的一片好意，没有谁敢顶风冒险去欣赏春的温柔美艳，"人面桃花相映红"的情景只能留在过去的记忆里了。

不能去公园、郊区领悟春的风韵，那就老老实实待在家中，幸亏窗台上的花草多少带给我一些春的气息，可以感受到春就在我身边。春，是一种念想，是一种希望，寒冬早已过矣，瘟神不知何时能离去？闭上眼静静地想象一番，疫情逝去、武汉解封、社区撤防，人们可以自由往来，聚会欢娱，该有多兴奋多快乐？

这天我读了一位武汉作家写的文章，说他隔离在家的日子，只要听到外面救护车的呼叫声，心如悬着一样难受，挨过了今天不知明天会怎样。多让人伤感的话！其实我了解到武汉人是坚强的，他们望着亲朋好友被病毒夺去了生命，强忍悲痛，擦干眼泪，忘我地投入抗疫战斗，他们以生命的代价换取了防控疫情的宝贵经验，为全国同胞赢得时间，拯救了更多的生命。相比下，我们蜗居在家虽失去暂时的自由，却是相对安全的。我们要像武汉人一样学会"忍"，"忍"是一种智慧和品质，它会帮助我们平安地度过难关。

四月下旬绍兴的疫情开始缓解。工厂复工，学校复课，餐饮业酒店重新开张，市民们开始摘下口罩纷纷走出家门，奔向公园、郊区，寻找春的踪影，拥抱阳光下的大自然。我记挂武汉的那位作家，他应该与我们一样安危度过了疫情的难关，结束囚笼般的生活了吧。

可是这场没有硝烟的抗疫战争远远没有结束，新冠病毒这个幽灵仍在世界各地徘徊，说不定哪个时候又会卷土重来。再"忍"一阵子吧，我将继续保持淡定的心态。

2020 年 6 月写于绍兴

第四辑

空山鸟语

十年磨一剑

  展示在社区文化礼堂的三十七件微缩木雕工艺作品，吸引了一批又一批爱好者驻足观赏。那逼真的造型，精湛的手工技艺，深深打动了观众的心，人们无不为之发出一声声赞叹。创作这些作品的是一位极普通的退休工人，常年衣着简朴，见人总是那么乐和和的，似乎从来不知什么叫忧愁。如果不把他的名字和那些微缩木雕作品联系起来，真不敢相信他是一位深藏于民间的能工巧匠。从他身上我信一句话：人不可貌相；我更信一句话：勤奋出真才。

  他叫邵永庆，是绍兴黄酒公司的退休工人。那天我去拜访他，他正蹲在楼下车棚前制作绍兴的小货船模型。一张不盈一平方的工作台，一把竹椅子，旁边放着锯子、凿子、刀子一类零零碎碎的木工工具，这就是他的工作室，那些令人赞叹不绝的微缩木雕作品，就是在这简陋的露天工作室，用这些最原始的工具，一刀刀、一凿凿制作出来的。三十七件微缩木雕作品花去了邵永庆整整十年时间，是什么力量在支撑他十年如一日，与微缩木雕结下不解之缘？

  邵永庆对微缩木雕工艺不讲究流派，也没有高深的艺术思想追求，他完全是凭着自己的兴趣爱好、纯朴的审美意识，去微缩现实生活中美的事物，赋予其一种新的生命。最初激发邵永庆搞微缩木雕的却是绍兴电视台播放的鹦哥调《箍桶记》。这是绍兴民间流传已久的一折喜剧，虽然主题是歌颂聪明贤惠的九斤姑娘，从中也折射出丰富多彩的箍桶手艺在人们日常生活中所占的重要地位。邵永庆告诉我，百艺中唯有箍桶一行无师指点很难学成。回忆他小时候，一次碰上邻里请师傅为出嫁的女儿箍大小脚桶和子孙桶，出于孩子的好奇心，他一直站在旁边看，对师傅串板合围不留丝毫缝隙的诀窍始终解不开，那时，邵永庆对箍桶这门手艺有了特别的感情。

自从塑料工艺问世，木桶一类家具被经济实惠的塑料桶所替代，如今箍桶的手艺已失传，人们早已忘记木桶曾经的光鲜。一种历史的责任感在鞭策邵永庆，他要把这段被遗忘的历史再现，让子孙后代看到祖先如何利用自然资源就地取材，以勤劳和智慧创造社会财富。邵永庆几次去乡村挨家挨户收集木桶样本，其中的吊水桶无法找到，他就按照戏剧人物的口头道白，设计出样本。邵永庆曾试过箍桶的手艺，始终没有成功，只好改用木头镂空的办法，边摸索边操作，一年零七个月的时间，制成大大小小几十类木桶微缩模型。

有了初次的尝试和成功，更坚定了邵永庆朝着微缩木雕创作之路走下去。一次朋友来家作客，看了木桶微缩造型作品赞不绝口，他告诉邵永庆绍兴已有十三座古桥被列为全国重点文物保护单位，何不将这些古桥微缩成木雕作品供人欣赏呢？经朋友的点拨，邵永庆恍然大悟，绍兴境内河网如织，湖泊相连，是名副其实的江南水乡，姿态各异的桥梁光建于民国以前的就有七百余座，古桥造型玲珑俊巧，雕琢精致美观，是璀璨的古越文化。邵永庆怀着勃勃的兴致，走遍绍兴市区的湖泊河港，采集到各种各样的石拱桥、木梁桥的样本，选定其中最具代表性的六座古桥作为创作对象。八字桥是他最感兴趣的，不仅历史悠久、造型美观，更是科学实用，建桥者构思巧妙，石桥位处三街、三河、四路的交叉点，三向四面落坡，其中二落坡下再设二桥洞，桥上置栏、柱头雕花成覆莲形，被桥梁建设专家称为我国最早的"立交桥"。

邵永庆从未经过专业的绘画、雕刻培训，为了真实细腻地表现八字桥的形貌结构特征，他三番五次去请教木雕老艺人，光是一座八字桥的微缩木雕工程让邵永庆在工作室足足蹲了九十个日日夜夜。兴趣和爱好是创作的动力源泉，人一旦对喜欢的事业投入感情，就会如痴如醉去追求它，为之付出毕生的精力。绍兴电视台的记者来采访邵永庆，将他和他的微缩木雕作品一起带到八字桥，记者取出作品让观众评议，在场的都被邵永庆的造型工艺所折服，一位老者激动地说：太像了，连桥墩上石板的花纹都一丝不差。

如果说邵永庆刚开始搞微缩木雕完全是出于偶然，那时对一切都充满好奇，那么现在播撒在微缩木雕工艺土地上的种子，从发芽、开花、结果有了收获，第一次将作品展示于公众，受到了大家的认可，他仿佛突然间有了感觉：

搞工艺也是一种信仰，投入越多获得的越丰硕，苦在表面，乐在其中。邵永庆从此放大脚步向更高层次的微缩木雕造型工艺的殿堂，一步一个脚印悄悄走去。

邵永庆从古桥微缩木雕的圈子走出来，又把目光投向兰亭风景区。东晋穆帝永和九年农历三月三日，王羲之和谢安、孙绰等四十一人，在绍兴兰亭修禊。众人饮酒赋诗，汇诗成集，王羲之即兴挥毫为诗集作序，这便是有名的《兰亭序》，宋代米芾称之为"天下第一行书"，一纸行书让兰亭名扬天下，成为世代文人崇敬的书法圣地。邵永庆心里明白，他面临的将是一次更大的挑战，鹅池碑亭、流觞亭、御碑亭是兰亭名胜的主体，其中御碑亭为中国四大名亭之一，要微缩这三大亭不仅技术含量极高，里面还涵盖丰富的历史文化底蕴。邵永庆没有丝毫退怯，随着兴趣的浓厚，各个方面都有了更高的追求，既要造型美，又要尽可能把思想内涵表现出来。首先从鹅池碑亭着手，凭着自己的悟性和韧性反复实践，慢慢摸索出古亭建筑结构的特点，终于突破飞檐挑梁的造型难点。有了前面成功的经验，一鼓作气又攻下流觞亭，剩下的御碑亭结构复杂，造型最难，它属大木结构的双围柱重檐八角亭，从搭合立柱、上梁挑檐，到亭脊横挡、"牛腿"纹饰雕刻、打磨上漆有十几道工序，邵永庆以超常的毅力，冬去春来坚持二年时间的努力，完成了三大亭的微缩木雕工程。在成绩面前没有沾沾自喜，他又一次冷静地思考：三座碑亭孤单单地立着，是否缺少一条纽带，将其组合起来，成为有思想内容的艺术整体呢？邵永庆再次跨进兰亭园林，踽踽独步在三座碑

155

亭之间，一条弯弯曲曲"之"字形的小溪给了他启发，如果用盆景的形式，以小溪和鹅池为纽带，将三座碑亭组合起来，岂不是更完整地表现出兰亭名胜的形式和内在的美了？邵永庆的设想赢得行家的肯定，作品出来后，行家说：造型逼真生动，突出曲水流觞的主题，有欣赏价值。

邵永庆太累了，一年三百六十五天，除了该做的家务事，就是蹲在小小的作坊里，孤独一人设计、构图、操作。他没有娱乐，没有社交，没有闲时，他的生命就像一团火的燃烧，在发光，他在探索从未走过的路，一条既艰辛又快乐的艺术之路。在创作应天塔微缩木雕造型工艺中，遇到了真正的技术性的挑战。应天塔原是宝林禅寺之七级浮屠，始建于东晋，唐代时改名应天塔，宋代时重建。应天塔属砖木结构的楼阁式塔，平面为六边形，外檐斗拱用木制，塔高四十米、共七层，各层转角处砌围柱倚撑，每层均有门通向走廊，走廊处设木制栏干，塔身由底层向上逐层缩小。结构之复杂，施工难度之大，对于只读过六年小学的邵永庆来说，真比登天还难，一时无从着手。那一年他不知多少回登上塔山，爬到塔顶，细细观察，那怕一道栏干的纹饰，每层楼几档踏步都一一记在心里，他把应天塔的结构图不是画在纸上，而是深深印在脑子中，他相信自己没有过不去的坎，只要坚持总会有成功的一天。

邵永庆在简陋的作坊里度过了艰辛而孤独的十年零三个月，两鬓不知添了多少根白头发，但是笑到最后的终究属于有志者。如果把邵永庆的十年微缩木雕创作生涯比作一部戏剧，从简单的木桶系列造型作开端，到六座古桥和

156

兰亭名胜微缩盆景的制成，那么应天塔微缩造型创作的成功，应该是戏剧的高潮了。但是戏剧在继续演绎、结局远远没有到来，邵永庆告诉我，他的下一个目标是绍兴的古城楼，绍兴古城原有十座城楼，物换星移现在仅存迎恩门和都泗门了，我拭目以待邵永庆的古城楼微缩木雕作品早日问世。

2018 年 11 月写于绍兴

空山鸟语

杨仲儒先生是位执着的音乐骄子，自学成才，一把二胡红遍大江南北，年纪轻轻担任了浙江民间歌舞团乐队指挥。

他的名字和他的二胡独奏《空山鸟语》一并刻进家乡人的心里，永世不忘。

一、邂逅相遇

我是 1969 年认识杨先生的。那年，"文革"正在进行，国家各行各业处于瘫痪之中，大学停招，我高中毕业后回乡务农。

傍晚，我独自徜徉在老家的壶源江畔，晚风送来一阵悦耳的琴声，驻足谛听，是二胡独奏《空山鸟语》。演奏者娴熟地运用长弓、跳弓、弹拨多种技法，模拟了深山老林各种鸟鸣声，偶尔夹杂着松涛呼啸，泉水叮咚声。我深深被琴声陶醉了，仿佛置身于美妙的百鸟世界，多日积于心头的那片阴霾被吹散了。

柳堤下拉二胡的便是杨先生。剃着平顶头，灰黑脸色，衣着简朴，完全没有我想象中音乐大师留长发，西装革履的模样。他温和、热情、谈吐风雅，颇有大家风度。当年我只是个二十来岁的学生娃，他大我十多岁，平常在老家遇到的都是土生土长的农民，说话不投机，碰到我也算半个知音了。

杨先生告诉我，他原是浙江歌舞团的，去年下放回老家，刚结婚二口子过生活，无牵无挂，时常在江上垂钓休闲，拉拉二胡消遣消遣。

时间久了，从村里人打听到，杨先生是我村地主杨富荣的二公子。其生母受虐待早逝，十四岁的仲儒不满家庭暴力，愤然离家出走，投奔新四军金萧支队。开始当发报员，后来领导见他特爱拉二胡，有音乐天才，将他送到军区文工团历练。1955 年退伍转业，先到金华浙江婺剧团工作，是年，周恩来总理提议组建浙江民间歌舞团，杨先生被上调任浙江省民间歌舞团乐队队长。

二、事业巅峰

刚进歌舞团时，杨先生的二胡演奏技艺平平，曾遭人白眼。他发愤用功，不知有多少回通宵达旦，坚持在西湖边苦练，练得手指出血，手臂发麻，双腿浮肿。勤奋与天才终于碰撞出灿烂的火花，几个月后，二胡和板胡演奏技艺突飞猛进，已达一流水平。杨先生的勤奋和才华得到领导的器重，被送去北京音乐学院深造。回团后，凤凰涅槃，脱胎换骨。其二胡、板胡独奏成了接待中央首长和外宾的必选节目，每次演出都赢得暴风雨般的掌声，原浙江省委书记江华称誉杨仲儒是江南的二胡大王。

期间，杨先生又多次到舟山等地采访明代戚继光抗击倭寇的英雄业绩，创作了民乐合奏曲《将军得胜令》，一炮打响，成了浙江民间歌舞团的压轴节目。国庆十周年杨先生随浙江民间歌舞团去北京参加国庆汇演，并在首都剧院演出他的代表作《将军得胜令》和二胡独奏《空山鸟语》。

事业的成功赢得了荣誉，杨先生成为浙江文艺界享受"三高"待遇的优秀人才。他是个"拼命三郎"，专注、执着、坚定，为了工作，他可以放弃爱情，放弃个人得失，全身心投入。精力的过分透支让结结实实的身体一下子垮了，他不得不离开岗位住院疗养。

三、下放回乡

在为人处世中，杨先生不懂权术，不善韬光养晦，说话直言不讳，多次与领导唱反调。知情人说，杨仲儒是卡在领导喉咙的一枚刺，非除不可。1966 年，借长期病假，不能正常工作为理由，硬性将杨先生精简出歌舞团，下放回乡支农。

杨先生在老家养病时，邂逅一位上海女知青，他们一见钟情，以琴为媒，很快确立了恋爱关系。眼下要离团下放农村，想到日后生活肯定艰难困苦，杨先生赋诗一首寄给女知青，郑重地奉劝她另攀高枝。真情打动了多情姑娘，她对杨先生说：只要有你在我身边护着，什么苦日子都能过。女知青不顾养母的反对，毅然离开上海，投入杨先生的怀抱，在穷乡僻壤过起牛郎织女的生活。

杨先生虽然生在农村，因自小离家，缺乏对农村生活的体检。新婚之后，一笔安置费花得差不多了，今后的生活怎么办？那时农村实行集体所有制，田地归生产队管理，农民背日头，赚工分，分口粮。杨先生不会农活，无奈之下，开始学捕鱼谋生。市场上野生鱼可卖到三角钱一斤，每天捕上三四斤鱼，有一元多点收入，这对集体化时代的农民来说，已大大超过了一个整劳力的实际收入。生产队有人眼红了，说杨仲儒是社员，必须按月向生产队买工分。过来人明白，买工分是生产队对外出搞副业人员的一个处理方法，一个整劳力搞副业每个月缴三十元买三百个工分，到年终分红结算，回到副业人员手里的只剩二十来元了。那年代口粮是命根子，它攥在生产队手里，没法子，只能忍气吞声。

　　单凭捕鱼买工分收入微薄，朝不保夕，眼下已添了两个女儿，生活的担子愈来愈重。杨先生是个烟瘾子，生活拮据时，到处捡烟蒂头，取下剩落的一点烟丝，用纸卷成喇叭烟来吸。老婆是个贤内助，学做裁缝，替人家缝缝补补，赚点油盐钱。杨先生的支气管炎时常发作，生命在同命运较量。那些年壶源江的水产资源未开发，野生鳖十分走俏，能卖到十倍鱼价，这对杨先生是个天大的诱惑，他顾不上身体，决定去浦江寺前村拜师学打鳖这门技术。

　　说起打鳖这行业，全凭意志和耐心。野生鳖白天伏在深潭里，它属两栖动物。据说，每隔十五分钟左右，会浮上水面换气，上来时水面会出现细细的水泡，遇到刮风下雨根本无法看见。所以打鳖要择风平浪静的艳阳天，打鳖人必须选择野生鳖经常出没的地方，居高临下，双眼死死盯住水面，一当有水泡出现，估计野生鳖不出五秒钟就会浮出水面，换气的时间极短。打鳖人要凭经验，不紧不慢刚好在鳖露出水面的一瞬间，射出带铅弹的连环钩，落在鳖头部几公分处，不等鳖清醒，将带钩的长线一拉，野生鳖一翻身，锋利的钩子牢牢扎进它的腹部软膛，再也逃不脱了。

执着是杨先生的一大特性，当他认准一个目标，就像当初通宵达旦苦练二胡一样，全心思放在目标上。他与红狐狸狩猎野鸭子一样，可以几个小时甚至一天不吃不喝，伏在岩石上，手里捏把鳖枪，目光专注平静的水面，耐心地等待水泡的出现。五个月漫长的历练，人黑了瘦了，脚肿了，唯有执着的那股劲，魔力一般附在杨先生身上。无数次的失败没有动摇那颗坚毅的心，一次次的失败摸索出经验，终于有一天他成功了！当时的心情如同二胡独奏《空山鸟语》，获得观众雷鸣般掌声时一样激动、兴奋。多少个风风雨雨的日子，仲儒过着野人一样的生活：白天打鳖，夜里捕鱼，风餐露宿，奔波在八十里壶源江上。

这天，杨先生带着几个月的收获回到家。晚上夫妻俩合计着，待到城里去卖掉野生鳖，先把生活队的缺粮款缴掉，队长已催过几次了；两个女儿也该做套新衣服，家里早已没油了，一家人也该吃上一回猪肉，带着美满的计划，进入甜蜜的梦乡……

人在遇到厄运时，往往事与愿违，夫妻一夜的美梦最终又是竹篮子打水一场空。城关的市场管理员要以养殖鳖

162

的价格收购他的野生鳖，否则就按照投机倒把的条例处理，杨先生有口难辩，一怒之下，跑去将七只野生鳖统统扔进浦阳江。

杨先生摸摸身上还有二角钱，回家的车费没着落了，他吃了碗阳春面垫垫肚，拖着疲惫不堪的身子，一步步往回走，他又一次陷入孤独举目无亲的窘境。回忆十四岁那年，只身走出家门，流浪他乡，一路上幸亏好心的阿婶、阿婆施舍度日，后遇上金萧支队的同志，引导他走上革命道路。命运可以把人从地狱托升到天堂，也可以把人从天堂打入地狱。回想起刚才怒沉野生鳖的举止，实在是争了气，损了财。杨先生这位从不屈服的硬汉子不得不承认，有时做一头志高气昂的雄狮，不如当一只俯首顺从的绵羊，人只有活下去才有盼头。

四、走出困境

杨先生病倒了，妻子伤心地哭泣，邻里都来劝慰。事后，他慢慢从困境中走出来，彻底放下知识分子的架子。他时常为村民拉一些喜闻乐见的曲子，听他演奏的人可多着呢，连邻近三村的人都赶来。愉悦的精神伴随清贫的生活，杨先生翻开了新的生活篇章。

那年老家小学组建了一个乐器班，贫管会推荐杨先生出来担任指导老师。一个山村小学没有音乐基础，没有资金，要搞乐器班谈何容易？杨先生自接受任务后，夙夜操心，缺资金买乐器，就自己动手制；买不起高档的就买些凤凰琴、三弦琴、口琴、竹笛。他从最简单的识谱，弹、拔、拉、吹技法教起，土制的胡琴、大提琴音色不能与高档特制的相比，杨先生不贪大求洋，因地制宜设计一套教学方案，耐着性子，手把手教。短短三个月从"叽嘎叽嘎"的声音中，摇出了一首又一首像模像样的合奏曲。元旦县里汇演，我老家小学乐器班的民乐合奏《金蛇狂舞》震惊了全场观众。不是演奏水平有多高，而是这样一班土里土气的孩子，用土里土气的乐器，竟演奏出如此高难度的合奏曲，而且那节奏、那技法、那气势完全是受过正正规规训练的。杨先生这匹埋没多年的千里驹很快被县文化馆赏识了。

此时，有更适合杨先生特长的地方在向他大开绿灯。金华军分区文工团要排演交响乐《沙家浜》，万事俱全，只欠一个懂交响乐的指导老师。军区领导想起原部队文工团的杨先生，派人去省歌舞团要人，听说已下放回老家，又追到诸暨。杨先生仍像当年的战士，听到首长召唤，二话不说立马随去。

演员都来自上海、杭州大城市的知青，素质好，短短几个月公演成功。军区首长拍板要长期留用杨先生，给家属安排工作。多年搁在杨先生心里的石块终于落下了，他满怀喜悦去迎接人生的第二个春天。

五、风云突变

生活充满变数，命运的天平刚刚开始向杨先生倾斜，风云突变，金华军分区领导痛惜地告诉杨先生：查到你的档案，内有"此人不得续用"的组织结论。这纯属政治迫害！仲儒震怒了，战友们震怒了。他携妻带女直奔杭州，寄住在农大战友家，开始了一场拉锯式的上访持久战。

一住几个月，省文化厅人事局与歌舞团玩起踢皮球的把戏。难在时间久了，原经办人退的退，调离的调离，杨先生身无分钱，耗不起拖，累垮了。战友托人介绍杨先生去浙江绍剧团当临时工。"小燕寄屋篱，皆凭雨打伶。"想不到享受过"三高"待遇的音乐骄子，如今只能俯首听凭呼来唤去，待遇之不公正、屈才之无尊严，让杨先生愤愤不平，内心隐隐作痛。

这年秋天，杨先生的支气管炎复发，步行困难，只能躺在床上为学员上课。一个月过去，肺气肿并发病情加剧，同事将他送往医院，妻子日夜守在病床前悉心照料。十二岁的大女儿非常懂事，见母亲操劳辛苦，毅然放弃学业，替代照看父亲的饮食起居。亲情煨暖了杨先生那颗受伤的冰冷的心，为了妻女他支撑着，顽强地与病魔抗争……

六、云散日出

1980年10月，秋高气爽，桂花飘香。中午，杭州战友打来电话，告诉杨先生的案子有了进展。原来战友委托中宣部的朋友，将杨先生遭受的不白之冤，披露在中央内参上，引起团中央书记胡耀邦的关注。不久，中央向省市又发了一个关于纠正冤假错案的补充通知，要求地方政府务必遵照中央203号文件精神，尽快给遭受不白之冤的同志平反昭雪，安排生活出路。

11月份省文化厅人事局的同志来绍兴，宣读了对杨先

165

生的纠错复职通知书：不回原单位，留绍剧团当音乐教师，享受原省歌舞团的工资待遇。一家人聚在病床前庆贺，杨先生这位硬汉子，再也忍不住悲喜交加的情感涌动，当着亲人们的面失声痛哭。

多年艰辛生活的折磨，杨先生的身体彻底垮了。在病床上不辍笔耕，整理了自己创作的民乐作品，修改了一生最为得意的《将军得胜令》。1982 年 10 月 11 日午夜，仲儒耗尽了生命的最后一滴油，听完自己演奏的二胡独奏曲《空山鸟语》录音，刚刚要抬脚垮越五十寿辰门槛时，魂断英年，安然走了。

我没有参加杨先生的追悼会，心存遗憾。三十五年过去了，借此机会补上挽联一副，以表追念：才气、骨气、正气，气冲霄汉；琴声、赞声、名声，声誉四方。

独树岗的故事

　　时值隆冬，我随越州老学会会长老宋去了浙东革命老区的独树岗。听说独树岗仍住着一对年近八十岁的夫妇，镇干部几次上门动员老人搬下山去住，夫妇俩舍不得抛弃老家，执意要留守独树岗。老宋对自强老人产生浓厚的兴趣，很想了解他们晚年的生活境况，于是邀我一同去独树岗走一趟。

　　从越州出发，不要一个小时的车程就走进了四明山腹地。这里刚遭受了寒潮的袭击，瘦弱的四明湖带有几分憔悴，拱卫于湖滨公园的一排红杉已脱尽了叶子，它们挺着伟岸的身躯，高擎起一角的蓝天，如同高擎起一面面生命的旗帜。

　　老宋对我说："这红杉春夏时披一身红装光鲜夺目，热情奔放；秋冬时坦然裸赤，与霜雪抗争、积极乐观，红杉不愧是大自然的生命之树。"

　　汽车过了跨湖大桥，缓缓绕着盘山公路驶向独树岗。这里的山是我见到的最温和的山，馒头形的峰峦一个叠着一个，逐个增高。每爬上一个峰峦就会出现一湾平地，有人依山傍水在此建起酒庄，庄院门前停满了汽车。老宋幽默地说："倘若有天桥架上太空，敢上蟾宫喝桂花酒的游客也不会少。"

汽车兜着圈儿绕过三个峰峦终于到达独树岗。岗顶一马平川地由西向南延伸，百米外有棵古松傲枝挺立，树下盖一间圆形草亭，我想独树岗应该由此得名吧。我们沿着岗上的石子路走向草亭，亭子四周摆着八条石凳，专供上岗观景的游客歇脚。

这日碰上大雾天气，瞰视四下朦胧一片，偶尔跳出一些山头，时隐时现，似一群海豹在大海里滚翻。寒风骤起刮得人面生痛，岗顶不可久驻。此刻，见西侧山呑间冒起一股炊烟，大家喜出望外，顺着炊烟的方向，沿石砌的台阶走下山去。穿过一片毛竹林，左拐横行不到二百步豁然开朗，眼前出现两间楼房和三间简易平房，青瓦白墙与苍翠山色相辉映，显得十分和谐。屋前是一块水泥晒场，周边是菜地，晒场与菜地间用一道竹篱笆隔着，菜地里满是大白菜、油冬儿，山里气温低怕冻着，主人在菜畦上盖着一层稻草。

立在柴垛上的红毛雄鸡见到生人昂起脖子，向地上觅食的母鸡发出警报，瞬间一群母鸡飞快地跑进小屋躲了起来。正屋里走出女主人，见到我们大大咧咧招呼进屋去喝茶，女主人告诉我隔三岔五有人来买鸡买蛋，它们见到陌生人就害怕了。

女主人十分健谈，说一口绍兴话，问起才知娘家是在绍兴平水。来了娘家人话语更投机，当她知道了我们的来

168

意，便告诉了她上独树岗的一段生活经历。

女主人叫阿彩，她丈夫叫阿根，夫家和娘家本是老亲，十七岁那年娘家闹饥荒，父亲将她送到独树岗老亲家蹭口饱饭吃。这里山高路远，开门见山，出门爬岭，又是单姓独户，举目无亲友，对从集镇来的姑娘，如同与世隔绝坐牢一般孤独寂寞。阿彩哭着要回平水娘家，是阿根陪着她，白天去山上放牛牧羊，采摘野果野花，晚上提着松明灯去山坑里抓石鸡、捉花鳗。阿根向他爹学了一手吹笛子的本领，他的笛子吹得真美，比山里的鸟鸣还好听。阿彩被美妙的音乐带进了开满鲜花的世界，一切孤独、寂寞、烦恼都消逝了，两颗年轻的心开始贴在一起，紧紧地永远分不开了，从此独树岗成了阿彩安身立命的家。

阿彩长长吁了一口气，她感慨人生短暂，晃眼间六十年过去了，当年的青涩少女成了两鬓斑白的老人。她从未见异思迁，一心守住独树岗，守住公公婆婆开创的这份家业。

阿彩对公公婆婆怀有特殊的感情。老俩像待亲闺女一样疼她爱她，潜移默化传授给阿彩做人的八字原则：勤俭、和善、知足、自强。

公公年轻时给地主扛长工，后来与太太的贴身丫环好上了，老爷罚他俩去独树岗守山护林。夫妻俩在岗顶结庐为家，含辛茹苦于南山岙开垦出一弯弯梯田，岙顶有一口泉井，公公修了堤坝，用积水灌溉田地，种出稻谷玉米，公公婆婆相亲如宾，日子过得有滋有味。三年过去了，婆婆的肚子老瘪着鼓不起，夫妻间少不了磕磕碰碰相互埋怨。

一天岗上来了一位和尚，向婆婆讨碗茶喝，临走时留下一纸偈语。待公公种地回家打开一看，纸上写着：无依无靠两袖清风，背山面水添丁兴旺。公公顿悟和尚的暗示，立马在山岙北面选择地址重建家园，第二年婆婆就生下了儿子阿根。

公公婆婆一生行善积德，做了不少好事。抗战时收留了三名浙东游击队的重伤员，白天将伤病员藏在山洞里，晚上接回家里住，躲过日伪军的两次追捕；阿彩刚来独树岗的那年，山下村粮食欠收，常有人上岗来拔野菜、挖葛藤根充饥，公公婆婆见人都留进家里招待吃饭。

公公婆婆去世后，改革开放的政策让国家富了起来，地方政府没有忘记独树岗这个"孤儿"。公路修到了家门口，电灯亮了，有线电视网也开通了，独树岗不再是与世隔绝的孤岛。

镇政府每年一次派车接阿彩夫妇去城里医院体检。领导像位暖心的大娘舅，见老人执意不肯迁居山下，牵手让镇卫生院、山下村超市与阿彩家结对子，采用电话联系，送货上门、服务到家。

这些年一到农忙时节，山下村的人都会自觉带农具上独树岗，帮阿彩家种田割稻。每次儿子回家探亲，阿彩总要再三嘱咐，莫忘政府、乡亲的这份恩情。

儿子是母亲的骄傲。阿彩的儿子毕业于复旦大学，是位博士生，在上海一家研究所工作，已近六十岁的人了，每年都带着一家人来独树岗过年。儿子说待他退休，要回独树岗陪老爸老妈安度晚年。今年受疫情影响，政府提倡就地过年，儿子一家不回独树岗了，阿彩有些失落，阿根劝她儿子是国家的人，应该听政府的话。

当屋里主客谈兴正浓时，屋顶岗上传来一阵狗叫声，阿彩告诉我们阿根回来了。

我和老宋跟着阿彩迎至门口，见一条大黄狗摇着尾巴，一下窜到女主人身边，亲昵地绕住她又跳又叫。

一会儿响起"啪嗒啪嗒"的牛蹄声，转眼间五头圆滚肥膘的黑牤牛出现在眼前，后面紧跟着八只壮健的山羊，像是训练有素的战士，踏着富有节奏的步子朝一排矮屋里走去。殿后的是位浓眉大眼古铜脸色的老人，腰板挺直十分硬朗，不用介绍知道他就是独树岗的男主人阿根。客主互相打了招呼，一起随牛羊进了矮屋。

那一排矮屋便是阿根家的养殖场。跨进院门见两旁围墙各挑出一排小屋檐，利用檐下的空间建了鸡舍。阿根告诉我常年养有四五十只母鸡，平均每天产蛋三十来枚，城里人不相信农贸市场的土鸡蛋，宁愿开车来独树岗买。

穿过院子是一排三间平房，左手是猪、羊圈，右手是牛圈，中间通风不畅留作卫生间。每间圈顶都有个小阁楼，专放牛羊过冬的草料。春夏季节独树岗坑坑湾湾盖满青草，这是大山的馈赠，阿根夫妇每天早出晚归，将一捆捆青草割来晾干，囤积起来给牛羊储备冬粮。

我们刚走进牛圈间，阿彩提来两桶煮熟的精饲料，一倒入槽里五头黑牤牛呼啦一声立起身，走过来慢慢享受丰盛的晚餐。阿根向我们介绍说，这是国外引进的菜牛，生长速度快，肉质好，从出生满一年就可以长到六百公斤。上个月已与余姚的一家屠宰厂签订了合同，估价每头

171

一万五千元，后天就来提货。

阿根真是个忘了年龄、永不服老的人，他兴致勃勃地谈起明年的养殖计划，已向国营牧业公司预购了六头安格斯黑牛犊。他说："人要活得像大山一样有骨气，我不想靠儿子赡养、国家救济安度晚年，趁现在身体还要得，仰仗独树岗优越的环境条件，养养牛羊，喂喂鸡鸭，积蓄一点养老金，虽然辛苦却乐在其中。"

离开阿根家，立在独树岗上，山间的雾气已渐渐消逝，夕阳的余辉从西山下喷薄而出，染红了天空，染红了起伏的峰峦。独树岗的古松在余辉下经受了洗礼，显得越发苍劲挺拔。

我的视觉里出现了阿根与古松的叠印，阿根似古松，古松即阿根，两者都忘记了年龄，永不服老。

2021 年 2 月写于绍兴

老柯的家事

　　都说老柯做人忒抠，既不讲究穿，又不舍得吃；退休十多年从不参加朋友聚会，也很少去外地旅游；偶然去社区老年活动室下下象棋，很少见到他与谁寒暄套近乎，捧着茶杯脸上像口池塘一样平静。他棋艺精湛，曾获过绍兴市第三名，与人对弈总是先让一盘，走满三盘不打招呼立马就走。

　　老柯的家境并不如意，近况更让他愁绪满腹，徐娘半老的儿媳妇居然老树开花再度怀孕，老柯夫妇白首相慰喜忧掺半。

　　二十年前老柯是街道企业的一名厂长。儿媳妇第一胎是女儿，照计划生育的政策，二代单传仍可生第二胎，老柯考虑到自己是领导，应该带头执行计生政策，硬是说服家人领取独生子女证。

　　如今孙女二十一岁在温州医大读书。国家计生政策拐弯，鼓励育龄妇女生第二胎，儿子媳妇全不顾家庭条件，瞒着老柯夫妇俩偷偷怀上第二胎。凭心说做长辈的谁不想子孙满堂，添一人多一份亲情，何况老柯只有一个孙女，要是儿媳妇争气给柯家生下一个胖孙子，俩老谁不喜欢？

老柯是个会过日子的人，面对现实的家境，加丁添孙实在难以让他高兴起来。一份家好比是一间房子，老柯是这间房子的顶梁柱，压在他肩上的重荷有谁知晓？他每月的养老金不到四千元，老伴是失地农民，国家政策允许补缴十五年养老保险，可享受退休职工最低待遇。儿子儿媳都是街道企业的工人，绍兴的轻纺业曾经有过辉煌的历史，那几年企业工人的待遇连公务员都眼红，只可惜好景不长，受到世界金融危机冲击，一些轻纺业经营暗淡，发展到靠政府贷款过日子。老柯的儿子跳了槽，干起的士行业，自己没有车，只好租老板的，月收入不如退休的老爸，全家人节衣省食总想买一辆自己的车，梦想一直没有实现。

大树没有就爬老柯这棵竹，一年三百六十天，儿子带上老婆女儿吃着老爸，用着老爸，连水电费都是老爸给缴的。咱中国的父母就是甘愿做儿女们的"公仆"，西方人嘲笑中国老人傻，不会花钱自个享受，中国父母说：看到一家人亲亲热热欢聚一堂，就是做父母的最大享受。老柯的慷慨为家庭注入了生命力，维持了一份难得的亲情。

瞧着儿媳妇的肚子一天比一天鼓，走路一摇一摆仍坚持在上工，人心都是肉长的，做公公婆婆的谁忍心？老柯隔三岔五的买些水果送去儿媳吃，老伴从自己家忙到儿子家，烧饭、洗衣、搞卫生，把儿子家的事料理得井井有条。老伴有哮喘病，只要劳累过度就会发作，一发作起来整夜咳得睡不着觉，老柯心疼老伴，怕她劳碌旧病复发，经常不声不响帮着干些家务。今年暑假儿子媳妇带上女儿自己驾车去苏州旅游了，家里的狗宝宝、花草都交给老柯照料，遇到心烦时老柯难免要嘀咕几句，老伴总是好言相劝。

儿子走的第三天夜里，老伴的哮喘病又复发。老柯给老伴服下药片，站着轻轻替她捶背，见老伴咳得上气不接下气，泪水汪汪的样子，心里塞着棉花团似的难受。老柯对老伴说：咱俩都已风烛残年，身体一天不如一天，眼下媳妇怀孕在身行动不便，家务事够你累了，今后媳妇坐月子，你要照顾小的，伺候大的，如何经得起折腾？待儿子回来好好同他商量，只能让他去请个保姆来照料。老伴拍拍老柯的肩，长长叹了口气说：他们那点收入供个大学生已叫苦连天了，你让儿子割肉卖血去请保姆？听起来老伴的话有点踱，细细嚼味满在理。老柯多少知道一些行市，如今请个全职保姆月薪少说也得六千元，就是把儿子赚的钱一分不花付给保姆也不够。

此时的老柯要说有怨恨更多的是悔恨。回想当初老柯全身心扑在厂里，家里的事全都交给老伴。儿子就读初中，没有父亲的监督管教，像匹无拘无束的野马漫无目标瞎跑，考不上高中去职校混了两年，因帮小兄弟打群架，被学校劝退回家。儿子没有文凭找不到工作，老柯将儿子安排进街道纺织厂当临时工。儿子野惯了，在厂里得过且过不求上进，干了五年才转正；儿媳妇是外地妹，人直爽喜乐，不会治家只会花钱，她嘴巴特甜，进门爸妈，出门爸妈，喊得老柯夫妇俩心里乐滋滋的。老柯自家省吃俭用心思全放在儿子媳妇身上，把三室一厅的商品房给了儿子住，自己用厂里的配给房。

175

老柯总觉得亏欠了儿子，如果当年把儿子的前途放在心上，平时多关心他的学习成绩，凭儿子的聪明不至于高中落榜，或许有机会进大学深造。儿子虽然从未有过微词，但在儿子消极低落的情绪中，老柯已深深感受到儿子在怨恨老爸的失责，一个好厂长未必就是好丈夫、好父亲。

老柯的老伴是位标准的贤妻良母。早些年老柯厂里事务忙顾不上家，她没有半点怨言，细心照料好老公和儿子的起居衣食，一肩挑起所有的家务事。老柯家底薄不富裕，老伴却调理得停停当当，一家三口的日子过得舒心和睦。唯有老伴缺少文化，以前娘家经济条件差，只读了三年小学就跟着父亲干农活，或许是受娘家的影响，老伴对儿子读书做功课督管不力，几乎是放任自流。老柯回家有时会检查儿子的作业，一当查出疵漏便拍桌大骂，老伴耐着性子不与老柯计较，只是轻轻念叨一句：鱼有鱼路，虾有虾路，不一定要读书才有出路。老柯一听老伴埋汰，立马偃旗息鼓不再作声。

老伴的哮喘病不见好转，老柯劝她卧床静养，一切家务事全由老柯操办。这段时间老柯愈加少言寡语，一闲下来便陪在老伴床边，摆开棋盘，一人对弈自娱。对老柯知寒知暖的唯有老伴，晚上她偎在老柯身边，抚摸着老柯的脸说：你瘦了。接着是一声叹息，然后柔柔地劝慰老柯：再挺一阵子，待我哮喘缓一缓，咱俩去我娘家龙虎山好好歇着养养身体。

这天在外旅游的儿子来了电话，向老柯问起妈妈的病情，语气言辞十分温顺体贴。儿子告诉老柯，在医大读书

176

的孙女一直关心奶奶的哮喘病，昨天特地去求诊苏州专治哮喘的中医名师，开了十帖中药准备带回家让奶奶服用，孙女暑假过后留绍兴市立医院实习半年，她可以趁便照顾妊娠期的妈妈。

儿子的电话成了老柯家的福音，一直压在老柯心头的石块瞬间落下了，他终于吐出一句金玉良言：隔不绝扯不断的亲情真好！老伴仿佛注射了强心剂，一骨碌从床上坐起来，一把夺过老柯的手机，泪花纷飞地与儿子聊，与孙女聊，与媳妇聊，似乎有说不完的话，诉不尽的亲情……

2019 年 11 月写于绍兴

烧 炭 工

孩提时尚未上学，整天价野在外面，捉迷藏，玩泥巴，河边烧火，回到家母亲见我脏兮兮的样子，开口便骂我"烧炭佬"。那时我不知"烧炭佬"是谁，但从母亲愠怒的骂声中领悟到"烧炭佬"一定是像我一样贪玩，弄得手脸脏兮兮的人。

那天我家正好吃中饭，来了位送炭末的大叔。山里人过冬少不了一个火熜，家里人多火熜也多，烧饭留下的火种少，母亲就在每个火熜里放一勺炭末，上面放少许火种盖层柴灰，火熜可以保暖一整天。

这炭末只有烧炭的人才有，对他来说是废料，对我们农户来说是个宝。大叔给我家送炭末来是个大情面，母亲赶紧招呼大叔坐下一道吃饭。席间我细细打量大叔，一部乱蓬蓬的灰色头发，似乎很久没有洗了，脸是黑黑的，双手也是黑黑的，而且粗糙开裂。我不敢多去瞧他，赶忙夹些菜走到门口去吃，心想：母亲骂的"烧炭佬"或许就是他，真脏！

上了初中，读到白居易的诗歌《卖炭翁》，对母亲说的

"烧炭佬"有了质的认识。卖炭翁和送炭末的大叔是不同时代的"烧炭佬",都是生活在社会最底层的劳动者。为了一家人的生计,卖炭翁终年"伐薪烧炭南山中",不畏天寒地冻,"晓驾牛车辗冰辙";为了一家人的生计,卖炭翁不顾自己身上衣正单,"心忧炭贱愿天寒"。他是一位富有责任心的好男人,是一位充满慈爱心的好父亲。他付出的多,回报的少;让人嫌弃的多,受人尊重的少。他无怨无悔坚守自己的劳动岗位,默默地为社会创造财富,烧炭工丑陋在外表,美丽在心灵,是值得我们去尊重和喜欢的人。

我的同桌蔡亮告诉我,他的父亲是抗美援朝的老兵,退伍后回到家乡,继承了爷爷的职业,成了一名专职烧炭工。父亲长年累月住在深山老林,平时很少见面。

提起父亲,蔡亮有一种自豪感。虽说父亲不是文化人,他的情感比文化人还细腻。去年蔡亮生日,父亲没有忘记,他匆匆赶回家,给蔡亮送去捡到的两个雉鸡蛋和三支尾羽。吃了饭又匆匆赶回大山,炭窑即将封门不能脱人呀!

星期六下午放学前,蔡亮告诉我他要去松山坞看父亲,抗美援朝三年父亲落下胃病,母亲托人买了些暖胃的药让蔡亮送去。蔡亮问我是否可以一道去,我欣然答应,因为我对烧炭工有了好感,很想去体验一下烧炭工的生活。

我和蔡亮赶到松山坞炭窑场已日薄西山,一抹余辉染红东边峰峦,鸟儿倦了回归了巢穴;山上转来一阵敲击声,听起来特别清脆悦耳;面前平地上立着一口新建的炭窑,只是没有窑顶,炭窑前的空地两头打了木桩,中间横放着一层层柴枝,足足有我人高。

山上的敲击声停了，听到一个洪钟般的吆喝："柴枝捆下山啰！"接着一阵"轰轰"巨响，柴枝捆一个接一个飞滚而下，最后都乖乖地落在预先设计好的山湾里。

暮色中一条人影手提木榔头，腰插柴刀，动作敏捷地走下山来，乍一瞧便知是长年在大山里打滚的人猴子。人影一阵风到了山脚，蔡亮刚叫出"爸爸"，我一眼认出了来人竟然是四年前去我家送炭末的大叔。一点没变，还是一部乱蓬蓬的头发，黑黑的脸，粗糙的手，不缺中年男子的精悍。大叔告诉我，烧炭工吃的是走南闯北的大山饭，五年前他承包我生产队的一垄山，期限到后去社员家送些炭末，顺便告个别。

国家困难时期，民用汽车缺油改用木炭做燃料，一时市场上木炭紧缺。地方政府动员民间烧炭工，组成突击队分散到深山老林伐木烧炭。大叔和两位同乡被分配到松山坞，二十天的辛勤劳动，待明天两位同乡来了就可扎柴枝，打窑顶，点火烧炭。

晚上我们三人挤在一间草舍里，大山的夜太宁静了，静得有些让人害怕。大叔告诉我，开始他很不习惯，老想着家的温馨和热闹，可是为着老婆和孩子能过上温饱生活，他强迫自己去接受孤独和寂寞。

平常蔡亮父子俩离多聚少，今晚好不容易在一起，话语自然特多，从蔡亮的学习谈到母亲的家务，又谈到父亲的工作。蔡亮问大叔白天在山上敲击什么，大叔说柴枝要运下山必须打捆，用榔头将柴枝一根根捶入捆里，越紧实越能保障安全滚到山脚。

蔡亮接着又问："为啥窑身造好了不及时打窑顶？"大叔摸摸蔡亮的头，笑笑说："今晚迟了，睡觉，明天告诉你。"大叔吹熄蜡烛，草舍、山林、天空都笼罩在黑暗中，不知何时山风骤起，万壑回荡，我在欣赏美妙的松涛声中渐渐进入梦乡。

次日早上，我和蔡亮被一阵"啪嗒啪嗒"的敲击声惊醒。走出草舍，太阳早已爬上山冈，看见大叔和两位同乡立在窑墙上，手执木榔头，敲打着窑内刚扎进的柴枝。我和蔡亮觉得好奇，赶过去看个究竟。

窑前堆放着的柴枝都已搬进新窑，根根直立，紧紧靠拢。顶部成穹形，柴枝的上头被榔头敲成一朵朵木花，花间相连组成了一幅花的图案。

大叔告诉我，这样设计结顶工程既省成本，又便于施工。山里的窑工都是就地取材，用韧性最强的山黄泥铺顶夯实，经烈火煅烧坚硬如石，二窑三窑一直可续用。

临别时大叔拉住蔡亮和我的手，意味深长地说："世上百业无贵贱之分，只要肯努力行行都可出状元。拿烧炭来说，长年露宿风餐，干活又累又脏，我退伍转业时组织让我去国营企业干保安，偏偏我爱做烧炭佬，其实烧炭不容易，是门技术活，要烧出优质木炭，光凭技术还不够，更需要经验的积累，如打造科学合理的炭窑，掌握关闭窑门、烟囱的火候。"

提起看火候，大叔颇有感触。他说火候到了不及时关闭窑门、烟囱，一窑炭就会大半化成柴灰；如果火候未到，提早关闭窑门、烟囱，会留下大量烟柴头，影响木炭质量。

大叔的话给了我很大的启迪，火候就是人的脉搏，行事的分寸，只有牢牢把握分寸，才能获得事业的成功。

　　我对烧炭工怀有深深的敬意。

　　　　　　　　　　　2022 年 2 月 27 日写于绍兴

山里达人黑牛

竹神黑牛早有耳闻，听说他有一手绝活，脚探地下竹笋，百发百中。

黑牛生在稽东，长在稽东，开门见山，出门爬岭，祖上三代都是老实巴交的稽东山农。初中毕业，好不容易考上市高级中学，偏偏屋漏遇到连夜雨，父亲突然病倒住院。黑牛是个孝子，一直陪在病床前，直至父亲咽下最后一口气。

父亲走后，黑牛仿佛一下子成熟了，不顾亲朋好友的劝说，毅然放弃升学的机会，替父亲料理竹山。黑牛的一位堂舅舅在城里当建筑老板，让黑牛去工场管理物资，他没有动心。母亲孤单体弱，承包的百亩竹山无人管理，男到十七该有担当，黑牛铁了心，留在稽东做一辈子山农。

俗话说：三百六十行，行行出状元。黑牛的父亲生前是个山里通，大集体时代当生产队的管山员，改革开放后，成为稽东首位竹山承包户。他对稽东的一山一水，一草一木，像对亲人一样爱护，有感情。黑牛从小随父亲在山里跌、打、滚、爬，练就了一副强健的体魄，最难得是学会

183

了父亲一手挖笋的绝活。古人说得好，在山靠山吃山。稽东五十里崇山峻岭，号称云林竹海，一年四季冬笋、春笋、鞭笋不断，誉为稽东一大山珍。城里商贩时常去山里采购，黑牛单凭这一手绝活，养家糊口绰绰有余，加上经营的百亩竹山，在稽东这个自给自足的大山王国，算是屈指首富了。

一晃三十年过去。人到中年，手头有了积蓄，胆子大了。黑牛不惜下血本，办起竹园鸡场，每年销售上万只山鸡。我慕名已久，渴望能去稽东山里走一趟，见见这位传说中的竹神。

从城里到稽东云林车站，有九十分钟的车程。进入山区，天地变小，两边竹林耸立，遮天蔽日。汽车绕着盘山公路，缓缓爬向山顶，时而跨过两峰间的天桥，时而贴着百丈峭壁行走，一惊一乍像在登着天梯。到了云林车站下车，沿着一条竹林小径，转过两道弯，前面豁然开朗，朝南一排五间矮房，蹲在黄土坪上。门前立一竹制牌坊，上写：稽东黑牛养鸡场。不见主人，迎面跑出一只大黄狗，朝我吠了几声，一溜烟走了。不到一支烟的时间，来了一位中年妇女，手里拎着满满的一筐鸡蛋，身后跟着大黄狗摇着尾巴，是它去喊主人的。不用介绍，她就是竹神黑牛的老婆。待我说明来意，女主人一脸歉意，告诉我昨天来了一批上海游客，一清早带着他们挖笋去了。她指了指鸡蛋说，现在城里人就是喜欢到山里来买，说过今天回上海要带些鸡蛋去，夸山鸡蛋营养好。

女主人带我去竹园鸡场兜了一圈，她告诉我场里有三千多只鸡，忙不过来，雇了两名临时工照料着。女主人为逗我开心，长呼一声，瞬间上千只红尾黄毛山鸡一下子围了上来，叫着闹着引长脖子，等待主人的恩赐，其壮观的场景倒是第一次见着。提起黑牛，女主人神采飞扬，称赞丈夫是个爷们，上有八十七岁的老母亲，下有正在读研究生的儿子，肩上的担子不轻啊！可他整天乐呵呵的。这几年常有城里人买鸡买蛋的，一来就是七八个，一宿三餐，还要陪他们满山跑。什么马兰头、艾蒿、蕨菜、野葱，见到山里的东西都觉得新鲜。

去年冬天，自称"五剑客"的宁波人慕名来找黑牛，硬要陪他们进山里去挖冬笋。你说从小生活在城里，哪见过大山的阵势，一进山就懵住了，竟分不出东西南北。黑牛可耐心了，像老师带学生那样，先做示范，教会择竹、搜鞭、凿笋的方法，再放手让他们实习。黑牛有事先回鸡场，待他返回竹山，"五剑客"已累得精疲力竭坐在地上。黑牛瞧瞧身边放着的几株笋，不是削了头，就是斩了腰，无一株完好无损的。内行人都知道，冬笋忌挖破，破了搁不长久就会烂。黑牛查看了挖过的坑，招呼"五剑客"过去，说：你们要找的笋宝宝还在睡大觉呢！黑牛手拿一把笋凿，在竹鞭的左边刨刨，右边挖挖，不费多大气力，挖出了九株胖墩墩的冬笋。"五剑客"看傻眼了，连连惊叫：竹神，竹神。

稽东之行，虽然没有见到黑牛，却认识了黑牛的爱人，听她讲了黑牛的故事，了解了一些黑牛的为人，还带回正宗的黄毛山鸡，颇有收获，不算虚行。

时隔两年，稽东梅龙湖山庄开业，庄主是我的远房侄子，邀我去参加开业午宴。梅龙湖是稽东的风水宝地、山庄面临湖水，背靠大山，环围竹林梅园，一年四季山泉叮咚，鸟儿啁啾。

中餐设在正厅，一个大圆桌围着十五人，彼此素不相识，出于礼貌互相寒暄几句，算是熟悉了。上的第一道菜叫"云林圣女"，说穿了就是现炒春笋片。山里人传统烧法是先焖煮，除去涩味，再切片加料炒拌。现代人讲究原汁原味，嫌焖煮再炒的笋失去鲜味，于是现炒春笋应运而生。我先来一筷子尝尝，觉得挺鲜，慢慢尝出涩味，喉头有些不舒服。我瞧瞧席上，都只动了一次筷，像着了定身法，一本正经坐着，脸无表情。此时，坐在我左边的客人，悄悄立起，离席而去。菜一道接着一道上，"云林圣女"被打入"冷宫"，无人问津。

不到二十分钟，离席的客人回来了，双手捧着 一大盘菜，热气腾腾，香气扑鼻。乍一看，白净的春笋片拌牛肉丝，放一些野葱干，难怪这么香，立马勾起了客人的食欲，席间又活跃起来。我一尝果然鲜嫩可口，满座宾客赞叹不绝。经远房侄子介绍，方知这位中年男子就是我慕名已久的竹神黑牛。瞬间十几双眼睛齐刷刷地投向这位貌不惊人、黑不溜秋的竹神。黑牛面带微笑，十分淡定，不慌不忙向大家解说离席而去的缘由。刚才，在席间一尝"云林圣女"知道烧砸了，去厨房瞧瞧没有现成的，赶紧去屋后竹园挖了一株泥堁笋。他说，现炒要选择未露头的泥堁笋，去了笋壳，千万别下水洗，一洗涩味被水蒙住不易挥发。先把

186

锅子加热到二百度左右，不摆油料，直接将笋片放入锅子，快速搅拌，让涩味渐渐释放出去。待笋片软化，马上起锅，用冷水浸泡一二分钟，洗去焦衣，再摆佐料炒拌，加一些野葱干，一道原汁原味的"云林圣女"就做成了。

二十分钟，在一般人看来，不过是喝一杯茶，吸一支烟，聊几句天的功夫，有谁能想到从挖笋取材、去壳加工，制成一道"云林圣女"，就是你满不在乎的二十分钟。况且春笋埋在泥土里，看不见，摸不着，却似囊中取物，天下竟有如此神奇的事，若不亲眼所见，说破嘴皮也难信。我的远房侄子见大家疑虑，提议黑牛去竹园现场表演，让大伙开开眼。众客酒足饭饱，都在兴致头上，一股劲起哄。黑牛爽快答应，众人跟着去山庄背后竹园里。

梅龙湖山地土质肥沃，长成的毛竹棵棵有碗口粗。竹园前有一方荒地，黑牛站在荒地上，瞄瞄竹子，对对方向，然后低头朝地上瞄几眼，用脚踩一踩，插上标志，叫过远房侄子，往插标志的地方挖。奇迹出现了，七个坑居然挖出六株硕大的春笋，众客被折服了。黑牛还是那么淡定，他说：毛竹与银杏一样有雌雄之别。黑牛走近一棵竹子，让众客看竹子最低挡的枝丫，雄性竹为单丫，雌性竹为双丫，雄竹不出笋，雌竹分大小年，轮到大年出笋就多，小年出笋少。刚才找到的是棵大年竹，叶子浓黑内带几丫黄叶，这叫"带胎黄"；判断竹鞭走向，可以看竹梢，梢头弯向哪边，一般竹鞭走向那边。这是退耕地，雨后春笋长势猛，必然会松动泥土往上隆起。我低头就在看泥土松动的痕迹，用脚踩一踩感觉松软，十有八九是春笋欲出，如

187

果一踩陷下去，那是地老鼠打的通道。黑牛的一番解说，深入浅出，通俗易懂，赢得在场客人的一片赞叹。

黑牛是位谦逊的大山智慧者，他有大山一般的胸怀和气魄。他说，许多事在局外人看起来，是那么神奇，那么不可思议，其实如卖油翁说的：无他，但手熟尔。

雷 师 傅

　　凌晨，雷师傅走了，灵堂设在小区的一个花坛边。绍兴城里的老百姓死了，按习俗都在楼道附近搭个帐篷，设个灵位，请来一班道士吹吹打打闹上三天两夜，为亡灵超度送别。雷师傅子女没有请人做道场，灵堂里回响着低沉的哀乐声，秋风飒飒，花圈颤抖。雷师傅女儿对我说："丧事从简是爸爸的遗愿。"

　　雷师傅是社区老年协会会员。他晚年有三个嗜好：喝酒、抽烟、打牌。儿女上班，家里就他一人，每天十点钟下厨做菜，不多，两菜一汤，外加一碟茴香豆，然后坐下慢慢抽烟、喝酒、品味。听邻里传言，有一次，雷师傅儿子中午回家，抬头见窗户开着，缕缕烟雾外窜，急了，打119，进门看见老爹端坐着喝酒抽烟，小小的餐室烟雾腾腾。雷师傅酒喝得正兴头上，看不清儿子面目，误以为小偷进门行窃，拿起菜刀追过去……

　　雷师傅是老年协会棋牌室的老主户，每天下午总是提前半个小时到场，帮管理员烧开水、擦桌子，然后打开手机一遍遍地催牌友。来活动室打牌的多数是老太太，家务事弄完就出来散散心，男人嘛都喜欢去棋牌店搓麻将。雷师傅每天都是喝得醉醺醺的，坐在他固定的位置上，手拿牌，一脸笑容招呼牌友坐下。多数老太太不喜欢与他做"朋友"，讨厌酒气足、牌技差，只要我在，雷师傅的"朋友"非我莫属。我们玩的是对家红心，雷师傅遇到好牌，先装熊。到了残局，分数走光了，才发起猛攻。有时，会激动得立起身，两颊绯红，呼吸急促，用力甩牌，桌子拍得"轰轰"直响，初次与他打牌的老被吓着。但有一点大家公认，雷师傅的牌风好，从不赖牌、换牌，打牌时从不抽烟，实在熬不住，就跑到洗手间猛抽几口，掐灭又回来打牌。

听老绍兴说，雷师傅年轻时给一个厂家跑采购，后来不知什么原因被老板解雇。雷师傅的父亲是绍兴小有名气的风水先生，父业子承天经地义，兔子不吃窝边草，于是他隔三岔五往外跑，腰包渐渐鼓起来。每次归来，老年协会的牌友调侃他，让他交待"敲诈勒索"的战绩，雷师傅总是慷慨解囊，亲自下厨烧冬笋肉丝炒面招待。我吃过一回，雷师傅的手艺的确不错，炒面不糊不硬，咸淡适中，香色味俱全，是我吃过的最好的炒面。

除了去老年协会打牌，雷师傅很少与小区的人接触，就像草原上一匹不合群的野狼，独往独来，似乎身上隐藏着什么秘密。知情者向我披露，雷师傅早年风流倜傥，有过两任妻子，原配是个善良贤慧的农村妇女，生下一男一女。雷师傅见腰包鼓起来了，人也飘飘然起来，爱慕虚荣，出手大方，经不住狐朋狗友的唆使，一脚跨进地下赌场，就像陷入泥淖，越陷越深，不可自拔。回到家借酒消愁。老婆得知底细，规劝几句，雷师傅把好心当作驴肝肺，一股怨气出在老婆身上，不是打就是骂，夫妻感情到了崩溃的边缘。终于有一天，老婆咬咬牙，扔下一对儿女，狠心离去，一个和和美美的家被拆散了。

不到三年，雷师傅又认识了第二任老婆，她年轻漂亮，会伺候男人，雷师傅如获至宝。精神有了寄托，赌博也收敛了许多，一心想重整旗鼓，还给儿女一个幸福的家。第二任老婆很快填满了雷师傅的精神空白，枕头风吹得他分不清东西南北，他又一次飘飘然起来，把跑江湖赚来的钱，大把大把塞进新任老婆的钱包。有一天，新任老婆突然失踪，卷走了雷师傅十几万积蓄，妻子的叛离让他颜面丢尽。雷师傅卧床三天，茶饭不思，从此，寡言少语，独往独来，闲下就一个人躲在家里喝酒抽烟。无情的岁月带给雷师傅几多忧郁。人生的忧郁犹如一把刀子，在他脸上刻下一道道深深的皱纹，雷师傅比六十三岁的实际年龄苍老了许多。

去年四月份，社区老年协会组织去象山观光旅游，出乎意料，一向不参加集体旅游的雷师傅报了名。出发前一天，管理员告诉我，雷师傅身体不舒服，象山去不成了。待象山旅游回来，碰着雷师傅的儿子，说父亲住院检查，情况不太乐观。一个星期后，医院确诊雷师傅患食道癌，需马上动手术。手术很成功。半个月后，老年协会的姐妹们去医院看望雷师傅。他消瘦苍白，见到我们，凹陷的眼眶里投来两道感激的目光，说话时嗓音稍稍哑了些，雷师傅的女儿说，动这么大的手术，父亲从没吭过一声，我真佩服他的承受力。

雷师傅做完六次化疗，头发全脱了，人消瘦，他经常来老年活动中心坐坐，看我们打牌。一个月过去，雷师傅明显胖起来，体重比出院时增加了六公斤，人也精神多了，医院复查结果癌细胞得到有效控制。雷师傅的康复给老年活动中心带来快乐。他每天照常提前半个小时"上班"，给棋牌室擦桌子、烧开水，我劝他注意身体，他听不进，只好由着他。一次，我发觉雷师傅的两颊连着脖子像煮熟的虾一样绯红。追问原因，他笑笑不说。有一天，我闻出了一股淡淡的酒气，几位牌友都提醒他别玩命，他一脸不在乎的神气，惹得大家都闭口不言。雷师傅稍有了气力，旧性复发，出牌又开始立起身，桌子拍得"轰轰"山响，好在牌友习以为常，不再去计较他。

酒精麻痹了雷师傅的大脑知觉，错误地判定自己已完全康复，于是第三次又飘飘然起来，喝酒由地下转为公开。这样的舒心日子过不了多久。突然有一天不见雷师傅来"上班"，第二天还是没有来，有人猜疑肯定又去跑江湖了。第三天，雷师傅来了，脸上失去红润，显得灰土土的，步履缓慢，似乎有些疲倦，见到牌友勉强一笑。我逗他是否又去外地发财了，他不吱声，坐下就打牌。这天，雷师傅特平静，出牌的手似乎在发抖。结束时，他悄悄告诉我，明天又要去医院做化疗，癌细胞扩散了。

化疗期间，雷师傅照旧提前半个小时，来老年活动中心烧水、擦桌子，拿出手机呼叫一遍，然后像守株待兔的农夫，痴痴地坐在他固定的椅子上等待牌友。多数天等上一两个钟头，仍是没有人来打牌，雷师傅又拿出手机，一看时间已过了下午三点，站起身悻悻地走了。看着雷师傅慢慢远去的背影，我心里涌起一阵莫名的酸痛，次日下午，我叫上两位老姐妹陪雷师傅打了一局牌，让雷师傅消除寂寞，享受老年之家快乐的时光实在不多了。每次来，雷师傅总是不停地咳嗽，呕吐，一些忌讳重的老人开始避着他，老年活动中心没有了往常的喧闹和欢笑。雷师傅心知肚明，一次，他主动聊起家事，告诉我："医疗费花去七八万。没有留给子女一份债，唯一放心不下的是女儿，三十几岁的人仍独守闺房，做父亲的颇有愧疚。"临别时，把老年活动中心的大门钥匙还给了我，见我有些难受的样子，安慰我："人死如躺在手术台上睡着一样，没有痛苦的。"

此后，雷师傅没有再来老年活动中心，听说从医院出来三天未进粥饭。雷师傅的原配带着现任的丈夫，上门不分昼夜悉心照料，深受良心责备的雷师傅几次想表示自己的忏悔，被原配制止了。她说："凡事都讲究个'缘'字，到今天不必再自责了。"临终雷师傅噙着泪水，捏住原配的手，安详地闭上了眼。

我每次走进棋牌室，看见雷师傅生前的"专座"，他的音容笑貌就会浮现在眼前，尤其是他人生最后一次与我的谈话，至今刻骨铭心，难以释怀。

红 妞

　　记得小时候常去西山坞放牛，那是个美丽的地方。一年四季溪水潺潺，芳草鲜美，更有各种山果野花令人陶醉。一到阳春三月，风和日丽，西山坞满地是鲜红的野草莓，一粒粒挺立在枝叶头顶，引来成群结队的孩子，嬉笑，追逐，把采摘到的野草莓，用丝草一粒一粒串起来，做成项链，挂在脖子上，带回家去馈赠好友。

　　不知何时，西山坞来了一位采药老人，带着小孙女，在断墙残垣处盖起小茅屋，成了西山坞的唯一居民。一日下午，我和小胖把牛赶进西山坞，就去采摘野草莓。我们趟过山坑，穿过一道石竹林，在一口荒废的炭窑前找到了一片野草莓。贪吃的小胖兴奋极了，抢上前去摘了几粒便往嘴里送，"别吃，有毒！"话音刚落，从树丛里钻出一位十二三岁的小姑娘，扎两条小辫子，穿一身红衣服，身背小篓筐。姑娘一把夺过小胖手里的野草莓，说："这是蛇莓，不能吃。"小胖似乎有些不信，小姑娘叫我们等着，一会儿，她捏着一棵带红果的枝条回来，蹲在蛇莓旁边说："地莓的果子鲜红有光泽，蛇莓却淡红无光泽，再看地莓

194

叶子边缘是尖锯齿，蛇莓边缘是钝锯齿。"一比较果然如此，我暗暗佩服这位小丫头。小姑娘见我们爱听，索性打开了话匣子，给我们聊起一段蛇莓的传说：从前，大山里住着一个猴子家族，那时山上地里满是野草莓，果子的颜色是白的，吃起来又香又甜，可以祛病避邪，猴子们依赖白草莓繁衍生息。后来，山里出了个黑蛇精，为了霸占草莓，它使了妖术将白草莓变成淡红色的蛇莓，猴子们一吃就中毒，轻者上吐下泻，重者昏迷不醒。负责巡地的孝天犬见到此情，急忙上天向玉皇大帝秉报，玉帝以为区区人间小事，不足挂齿。孝天犬愤愤不平，一气之下口吐狂血，化为红雨洒落大地。黑蛇精一见不妙，赶忙展开黑披纱去遮挡，已是迟了一步，大片蛇莓瞬间变成鲜红晶莹的红莓，老百姓称它红妞，只有黑披纱遮住的小块蛇莓，依旧淡红无光含有微毒，老百姓称它蛇妞。负隅顽抗的黑蛇精变成了红蚯蚓，一头钻进黑土永世不得出来。听完小姑娘的故事，一向以智慧少年自负的我，对她刮目相看，想不到一位山野姑娘肚里竟藏着这么多新鲜事。

临走时，小姑娘自我介绍是茅屋小主人，叫红妞。小胖忍不住哈哈大笑。小姑娘明白笑意，带着腼腆的笑容，一转身消失在树丛里，不远处传来她的声音："欢迎到我家去作客。"此后，我每逢去西山坞放牛，红妞背着小篓筐早早等在路旁，我们一起到山坑里翻石蟹，去盘龙坳采野草莓。一次红妞郑重地告诉我，西山坞野草莓品种多，她想建个草莓园。我赞同，小胖也跟着附和。红妞背上小篓筐，像野兔一样轻快地跑在前面，三个人翻山过岭，踏遍西山

坞的角角落落，按照红妞爷爷提供的草莓样本，采集了中
迷肚、刺泡儿、蔷薇莓、空心泡、寒莓、树莓……十几个
品种，载满了菜园子。几天过去，新栽的草莓棵棵叶茂枝
挺，果子有成熟的，有青涩的，有含蕾欲放的。想起爷爷
常挂在嘴边的俗语：三月地妞红，四月麦妞旺，五月泡儿
挂灯笼，腊月寒莓赛关公。红妞仿佛看到满园子鲜果铺地，
四季闹忙，成群结队的小朋友，无忧无虑在园子里观赏，
采摘，嬉闹，心里甭说有多乐呵。想到红妞古怪的名字，
对野草莓情有独钟的追求，我怀疑她的身世与野草莓有着
千丝万缕的联系。

　　时间久了，我们成了无话不说的好朋友。终于有一次
红妞诉说了她的一段辛酸身世。红妞很小就失去爹娘，是
爷爷从野草莓地里捡回来的，当时孩子不到两岁，人瘦成
皮包骨头，闭着眼奄奄一息，是爷爷采来野草莓，榨成汁
灌下去，才慢慢活过来。孩子刚受过惊吓，又地生人不熟，
一问三不知。爷爷觉得是红妞地里捡的，又是红妞汁救活
了她，于是取名红妞。爷爷是个单身汉，长年住在山里采
药，想把红妞托给城里亲戚抚养，红妞死活不肯去。听红
妞说，爷爷原是天台一家财主的少爷，自小饱读经书，喜
爱中医，为人善良，因家境败落，婚姻失意，无心仕途，
离家出走，独居深山老林，以采药行医为生。多年来，爷
爷既当娘，细心照料红妞的衣食起居，又当老师，教她识
字断文，做人道理。红妞天资聪慧，爱读书，人勤快，又
懂事，爷爷视为掌上明珠，爷孙俩相依为命。唯有红妞的
身世未知，爷爷于心不安。他带着红妞走南闯北，一边采

药，一边打听，终于有了眉目，原来红妞出生在安徽黄山，父母为躲避仇家追杀，带着红妞逃到浙江天台。仇家一路追踪，父母惨遭杀害，红妞被抛弃在野草莓地里，叫天不应，呼地不灵，饿了采草莓充饥，也是老天有眼，命不该绝，被爷爷救了。

红妞提起自己的身世，忍不住掉了眼泪，我和小胖都替她伤心。苦难的童年造成了坚强的个性，红妞比任何同龄人成熟懂事，她说："我虽失去了父母，却得到一位疼我爱我的爷爷，这是上天给不幸人的恩赐。"每天，红妞背着小篓筐，跟着爷爷，攀岩越岭，她已熟识了一百多种中草药，但心思全放在小小的野草莓园上，一有空就往园子里跑，浇水，除草，捉虫，她在野草莓身上寄托了对父母的哀思，对爷爷的感恩，对千千万万同龄人的祝福。

三年后，我告别了牧童生涯，去集镇上中学。西山坞茅屋已易主，红妞跟爷爷回天台老家去了，一段美好的童年生活永远留在了记忆之中。这天，我和小胖去了西山坞，旧地重游，别有一番感慨。当年和红妞一起栽种的草莓园长满了杂草。时值深秋，那一串串鲜艳亮丽的寒莓，挂在带刺的枝叶下，那么生机勃勃，招人喜爱。突然小胖惊叫一声："这不就是红妞吗！"

第五辑

花

魂

赏　梅

　　早春久雨放晴，气温回升，群里朋友邀我去东村赏梅。

　　东村梅花已有二百多年历史。传说嘉庆年间，东村有个湖，湖里有一群白鹤。一天，白鹤飞走了，只剩下一只受伤的老鹤，湖边有位猎户收养了它。一年后，老鹤伤愈，临走前衔来一粒种子，落在东山坡上，来年种子发芽，长成一棵青梅，从此后渐渐繁衍成青梅林。当地老百姓利用优质的青梅果，泡制青梅酒，销往各地，所以东村的青梅被称为报恩梅。

　　东村广场北面，立着一方高大的石碑，上刻"香雪梅海"四字，碑文选自清代宋荦的颂梅诗句："望去茫茫香雪海，吾家山畔好题名。"东村的梅不在"小园"，也不在"驿外断桥边"，举头远眺，满山皆梅。阳光下，似烟非烟，似雪非雪，看久了，视野处会出现颤动的幻觉。树冠似乎经过修剪，呈蘑菇形，一簇挨着一簇，像茫茫云海，白浪滚滚。清新的山风带着寒意，送来一阵阵暗香，令人振奋。

　　赏梅的游客还真不少，比肩接踵，顺着曲折的台阶缓缓而上。山里气温低，梅花开得不是太旺，枝杆上稀稀拉拉缀着一些白花，枝丫尖处的花蕾耐着性子，等待阳光的抚爱，或许等不到后天会满树怒放。游客开始踏进梅园，在梅树间穿梭、拍照、嬉闹，玩一阵子累了，便找一块空地，铺一张塑料毯，一簇簇围着打扑克，吃瓜子水果聊天。

很少听到游客对梅花的赞赏。在一般人的眼里，也许青梅太过淡雅，远比不上桃花富贵艳丽，记得有位诗人曾替青梅抱不平：不要人夸好颜色，只留清气满乾坤。"清气"乃梅花之气质、品格。梅花清雅脱俗，孤傲高洁，受到历代无数文人雅士的钟爱和赞赏。一般人只会看梅，却不会赏梅，更无心去读梅，面对梅花不识梅，亵渎了梅花的一片盛意。

只有嗜梅知梅的人，才会用心去读梅，将梅的"清气"融入自己的灵魂，做到人梅合一。传说唐玄宗有位叫江采苹的爱妃，因她嗜梅如狂，赐名梅妃。江采苹自幼喜爱梅花，徜徉在梅花丛中，陶醉于梅花冰清玉洁，在梅花的熏染下，其品性中烙下了梅的印子，高雅娴静，坚贞不屈，刚中怀柔，美中兼善。杨玉环入宫，梅妃遭冷落，她一身傲骨拒不接受唐玄宗的"一斛珠"，告别皇宫，隐居山野，安度后半生。

历史上，嗜梅知梅的人比比皆是。他们托梅之神，言己之志，不同的人生，不同的思想境界，有着不同的悟法，塑造出不同的梅的形象。林和靖笔下的"疏影横斜水清浅，暗香浮动月黄昏"，写的是官家小园月夜赏月的情景，用"梅影""清波""月色"几个物象，组成一幅优雅别致的小园月夜梅花图，体现一种平和温馨的雅士风度。

元代画家、诗人王冕，一生独爱写山溪荒地的野梅，借梅自律，不作儒士小园的官梅，"不同桃李混芳尘"，一生清贫自乐，鄙视峨冠儒腐，晚年隐居会稽九里山，自筑"梅花屋"，了却余生，表现他刚直不阿的隐士品质。

坎坷曲折的人生仕途，催人泪下的爱情遭遇，铸造了南宋爱国诗人陆游坚贞不渝的品格。他以梅自喻，说梅是"花中气节最高坚"，他最欣赏"驿外断桥边"的孤梅，生活在人迹罕至、寂寥荒寒的野外，倍受冷落，但它冒风寒，受鄙视仍坚贞不屈。"零落成泥碾作尘，只有香如故"，正是诗人一生对恶势力的不懈抗争，对理想坚定不渝的品格的形象写照，体现了一种高尚的寒士气节。

一代伟人毛泽东独树一帜，以博大的胸襟去感悟梅的神韵，给梅花注入新的生命力。其笔下的梅花，既保留寒士坚贞不渝的气节，又具备战士的顽强斗志，"待到山花烂漫时，她在丛中笑"，一个"笑"字形象地抒写了无私无畏、积极乐观的战士情怀。

这些历史上的文人志士为我们开了赏梅的先河。如今时代变了，我们总不该像某些游客一样，只会拍拍照，聊聊天，面对梅花不知梅，我们该怎样去领悟梅的"清气"，读出一点梅的新意呢？

下山时，俯视满山青梅，有位朋友诗兴大发，口占一首咏梅词：东村十里梅，暗香随风来。铁骨傲雪不知寒，千年独磨炼。蜜蜂吻花蕊，孕育下一代。待到青梅成熟时，煮酒论英雄。群友拍手点赞，有人提议去山下品品青梅酒，学一回曹操论英雄。

此时，远处飞来一个洪钟般的声音："来东村不去煮酒论英雄，算是白走一趟。"循着声音瞟去，见一位银发老农，提锄为梅树施肥培土。我们走过去与他聊起来。老人家十分健谈，他一挥手说：这十棵梅树与我同岁，今年八十九。我出生那年，父亲中年得子，喜出望外，特地在东山坡栽下十棵青梅，以作纪念。我随青梅树一起长大，度过少年、青年、中年直至老年，每年春、秋两次给它们培土施肥，伴着它们亲亲热热叫一声"同年佬"。六十岁那年，青梅树得了病，挺精神的十兄弟，没几天变得枝枯叶萎，急得我天天跑农科站，请来专家诊断是得了黑霉病，用一种"万里红"的药剂稀释喷洒，整整治了半个月才慢慢好转。这十兄弟知恩图报，第二年开的花特别旺，结的果特别多。

我们被老人与青梅树的一段情结故事深深感动，抬头瞧这十棵老梅，树冠高大，枯杆虬枝苍劲有力，其间几枝挺拔秀气的嫩丫，硬生生踏着枯杆脊背爬上去，还缀着一些花萼，迎着阳光笑容可掬。新生与枯老交融一体，彼此映衬，一个是尽显精华，一个是只留骨格，演绎着一曲生命交替的交响乐。

老人家索性放下锄把，点上一支烟，笑眯眯地对我说："这几个老伙伴与我一个性子，好逞强，去年还结了二千多斤梅子。除自己留一些泡酒用，都送去给了亲戚好友。"老人家突然掐住话匣子，朝我们瞟上一眼接着说："要不到我家去，尝尝我泡制的青梅酒？"

老人家的豪爽好客，拉近了主客间的距离，我们爽快地接受他的邀请。

老人家提着锄，走在前面，瞧，快九十岁的人啦，步子稳健，腰板硬朗，精神矍铄。忽然我想起清代金农的诗句："老梅愈老愈精神"。眼前的老人家不就是一棵健康、长寿的老梅树吗？

仙人球

多年被搁置在窗台西隅的仙人球又开花了！花不多，细细的，开在球顶圈靠窗台外的一侧。仙人球是一位初中毕业的学生送给我的，退休时顺便带来绍兴。这位学生对仙人球情有独钟，记得他曾经写过一篇作文，赞美仙人球低调的生活情趣。老实说当时我根本瞧不上，圆鼓鼓的身子像个芋头，皮色青紫没有一点热情，全身长满灰白的针毛，一触及手就被刺着，实在对它没有一点好感，碍于学生的一份情谊，收下了，将它放置在朝南的窗台上，任其自生自灭。

足足有一个月的时间，我忘记给仙人球续水，内心十分愧疚。无论我对仙人球有什么偏见，毕竟它是学生送给我的一份心意，我如此对待它，岂不是辜负学生的一片情？我好生懊恼，移着沉重的步子挨近窗台，当我看到仙人球时傻眼了，它没有我想象的那样憔悴萎缩，依旧是青紫的皮色，精神抖擞的针毛，而且在它顶圈添了五六朵细细的红花。我彻底改变了对仙人球的偏见和鄙视，却被它的逆来忍受、以德报怨的气度所折服。我对仙人球油然而生敬意。

仙人球出生于仙人掌的大家庭，那是个多姿多彩的植物世界。据说远古时代，仙人掌是统治一方的高大乔木，它有枝有叶有树冠，曾覆盖大片的地面，成为沙漠的绿洲。后来世界气候发生了变化，仙人掌统治的绿洲降雨量锐减，为适应环境获得生存的机会，仙人掌慢慢收缩了枝丫，蜕化了绿叶，变成光秃秃一根直柱。那一枚枚针毛就是仙人掌的枝叶，没有绿叶树冠，水的蒸发量大大减少，仙人掌的直柱可以贮存水分应对干旱，保证了生命的延续。

　　仙人掌没有去抗争大自然，而是年复一年在改造自己，适应自然环境，这是仙人掌家属最可宝贵的品质。有时与世无争的低调生活可以和谐生命的共同体，给世界带来和平、稳定、繁荣。我的那位学生颇有修养，早已从仙人球身上获得真谛。

　　事有巧合，在我第一次发现仙人球开花的这一天，绍兴传来喜讯，我的宝贝孙子呱呱坠地了。兴奋之余，我将仙人球换了一个漂亮的花盆，上了肥续了水，仙人球成了我的吉祥物，我对孙儿的期望全寄托在仙人球的身上。

　　我天天盼仙人球长高长大，两年过去了，仙人球照样还是巴掌大的一块，既没有长高长大，又不见再次开花。过去仙人球遭冷漠受虐待，反而开了花活的挺滋味；如今有人疼它，照护它，却冷若冰霜毫无起色，真的匪夷所思。

　　我查阅了有关仙人球生活习性的资料，才知道仙人球幼年期生长缓慢，要待七八年进入青春期长势才会突飞猛进。中国有个成语叫"大器晚成"，或许仙人球是成大器之材吧。

退休那年我舍不得抛弃仙人球，随同我的行李一起带到绍兴新的家，被放置在窗台西角。仙人球头顶虽有雨棚遮着，却仍受阳光和雨露的沐浴，任凭它生命的本能自由自在地成长。

一转眼十二年过去了，因橡皮树的枝叶挡住了视线，平时很少去关注仙人球，直到仙人球开花的那一天，我才发现仙人球长大了。从巴掌大一块变成尺把高的一尊圆柱，可惜有些畸形，头粗脚细、身子拼命往窗台外侧倾斜，乍一瞧疑是意大利比萨斜塔的微缩，又似一位打躬作揖的老寿星。我很不愿意看到仙人球这副卑躬屈膝的模样，在我的记忆中，仙人球虽然与世无争逆来忍受，始终保持低调的生活情趣，但它坚韧不屈富有骨气，能在逆境中蝶变升华，获得新的更强的生命力，这是任何一种花卉无法比拟的。

当我静心屏气细细揣摩时发现有个可疑之处，仙人球为何不倾斜于窗台的内侧，而偏偏要向外弯曲呢？它是不是同向日葵一样有趋光性？我怀着好奇心将仙人球的盆子调整了方向，让仙人球倾斜窗台的内侧，二十天后奇迹出现了，太阳光似乎有一种超强的引力，将仙人球硬生生地往外拉，慢慢地仙人球站直了，变成一尊腰板硬朗精神抖擞的壮年汉子。

一位退休的生物老师告诉我，所有的植物在受单方向光照射时，都会引起生长弯曲的现象，这叫植物的向光性，是生命本能在受外力驱动时的条件反射，无法凭主观的意志所控制。不仅植物有向光性，一些动物也有这种属性，弱小的飞蛾只要一见到灯火，就会奋不顾身扑向目标，甘愿自取灭亡。

只要仙人球生活在单向光照的环境里，直立是暂时的，倾斜是永远的，只有不断调整花盆的方向位置，仙人球才能保持相对的直立姿态。我明白了这个科学道理，摒弃了对仙人球"卑躬屈膝"的嫌疑，彼此情感上又靠近了一步。

凭心而说我所养的几种花卉，论形美数墨菊最佳，论色香该兰亭剑兰占魁，仙人球无论是形还是色香均居于其他花卉之后，它体形肥胖、呆头呆脑，一副傻乎乎的模样，又不会阿谀奉承讨人喜欢，但仙人球在我的心目中，是最美最具魅力的。从学校教书到退休闲居，仙人球整整陪伴我十六年，不管我怎样冷落它，歧视它，让它自生自灭，仙人球无怨无悔，始终没有放弃生的权利，哪怕断水绝食、忍受住生命极限的煎熬，依然保持高尚的节操和尊严。

我把仙人球移栽到一个大盆里，给它施足基肥，准备作为一份生日礼物送给孙儿，但愿孙儿像我一样喜欢仙人球，像仙人球一样尊重生命、不卑不亢、大度忍耐，脚踏实地沿着自己既定的人生之路，达到理想的目标。

2020 年 5 月 18 日写于绍兴

窗台上的小辣椒

我的书房朝南，打开推门，跨过走廊，前面是一排玻璃窗，窗外搭一个不盈二米长的窗台，借着五楼阳光充沛的优势，种些易活好养的花草。我对花草从来没花心思去侍弄，任其自生自灭，无非是天晴久了，浇些水给解解渴，所以娇贵的花草我是不种的。也许是我的放任，让花草们能张扬自己的个性，打出了一方绿色的小天地，我不求它们开花结果，只图在我眼睛疲劳时，站在窗前能见到一片绿色。

去年春天，空着的兰花盆里冒出一棵野草，待我发现已长筷子那么高了，我不知它的来历，随它自生自长。一个月后，野草换了模样，变得茎杆粗壮，枝繁叶茂，浑身呈紫黑色，连绽放的小花也是紫色的。不知什么时候，花儿谢了结出一束束齐齐整整的尖脑袋的果子，起初是紫色的，渐渐变成红色，此时，我才识得原来是棵观赏的小辣椒。一直来我没有搞明白，这小辣椒的种子是怎么来的？或许是风吹来的，或许是泥土里带来的，或许是小鸟衔来的。要说风吹来完全不可能，我们住五楼哪怕是柳絮也飞

209

不到我家窗台来；如果是泥土带来的，这泥土已用了三年，种子早该当年萌芽了，不会挨到第三年；我倒怀疑十有八九是小鸟无意中衔来的，我曾经几次早起见到有两只漂亮的小鸟在窗台上溜达，见到我也不避生，这对小鸟很像我以前养过的相思鸟，老是你挨我，我亲你，感情特别好。

这盆景小辣椒蒂在下尖头朝上，绍兴人叫朝天椒。你瞧一束束你拥我抱，齐心协力，越到成熟时颜色越红，红得发亮，让人幻觉有一群红衫少女翘首踮足迎接冉冉升起的朝阳。小辣椒让我彻底改变了审美观念。以前我认为只有绿色才是生命力，我喜爱绿色，它温情、平和、不张扬，符合中国山水画朴素淡雅的风格，其实每个人审美事物都有他的视角和立场，"横看成岭侧成峰"，我如今见到小辣椒红光满面，精神飒爽，似乎是对自己的一种鞭策和鼓励。我属猪，今年是我的本年，大女儿特意买给我一套红衣红裤，说能避邪得吉祥，当然我明白这是精神砥砺。红色象征生命的旺盛，可以慰抚老年人脆弱的心理，折射出一种自强不息的生命之光。

小辣椒带给我养花的愉悦，成了我心中的一道靓丽的风景线。我把它摆放在窗台中间最显要的位置，布置成绿叶衬红花的完美格局，待到入夏天晴每天给它浇水，生怕缺水枯萎。那一对美丽的小鸟不忘初心时常光顾，它们喜欢栖息在小辣椒身边，时而啄啄花盆里的泥土，时而仰望小辣椒发出"啾啾"的鸣叫。我怕小鸟无意中啄破果子，几次挥手下逐客令，小鸟仍是与我巧妙周旋不肯离去。

秋霜似刀子，刀刀砍在小辣椒身上，痛在我心里。小辣椒的叶子开始耷拉、褪色、枯萎，它在寒风中站得最高，挺得最直，虽然消瘦的身子微微颤抖，却没有一丝哀伤，一束束火一般燃烧着的红辣椒，依旧笑傲风霜与命运抗争。那一对美丽的小鸟依旧每天飞来，陪伴小辣椒，用世上最美妙动听的声音为小辣椒歌唱。

三九严寒小辣椒的枝叶都枯了，冷风猛力地吹打，枯叶发出"沙沙"的声响，却没有一枚脱落；那一束束红澄澄的小辣椒稍稍干瘪了一点，还是那样精神，看不出丝毫的畏惧和屈服。一草一木与人类一样都有尊严，我不忍心小辣椒被折断傲骨倒在窗台上，将其移进书房、制成干花插在花瓶里，摆在我的写字台上。

今年春天，老盆里又长出了一棵紫色的野草，有了去年的见识，我一眼认出是棵小辣椒，这肯定是小鸟无意中将成熟的辣椒啄破，种子便掉进泥盆长出了小苗。我心里燃起希望之火，眼前又出现一束束精神抖擞的小辣椒，我不认为去年的那棵小辣椒已经死了，它只不过睡了一觉，脱胎换骨后又醒过来了。

我给小辣椒施上一些基肥，面上铺点碎草，防止浇水后泥土结块。小辣椒很识宠，它凭着一股野劲拼命汲取土壤里的养分，不到半个月已长成枝粗叶茂，我每天起床第一时间就去窗台前看小辣椒。

一天，我还赖在床上，老伴急急走来对我说：小辣椒的叶子全没了。我一骨碌起身跑去窗台前一瞧，果然如此，我像掉进冰窖一样浑身发冷。是谁作的孽？我怀疑的第一对象就是那一对时常光顾的小鸟，尽管它们温顺善良，对小辣椒一直很友好，但毕竟是没有理性的异类，一时任性做出大逆不道之事极有可能。这对道貌岸然的伪君子，竟将我心爱的小辣椒糟蹋成这副模样，实在难以平息心头之恨，我咬咬牙狠心将一包老鼠药饵撒在小辣椒盆里，心里骂着：该死的小鸟来吧！

待我冷静下来，脑子里又浮现宠物阿巧惨死的情状，它是误吃了邻里放的老鼠药饵中毒死的。小鸟也许是无恶意闹着玩的，让它们用生命作代价来偿还，是否太残酷了？我的心肠软了下来，将盆里的药饵清理干净，我相信凭着小辣椒不甘泯灭的生命力，一定会重新长出一片片新叶来的。

有时生活会作弄善良的人，意想不到事发的第二天雪上加霜，失去叶子的小辣椒竟然又被咬掉了嫩头，只剩下光秃秃的一根细枝。痛定思痛让我清醒了头脑，是我冤枉那一对善良的小鸟了，这应该是老鼠作的孽。回想几天前，我家的网络信号突然中断，一检查是老鼠咬断了电线，修复后我堵塞了导线通道，夜里关闭所有的玻璃窗，老鼠无法进屋偷食，就咬窗台上的花草发泄。

当天夜里我有意打开一道玻璃窗，次日发现老鼠果然进了屋内，将放在走廊上的一袋狗粮咬开一个大口，撒得满地都是狗粮。我对老鼠虽然没有一点好感，也不至于恨到要置它于死地，是它不思悔改屡屡作案，就算菩萨心肠也会动怒。想起那一对无辜的小鸟被我误判为嫌疑犯，一度遭受咒骂，内心十分愧疚，我将一切不愉快的事都归咎于老鼠，欲痛下杀手给其严厉的惩罚。待到夜深人静时，我偷偷把溴敌隆饵剂撒放在花盆里，我怕小鸟误食中毒，次日清晨四时就起床去清理饵剂，发现撒着的饵剂一粒不剩全吃了，盆里只是一些剥落的谷壳，不见老鼠的尸体。我怀疑饵剂会不会失效，看了说明书才知道溴敌隆属慢性毒剂，需要三五天后见效。我每夜放饵剂，每次都吃光，一连撒放了七天，第八天饵剂原封未动，第九天饵剂一粒不少，我深深嘘了一口气。

没有老鼠再来作梗，窗台的花草又显得平和、安静，光秃秃的小辣椒茎杆居然爆出米粒大的几个芽胚，我把它移放到窗台口，享受更充沛的阳光和雨露。小辣椒没有辜负我的一片心意，它在遭受两次劫难后，坚持与生命的极限挑战，只要有一点希望，它决不会放弃。

半个月后米粒大的芽儿开眼了，它尽情地舒展，长出一片又一片的叶子，小辣椒获得了新生。那一对美丽的小鸟又飞来了，守护在小辣椒的身边，它们啄啄盆里的泥土，亮开嗓子朝着小辣椒"啾啾"鸣叫。我听有位生物学家闲侃，说世界万物皆有自己的语言，只是人类无法破译。我想小辣椒和小鸟情同手足，应该懂得小鸟的那一片真诚的心意吧！

2019 年 5 月写于绍兴

花　魂

　　每逢星期二快递会送来一束鲜花，我把它插在花瓶里，摆在客厅电视柜上。原先不喜欢花的老伴竟然爱上了插花，遇到天热她每过两天换一次水，修剪一番枝叶以防霉烂发臭，有时会在清水里稍稍加点糖，说糖分能延长花的鲜活期。偶尔会见到老伴一语不发，呆呆地看着插花，我问她在想什么，她说见到鲜花，心头会涌起一股暖流，全身充满青春活力，仿佛回到了年轻时代。

　　这鲜花是小女儿特意为母亲网购的。起初快递员送得很及时，当天采的花当天送到买主手里，像我家管得当足足可以鲜活一个礼拜，待到花叶开始萎谢，下一期的鲜花又送到，客厅里朝夕都能见到笑容可掬的花朵，闻到清清幽幽的花香。

　　到了星期二，老伴什么地方也不去，候在家里盼快递送鲜花来。这天从上午等到傍晚仍不见快递来敲门，老伴心里堵着一撮鸡毛似的，整天锁紧双眉看不到一丝笑容，我赶忙给快递打电话，迟迟没人接。等到次日下午鲜花才送到，快递员深表歉意，说是车辆中途受阻耽搁了。打开

214

一瞧鲜花都挨头搭脑躺着，插在花瓶里始终没法挺起来。

此后，鲜花老是要过个夜才送到，炎热的天气时间一耽误，哪里还有鲜花的活力？老伴懊丧地对我说："叫女儿下期别订购了。"我理解在老伴的心里撑着一片明净的天，没有荒凉，没有衰败，没有哀伤，永远是鸟语花香，生机盎然，她愿自己是一束永不凋谢的鲜花，让一身疲倦回家来的儿女们闻到花的清香，感受到家的温暖。她怕看见花儿凋谢，听黛玉葬花流过泪，见桂花飘落伤过心，我理解她同情她，却无法帮助她，人只能遵循自然的规律去求生存。

鲜花依旧每周送来，搁夜迟到的现象依旧没有改观。我只能未等鲜花枯萎就将它扔掉，因为我很不想去刺激老伴美好而脆弱的心，能让她保持像鲜花一样年轻的心态，是我之最大的愿望。

后来小女儿从乡下带回一束星星点点的野花，虽然没有玫瑰、康乃馨的高贵猩红，也没有百合、郁金香的飘逸艳丽，却十分耐看，站远处一瞥仿佛是清晨缠绕山头的云雾，走近细瞧又似晴日傍晚的一片片霞烟。我叫不出花名，是群里的朋友告诉我俗名满天星，它的花色呈淡红，花形如一颗颗夜空中闪烁的星星。

起初老伴瞧它不上眼，她说："这不就是乡村屋后地头到处可见的野花吗？"一个星期过去了满天星没有枯萎，又一个星期过去了满天星照样花骨傲立。老伴用惊讶的眼光瞧着满天星对我说："这野花倒挺有骨气！"语气已带有几份敬意。一个月后满天星的花朵已干化，却丝毫不褪色，花朵靠得更紧更密，丝毫看不出失去生命的迹象，依旧彰显其生命的活力，释放出花魂之魅力。

鲜花的凋谢给老伴造成的心理阴影，渐渐被满天星那一片淡雅的霞烟吹散了。她告诉我，看见这野花心里暖融融的，那是一种刻骨铭心的舒畅。人生犹如爬山，从充满阳光的山脚出发，当你有幸到达顶峰，别老留恋顶峰的风光不肯离去，要知道后继者接踵而至，你必须调整好心态让出位置，慢慢从山的另一侧走下去。或许那一边很少见到阳光，没有鲜花绽放的盛景，你莫失意，应该用一种淡定宁静的心态去寻找自我安慰，人生不可能永远撑着明镜般的天，没有荒凉，没有衰败，没有伤心是一种梦幻意境。

老伴的心态在慢慢与年龄磨合，一味追求玫瑰、康乃馨的高贵猩红，百合、郁金香的飘逸艳丽已成故事，任何一个人无法永远停留在生命的顶峰，否则就不是一个完整的人生。我喜欢低调的人生，得到的少失去也少，人生的幅度小，走着的步伐便稳重扎实。春天生命伊始万紫千红，我不依恋，我需要夏天般热情奔放，让人生充满智慧和力量；秋日天高气爽硕果满野，是人生最美的成熟期，但我无法挽住它，不得不去面临严寒的冬天。

迈进冬天的步子明显放慢了，剩下的旅程已经不多，谁不想回首瞧瞧自己一路走来的脚印？哪一段路是踏实的，哪一段路是虚浮的，又有哪一段路曾经陷入了泥淖，给自己作个总结，给儿孙有个交待。

老伴在野花满天星的身上找到了心灵的慰藉。人生百年如一束鲜花终究有凋谢的一天，这又有什么可懊丧和悲哀？人最可怕的是面临寒冬一意地消极，对下山的路失去

216

意志和力量，一头栽倒在途中，到不了九九归零的终点。我听说老虎之所以成为威震山林的百兽之王，不仅仅它活着时凶猛异常、力大无比，即使走到生命尽头，仍振作精神不屈地站立着，吓得百兽不敢近身。老伴称赞满天星有骨气，就是因为它面对生命的凋谢，没有像其他鲜花那样挨头搭脑，失去一个生命应有的尊严，直至慢慢干化，那一片似霞烟的花骨仍然保持生命的本色。

2019 年 10 月写于绍兴

那一抹绿色

　　小区的石架长廊一到春天就热闹起来，附近的老人做好家务，送走读书的孩子，便三三两两聚在长廊里，聊家事、下象棋。暖和和的阳光撒落在石架顶上的紫藤上，鸟儿们栖息在古藤老枝上，欢快地跳跃鸣叫，人和鸟儿们和谐地生活在一起，给我无限的遐想。

　　刚刚抽芽长成新叶的紫藤，羞答答与人们打了个照面，赶紧又去迎合春风的亲吻，她摆着瘦弱的身体，展现出一副妩媚的姿态。春天给石架长廊送来了温暖，带来了紫藤那一抹绿色。

　　紫藤的新叶嫩嫩的，绿中呈黄；叶片薄薄的，似乎吹口气就会被戳破。小鸟们特别喜欢聚集在藤架上，与紫藤结下不解之缘，它们小心翼翼地跳跃，生怕一不小心会撑破新生的嫩叶。

　　紫藤新长的嫩叶最怕毛毛虫肆虐。那可恶的老毛虫冬天在枯藤上产下卵，给紫藤埋下无尽的祸患；第二年春天，产下的卵孵化成无数的小毛虫，它们肆无忌惮地糟蹋紫藤的新叶。鸟儿们像一个个忠诚的卫士，日夜守护着紫藤，捕捉毛毛虫，保护了这一抹绿色。

　　天气渐渐热起来，夏天紧跟着春天的脚步来到大地。石架顶上的紫藤越长越茂盛，那一抹绿色严严实实地覆盖在石架顶上，挡住了炎热的阳光。来长廊歇脚乘凉的老人最懂得感恩，他们对紫藤关爱有加，石架上贴着一则宣传广告：别乱扔垃圾，请留给紫藤一个干净的环境。

　　早春时光是小鸟们守护紫藤，让她的新叶平平安安长大，变绿变厚实；夏天又是紫藤替小鸟们遮风挡雨，营造一个温馨的家，正午火热时小鸟们钻进紫藤下，既凉爽又舒适。有时我在想，大自然就是一个坚守法则的家，人和动物、植物都是家庭的一员，都应该相处得十分亲密和谐。

　　我喜欢小区石架长廊的那一抹绿色，在家待久了，就下楼去瞧瞧那浓密无间的紫藤。追忆年轻时上山下乡务农的岁月，我曾受过紫藤的庇护，对她怀有一份特殊的感情。那时我常跟随生产队长进山去伐木，一个好端端的晴天，老天突然一变脸下起瓢泼大雨，幸亏山沟里有紫藤撑起的天然帐篷，我几次在藤架下躲过暴雨的袭击。艰难的岁月给人留下的记忆最深，得到的庇护恩典最难忘记。

　　一进初夏，紫藤会开出一串串紫色的花，每一串都是由一朵朵的小花组成，排列得齐齐整整形状似紫葡萄。紫藤的花没有桃花、梅花那么鲜亮，也没有兰花、桂花那么清香。但从来没有人给紫藤说三道四，她的形貌色香已在人们心灵深处扎下了根：老藤、粗枝、浓叶，垂挂一串串紫色"葡萄"；朴质、淡雅，清秀、不俗，更有她默默无闻替人类和小鸟们营造温馨和谐的环境。紫藤的品行赢得人们的敬佩、小鸟们的感恩、大自然的点赞。

我早已耳闻紫藤的花可以食用，而且属山珍佳肴。说来也怪，几年来没见有人摘过一串花，是无人知晓紫藤的花可以食用，还是人们不忍心去摘？

秋风乍起，大雁南飞。紫藤与所有落叶灌木一样，碧绿的叶子开始变黄。尽管她表现顽强，依然不肯轻意褪去最后一抹绿色，终究无法与大自然抗命，落叶纷纷飘入土地，回归母亲的怀抱。

老人们照样三三两两聚在紫藤下，拾起走廊上的片片落叶，小心翼翼放进纸盒带回家去。老人们带走的不是普通的一枚落叶，而是紫藤的灵魂，寄托了人们对紫藤的希望，期待来年春天彰显其生命的魅力。

我必须告诉大家：紫藤永远不会凋谢颓败，她的那一抹绿色早已藏进我的心里。

严寒的隆冬，紫藤坦然地褪去绿装，光秃秃的枝藤上覆盖着一层厚厚的白雪。没有畏惧，没有悲哀，她承认大自然至高无上的权威，不去作无谓的牺牲，但她自信不会失去生命的尊严，永远保持那一抹绿色。

鸟儿们不嫌弃紫藤的丑陋，一清早就飞来，在白雪覆盖的老藤上歇脚，它们用喙死劲啄着积雪，或许这些可爱的小生命，想以微弱的力量砸碎架在紫藤身上的桎梏。真是有情有义的小鸟啊！待到太阳出来，鸟儿们鸣叫一阵，依依不舍飞往林间去了。

我伫立在紫藤下，被鸟儿们的壮举深深感动了。仿佛看见一轮火镜般的太阳出现在空中，积雪融化了，古藤醒过来了，枝丫间蓦地吐出新芽，很快长成一片绿叶。是呀，冬天过去就是春天，应该听到春天的脚步慢慢走近了，春天一来，那一抹绿色不是依旧在眼前？

2020 年 1 月写于绍兴

荷的生命启示

最近读了一位诗人赞美荷坎坷一生的诗，很有感触。

一生一世从含苞待放到盛开凋零，

她，寂寞地吐露芬芳的心事。

雨，曾为她古典的妆容润色，

风，见证了她一世的旖旎和败落。

面对坎坎坷坷，她始终坚定一个信念，

一种向上的精神，一种自强的傲骨，一种洁身淡定的

追求。

当香逝魂隐、零落成泥，即将等待下一次的轮回时，

她是在这一世的如诗的梦中含笑而归。

我怀着对荷的敬意，给同样敬仰荷的读者，回放一次

荷的生生世世。

初夏时节，小荷带着美好的梦想，探出尖尖的头角，

来到这个新鲜又陌生的世界。微风掠过湖面惊起一片涟漪，

放眼望去小荷在粼粼波光中轻轻摇曳，像一群天真无邪的

少女在湖里表演花式游泳，那一棵棵嫩嫩的小荷，不就是少女们倒立时露在水面的玉足？

小荷是旧年残荷灵魂的轮回，她传承了荷的美艳和高尚，印证了生命的永恒不败。初生的小荷没有负担，没有忧虑，她轻轻松松躺在湖面，接受阳光和雨水的洗礼，舒展着一日一变的身姿，释放出青春的魅力。她小心翼翼地掖着荷的美艳和高尚，耐心等待盛夏的到来。

农历的六月是荷一展英姿的时光，荷田、荷塘、荷湖无处不是铺天盖地的莲叶和斗红争艳的荷花。看！绿的荷叶丛中，亭亭玉立的荷花似一个个披着柔纱、在湖上沐浴的仙子。她们含笑伫立，娇羞欲语、嫩蕊凝珠、盈盈欲滴。此景此情让我感慨万千，蓦然记起宋代张耒的一首咏荷名作：

平池碧玉秋波莹，绿云拥扇青摇柄。

水宫仙子斗红妆，轻步凌波踏明镜。

如其说是一首诗，不如说是一幅至纯至美的咏荷画。湖水清澈透明，赛过绿色的碧玉，莲荷的叶子绿油油沉甸甸，微风吹来，似姑娘手中的绿扇在轻轻摇摆，又像少女头上的秀发乌光透亮。一支支荷花齐集在湖面争艳斗奇，远远瞧去，如一群女神降临人间，在湖面翩翩起舞。

荷从初露头角、含苞待放到盛开，一路走来，见到的是张张笑脸，听到的是句句赞语。可是荷不像桃花年年笑春风，听不得几句称赞，就飘飘然起来，经不住风吹雨打，纷纷落花逐波葬身鱼腹；荷不像昙花那么小气，躲在夜间偷偷露脸，虽容颜超群、却无欣赏者；荷也不像樱花只开花讨人喜爱，却不结果，带来一生的遗憾。

盛荷骨骼清秀，姿态妩媚，气质淡雅，没有一丝凡夫俗气。她洁身自好"出淤泥而不染，濯清涟而不妖"，她不攀高附势"中通外直，不蔓不枝"，她矜持自重"亭亭静植、可远观不可亵玩"。荷的一生坦诚、低调，哪怕是生命顶峰的繁华时光，始终怀着一颗平常心，不卑不亢，不俗不傲，把所有的美默默地奉献给大自然。

盛夏过后，秋风乍起，天气渐渐转凉。记不清第一片花瓣是从哪天开始凋零的，花萼处已长出结满籽实的莲蓬。深秋又至，风霜像把刀子将圆盖似的莲叶分割成条条块块，满目的繁华已无踪影，看到的却是半是萧条，半是如诗的残荷清骨。有人觉得荷的美只留存于夏日，根本不在乎那一池半湖的岁寒枯黄，残荷告诉我们对于一种美的审视，不能局限于视觉的冲撞，更在意一份内在涵义。但心若没有悟道，残荷的美是看不到心里的。

一片残荷静默在冰冷的湖中，一份寒寂岂是桃李樱花能够忍耐和承受的煎熬？那片破败的枯叶潜心守护着一支饱含籽实的莲蓬，岂不像一对风烛残年的夫妇，在凄风苦雨中相依为命吗？这是生命凋谢时的回光返照，是一种人性唯美，无论新荷舒展还是荷花盛开，都没有的美。

的确，残荷在枯败里藏掖着一种不折的神韵，一种淡定的气质。虽然是秋水深寒，孤寂无声，当生命不再有了耀眼的花衣时，依然以清瘦的筋骨伫立，仿佛看到荷的灵魂在盛开、在跳跃，在散发幽香。残荷的美需要在繁华凋零的心卷里反复吟读，反复咀嚼，才能得其深味。

一支支残荷安静地折倒在湖面上，裸露的轮廓是生命圆满结束的符号。其实生命的线条原本就是简单的，一个蚂蚁不留心被踩在脚下，瞬间化为一个黑点，永远定格在原地。丰富生命的只是我们情感的热血和饱满的人生信仰。

从新荷出水、荷花盛开，到残荷凋谢，这就是荷短暂的一生，简单的生命轨迹。面对花开不语、花落不哀，从容对待生命的轮回，是一种真正坦然超脱的境界。每一个人只要保持波澜不惊的心境，有信仰的灵魂，总会彰显出不一样的芳香。人生有涯而岁月无涯，心单纯了，世界就不再繁杂，仓促短暂的人生，只要有过一次唯美的盛开便足够了。

鸭　娘

　　三月的江南已是万紫千红。春风唤醒了冬眠的母亲河，河水涨了，发出欢快的笑语；岸边阳坡上一簇簇野杜鹃含苞待放，母亲河将满坡的杜鹃拥入怀抱，清冽的河水被染成一片胭红。母亲河的南岸是弯弯曲曲的沙滩，说是沙滩其实年复一年遭野草吞噬，早已名存实亡。去冬经野火焚烧的沙滩上，长出了毛绒绒的绿草，嫩嫩的，柔柔的，一群鸭子栖息在草地上，暖阳下，将头钻进翼羽中享受午间的小憩。

　　一阵"汪汪"的犬吠惊动了鸭子，瞬间静悄悄的沙滩热闹起来，鸭子们吵吵嚷嚷，争先恐后跳下母亲河。

　　母亲河是鸭子的家，一个温馨的家。这里有供鸭子吃的小鱼虾螺，有供鸭子玩的深潭浅滩，有供鸭子避风躲雨的竹林岩洞，无论酷暑严寒，还是刮风下雪，鸭子一往情深，不离不弃，陪护着母亲河。难怪苏东坡会发出"春江水暖鸭先知"的慨叹，没有一份对母亲河的真情，岂能先知家的暖寒？

　　鸭子时而展翅跃出水面，时而一头钻进河底捉鱼捕虾，上百只鸭子聚集在一起，追逐嬉闹，其场景颇为壮观。

家乡人利用母亲河的自然资源，每家养四五只鸭子下蛋挣钱，这已是上个世纪五六十年代的旧事。那时家乡贫穷，劳动力都被束缚在生产队赚工分，不允许社员外出打工做生意，养殖家禽家畜是农民合法挣钱的唯一途径。

每年春上会有义乌孵房场的师傅送雏鸭来，都是经筛选的清一色母鸭，家乡人称鸭娘。师傅是规矩的生意人，把雏鸭赊给农户，待来年开春下蛋才来收钱。

开始农户把雏鸭放在大脚桶里养。去池塘水沟舀一些小浮萍带水放进木盆里，雏鸭天性喜欢水，会伸出小红喙去水盆里啄浮萍吃。

家里养了雏鸭，孩子们忙碌了。一放学提把小锄头去附近竹园里掘红蚯蚓，这是雏鸭最喜爱的食粮，有时掘不到蚯蚓，孩子们便去晒谷场旮旯处寻找蚯蚓洞，对着洞口撒泡尿，不一会蚯蚓便乖乖爬上来。

养雏鸭的第一个月不仅食粮要周全，还必须保护雏鸭的安全。白天家里有老人守护，野狗不敢进门，晚上人睡了，老鼠就会出来偷袭雏鸭，谨慎的农户干脆把脚桶移至房间里，盖上竹筛子，哪怕胆大妄为的老鼠也无法入侵。

见雏鸭绒毛由黄变白，稍显老气，便送它们去村前池塘历练，等到长出粗硬的羽毛，走路稳实，就让老鸭娘领着去母亲河生活。

每天天刚蒙蒙亮，家乡的老街开始热闹起来。从街头到街尾挨家挨户打开了大门，最先是徐家阿婆的老鸭娘带上新伙伴拍打着翅膀走到街上，伸长脖子"嘎嘎嘎"一阵欢呼，紧接着各户的鸭娘陆续飞出家门会聚在街心。它们用喙互相亲着，发出低沉的"咯咯咯"的叫声，听起来既亲切又悦耳，就像是朋友间问个早晨好。

不上一刻钟，聚集了上百只鸭娘，像是支训练有素的娘子军，在徐家阿婆老鸭娘的带领下，摇摇摆摆开赴母亲河。

待到夕阳西下，暮色沉沉的时分，老街的"娘子军"恋恋不舍离开母亲河，原途返回，直到老街又互相招呼致意，各自进了家门。

女主人早已准备好丰盛的晚餐，犒劳远征归来的鸭娘。当然鸭娘知恩图报，每宿都会馈赠女主人一枚甜心的蛋。

那年代在家乡一枚鸭蛋可以换五盒火柴或半斤食盐，三十枚鸭蛋能扯上五尺的确凉布，可给上中学的孩子做件体面的衬衣。家乡人说得好，鸡窝鸭窝就是女当家的钱窝。

如果说有人问，什么动物最具奉献精神？相信大家一定会认可牛，的确牛任劳任怨，默默耕耘，吃下的是草，挤出的是奶。但我要说鸭娘也是舍身奉献的可敬者，它一年三百六十天至少下三百三十枚蛋，在产蛋高峰期体重锐减，家乡人对鸭娘还有个称呼叫"鸭壳"。为了保存体能多下蛋，鸭娘拼命在母亲河觅活食，有的一头钻进水里嘴巴被石缝卡住，活活憋死在河里。

清明过后，天气转暖，田野里响起一片蛙声。没过半月麦子收割完毕，开始灌水翻耕，鸭娘们似乎嗅觉到田野里的美味佳肴，嚷嚷着爬上河岸走进田野。等待它们的是大自然赐予的饕餮盛宴，新翻麦田的水面，那段日子鸭娘每天饱尝佳肴，产下的都是双黄蛋。

这样饱食终日的日子并不长，待到水稻抽穗扬花，生产队颁布告示：严禁鸭鸡出入稻田，如有违者，每捉住一只鸡或鸭，罚养户稻谷五斤。生产队派社员在河岸边巡视，鸭娘见到挥动长竹竿的管理员远远避开，不想去招是惹非。

　　七月炎天是稻谷飘香的时节，鸭娘们经不住黄灿灿新谷的诱惑，老在稻田外河段来回游弋，趁管理员疏忽坐在堤口打瞌睡时，悄悄爬上岸，溜到田埂边偷吃起稻谷来，待管理员发现赶过去，鸭娘一转身"扑嗵扑嗵"跳下母亲河去，来不及逃走的干脆躲进稻田，与管理员玩起捉迷藏的游戏。

　　那年夏天，母亲河上游下了一场特大暴雨，山洪铺天盖地卷来，瞬间清洌温顺的母亲河凶猛得像头巨兽，在河上嬉戏的鸭娘被洪水冲得无影无踪。老街上的女主人都赶去河岸，望着滚滚的洪峰长叹短吁，谁不心疼含辛茹苦养大的鸭娘眨眼间被洪魔吞噬？

　　第三天洪水退走后，一位上山斫柴的村民发现了失踪的鸭群，它们躲在一个山洞里，已饿得耷拉着脖子奄奄一息了。

　　鸭娘的青春产蛋期只有三年，过了青春期体能开始败落，产蛋率远不如从前，主人会养肥后当菜鸭拿去市场卖，由新鸭娘替代接班，重演老鸭娘的故事。

　　如今家乡富了，养鸭娘下蛋的人少了，母亲河上偶尔还能见到三五只鸭娘在悠闲凫水。两岸是竹林、桃园和芦苇，水还是那么清洌，景还是那么秀丽，鸭娘不再是家乡人的生活依靠，它只是母亲河的点缀。

　　　　　　　　　　　　2022 年 1 月 25 日写于绍兴

小 麻 雀

许久不见小麻雀来窗台鼓噪了。人嘛，真是个怪物，小麻雀来了"叽叽喳喳"怕打扰自己的安静，几天听不到小麻雀的叫声，又感觉特别冷清，似乎缺少了一种生活情趣。要说对小麻雀有什么特别的喜爱实在谈不上，我一度曾经讨厌小麻雀。

小麻雀生性慵懒，没有燕子勤快招人喜欢，却死皮赖脸寄居在农家泥墙洞里，天刚蒙蒙亮便"叽叽喳喳"将人们吵醒。我好不容易待到一个星期天，原想美美睡一会，却让小麻雀搅了局，我一怒提起铜面盆伸到窗外敲一会，叫声戛然而止，不等我躺倒睡着，"叽叽喳喳"的叫声此伏彼起，没有办法只好蒙住头睡。

隔壁的大婶做好了冬米，盼了两天总算见到太阳露脸。大婶在小院子里摆两条四尺凳，放个大匾箕将冬米撒开晒晒太阳。人刚离开小院子，一群麻雀从天而降，围着匾箕偷吃冬米，光吃几粒冬米倒无所谓，最可恶麻雀边吃边拉屎。大婶戴上老花镜足足站了个把钟头，才把鸟屎一粒一粒捡干净。

那天我背着书包去上学，刚跨出家门，一粒麻雀屎落在我头上，老家有个迷信说法，出门遭鸟屎，必定有晦气。我哭丧着脸不敢去上学，是隔壁大婶给我洗了头，撒了茶叶米驱走了晦气。我一整天提心吊胆连教室外面都不敢去，生怕招来天灾人祸。

　　一连几天我见着麻雀就追赶，以发泄心头的怨恨。偶尔听同学在说，谁要能见着麻雀走路，长大必定当大官。对于小学生来说，贪图荣华富贵的念头尚未滋生，只是感觉当官出人头地威风八面特好玩。我不再去追赶麻雀，而是悄悄立在一旁细细观察麻雀的一举一动。小麻雀十分机警，见有人在窥视，脑袋左顾右盼晃个不停，双脚轻盈跳跃，始终未见其跨步行走，我颇感失望悻悻离去。

　　我偶冒风寒咳嗽不止，母亲去永济药店抓了几帖中药仍不见好转。听人说麻雀能治咳嗽，夜间哥哥背了梯子，去泥墙洞里抓来两只麻雀，见着人眼睛里露出恐惧绝望的神色，一身灰土土的羽毛抖索着，在昏暗的灯光下更增添一层悲凉的色彩。瞬息间我对小麻雀产生怜悯之情，我宽恕小麻雀偷吃大婶的冬米，吵醒我的美梦，在我头上拉屎的罪过。小麻雀活在世上不容易呀，它体弱力薄常遭强者欺凌，有一次朋友告诉我，他看见一条彩花蛇爬上泥墙钻进洞穴，将一窝刚孵化出的幼鸟统统吞吃了，才有过呢喃的温暖，眼见孩子被活活吞噬，却又无力保护，做母亲的只能面对惨状叫破嘶哑的喉咙。

　　现在要用小麻雀的生命来换取我的健康，我实在不忍心。也许还有嗷嗷待哺的孩子在等待小麻雀去照料，倘若没有了母亲岂不活活饿死？我与凶残的彩花蛇又有什么两样呢？我一把夺过哥哥手中的网袋，走到门口将小麻雀放飞了。

小麻雀的命运多舛，在特殊的年代居然有权威人士告了御状，说是全国的麻雀一年要吃掉农民十几亿斤粮食。不容分辩，麻雀与老鼠、蚊子、苍蝇一起定为人类四害。宣传媒体首先喊出"杀一只麻雀增十斤粮"口号，麻雀遭受了前所未有的围剿追击，幸存者被赶出农舍村居，躲进山野荒地偷生。一时村里见不到麻雀飞窜，听不到麻雀叫声，偶尔在野外碰上麻雀，一见人便惊慌地逃走了。

几年后，终于有正义者出面替麻雀平反昭雪。其实麻雀的主粮仍是小飞虫，应该与燕子一样是农作物的守护神。只是找不到虫子时，偶然偷吃几粒稻谷，无论行为是否有些不规，不至于全盘否定沦为害鸟，麻雀之功远远大于过矣。

人们开始走出认知的误区，不再敌视小麻雀。躲避在荒郊野地的小麻雀嗅出了和谐的气氛，悄悄回归农舍村居，它们试探着接近人们，当发现平安无事时，又放肆地在田间村落低低飞窜。我不再烦小麻雀"叽叽喳喳"的叫声吵醒好梦，权当是天赐的一首快乐晨曲。

传统的习俗一时无法在某代人身上更改。在人们的意念中燕子代表吉祥，燕子进家是送福来了，所以燕子可以登堂入室在农家梁上筑巢。偶尔燕子会忘记自己高贵的身份，跷起屁眼往巢外拉屎，但从来未曾遭到主人的咒骂和驱逐，爱清洁的农家会在燕巢下搭一个小平台，怂恿燕子随便拉屎撒尿。而麻雀一身灰土土的，在人们眼里是晦气，小麻雀很知趣，明白自己没有燕子那样受人青睐，自然不敢私闯民宅，肆意妄为，无奈之下只有借墙洞和茅舍栖身了。

燕子在春暖花开时节归来，秋寒乍起时节离去。要我说燕子很有些趋炎附势的嫌疑，至少算不上是患难与共的挚友；而麻雀虽出身低贱，少不了要背着人干些小偷小摸的勾当，但不因人们对燕子的偏爱而妒忌，也不因人们对它的歧视而怀恨，小麻雀不舍不弃扎根于生它养它的土地，不慕名不贪利守护着这一片土地上的庄稼。

有人嘲讽麻雀苟且偷生胸无大志，的确，小麻雀没有雄鹰搏击长空的壮志，也没有燕子千里奔徙的勇气，它从不好高骛远。小麻雀满足于田间山野、小桥人家，这里看似平淡无趣，却能立身安家繁衍生存。小麻雀不是斗士，它在画家的眼里是田园间快乐的小天使。

如今我倒喜欢小麻雀常来窗台鼓噪，在小天使"叽叽喳喳"的叫声中，我悟出一个道理，不要把世界想得太美，也不要把世界看得太糟，能获得一方平平安安生活的土地，就是人生的快乐。

2020 年 10 月写于绍兴

流 浪 猫

　　疫情再次来袭，我闭门居家七天，心里憋得慌。这天中午太阳特别好，我偕同老伴出去河港边走走。

　　时值隆冬，冷风飕飕，刮得两颊有些生痛，我戴上口罩脸上好受多了。平时人气蛮旺的河边小道，显得冷冷清清，金黄色的落叶撒满小道，踏上去软绵绵的，像是铺着一层厚厚的毛毯。

　　穿越东江桥下，沿凤凰小区河滨墙往北走，见有一只黑猫蹲在窗台上"喵喵"地叫。待我走近，它一纵身跳下小道，窜过花丛、立在河口石板上朝河埠口又是"喵喵"叫个不停。

　　我好奇地走近前去。河埠头有位大娘在剖一些小鱼，大娘抬头瞧瞧黑猫，似乎听懂了来者的乞求之意，将手中的鱼扔了过去，黑猫一口叼起鱼，朝大娘看看转身跑到窗户脚，一纵身跳上窗台，又一纵身跳进小区内，很快消失在竹林间。

　　我侧耳细听，在不远处一间小木屋里传来小猫咪的叫声。我一切都明白了，这是一只母猫，养着一窝小猫，孩子饿了，母亲去河边乞讨。为了孩子，当母亲的什么苦都可以吃，什么尊严都可以不要，人类是这样，其他动物亦都如此。然而我心有疑虑，难道这黑猫没有主人，是只无依无靠的流浪猫？

我见窗台上剩有残余的猫粮，什么都明白了。

这黑猫犯了什么错，被主人嫌弃逐出家门？记得我小时隔壁阿婶家养了只花白猫，不愿捉老鼠，整天喜欢蜷缩在太阳底下睡懒觉，只要我放学回家一打招呼，它便跑过来与我玩耍，阿婶怎么呼都呼不去。阿婶家整天不是山上就是田里干活，连中饭都不回家吃。花白猫肚子饿了就去邻居家偷吃，时常遭人咒骂追打。后来竟撬开自家的菜橱门，将阿婶留着请手艺师傅的一碗鱼偷吃光了，阿婶气极了，见着花白猫就打，几次追打花白猫害怕了，从此失踪了。

一年后，我在村后小庙里见到了花白猫，又脏又瘦。我招呼它，它摇摇尾巴绕我转了一圈，显然它仍认识我；当我想带它回家时，它一纵身跳上供桌，从后窗逃走了，从此未再见到花白猫。

退休后我进了城，发现在小区的绿化带常有猫窜来窜去，个子瘦小、模样不怎么耐看，旁人告诉我这是流浪猫。我没有鄙视它们，心里藏的全是同情和怜悯。

当时我无暇去查问流浪猫的身世，今天见到黑猫，激起我情感的浪花，产生了一连串遐想。

乡村农民养猫是防鼠患，城里女主人养猫是消遣寂寞。那年代城里一般市民手头仍拮据，女主人不敢去企望身价昂贵的宠物猫，能买一只普通的猫咪，时时陪在身边，听听它亲昵地"喵喵"欢叫，看看它滑稽的滚、翻、跑、跳，足以慰藉一时空虚的心灵。

如今手头不再拮据的女主人，看到邻居大妈养起名贵的金丝玉猫，心里痒痒的。每逢下楼去小区长廊聚会，邻居大妈穿一领高雅的貂皮大衣，怀抱金丝玉猫，常常赢得周边人啧啧称赞。女主人既羡慕又妒忌，回到家无端地冲着黑猫发火，本来就厚道老实的黑猫，受女主人惊吓，变得愈发胆小，甚至不敢接近女主人。

邻居大妈的金丝玉猫是女儿从美国带回来的，昵称奕奕，生就一双贵族女郎的绿眼睛，像镶嵌着两枚蓝宝石，视人含情脉脉、不卑不亢。奕奕专吃从美国带来的罐头食品，大小便都会撒在一只放有泡沫粒的盒子里，既卫生又便于清理。

奕奕会做出各种滑稽动作，讨主人喜欢，晚上怕寂寞会偷偷溜进卧室，睡主人身边。对比遭受女主人冷遇的黑猫，奕奕是何等之幸福！

不久，女儿去上海实习，邻居大妈要去艺校上班，偌大一个家只剩下奕奕和关在窗台笼子里的画眉鸟。奕奕最喜欢跳上窗台旁的鞋柜，远眺玻璃窗外的精彩世界，渴望主人能常带它去公园溜达，在河边看人钓鱼，在亭子里听人唱戏，在假山下与同类玩捉迷藏，整天待在家里实在太憋屈。

画眉鸟唱了一会，瞧瞧奕奕仍呆呆凝视窗外，仿佛心里在对奕奕说：我被关在小笼子里，你被关在大笼子里，我们都是失去自由的人类玩物。

追求自由是动物的本性，养上多年的黄莺儿一当打开笼子，它会远走高飞不再回来。奕奕心知肚明，一代代的驯养遗传，早已失去了猫的野性，它温顺听话，能领悟主人的心思，它过惯了养尊处优的贵族生活，只能依附人类博得主人的欢心而活着。

一次邻居大妈要出远门，将奕奕托付给女主人护理。那些天女主人一心照料奕奕，早把黑猫抛至脑后。久而久之，女主人和黑猫间最后保持的情感墙不推自倒了。黑猫悄悄离开了不再属于它的家，回归了大自然。

黑猫既然选择离家出走，投入流浪猫的行列，早已作好准备迎接各种生存的挑战。它没有悲伤，更没有气馁，它对生活的要求不高，环境的恶劣，食物的匮乏，都没能动摇它生存下去的决心。每天下午它会领着孩子们在太阳下追逐打滚；偶尔去向河边钓鱼人乞食，叼回一二条小鱼给孩子们打打牙祭；晚上待孩子们睡了，四处侦探捕捉老鼠。

人类没有忘记被时代淘汰的流浪猫，社会慈善人士时常给小区里的流浪猫送食粮，天冷了帮着搭建防寒小木屋。这两年，凤凰小区不再有居民向社区要老鼠药，这或许是黑猫和同伴们对社会的报恩吧！我愿黑猫和它的孩子们安度寒冬，健康生活。

2022 年 2 月 2 日写于绍兴

237

阿　巧

　　楼道里传来邵阿婆的呵斥声，我知道阿巧又在惹事了。门一打开阿巧一头撞进来，直奔阳台走廊的笼子。

　　我提了扫帚畚箕下到四楼，果然阿巧在邵阿婆家门口拉屎撒尿了。我又气又恼返回家，阿巧看我一脸愠色，缩成一团一动不动。我一把抓住它，拎到四楼按在拉屎撒尿的地方边打边骂。开始阿巧还哀叫几声，后来或许意识到哀叫已无济于事，自己屡犯错误受点责罚也理所当然，索性闭上眼停止哀叫，伏在地上任凭我在它身上发泄怨气。

　　阿巧是我家第二代宠物，才一岁半，它先天残疾，从娘肚子出来就缺一只前脚。绍兴人称瘸子叫"跷脚"，于是家里人给它一个谐音雅号"阿巧"。阿巧的同胞兄弟阿妙自幼争强好胜，老欺悔阿巧，母亲美美时时护着它。还在坐月子的美美偶尔下楼去附近溜溜，不幸遭遇车祸，抛下一对孤儿幼女走了。好长一段时间全家都沉浸在哀痛之中。

　　我替代美美悉心照料阿巧兄弟俩，每天给它们喂牛奶，晒太阳。阿巧开始不会走路，逼急了连滚带爬样子蛮可笑。阿巧遗传了母亲美美的因子，性格乖巧温顺，一张狐狸脸，

238

眼珠乌黑锃亮会说话，眼眶下镶嵌着一撮棕色粗毛，平添了几分美艳。不到三个月，一身白毛光滑闪亮，走在太阳底下似一团雪球在滚动。

阿妙全没有母亲美美的影子，一身黄毛，粗鲁好动，老是寻阿巧开心，闹得左邻右舍常在我面前"告状"，没办法只好把阿妙送乡下老家去。这还是老伴的主意，她说阿巧残疾送亲友不体面，阿妙身强力壮适应乡下自由自在的生活。

送走阿妙后，楼道清静多了。阿巧行动不方便，整日待在家里，两眼痴呆呆的，或许热闹惯了，没有了阿妙，一下子冷冷清清，觉得不自在。我几次赶它下楼都没有成功，缺只前脚要下楼的确困难，稍有不稳会往前冲栽跟斗。阿巧原本是斯斯文文的宠物狗，哪经得起三番五次的折腾，它死活不肯下楼，稍有疏忽就转身逃回家。

记不得是哪本杂志介绍，秃鹰母亲为了训练孩子学飞，狠心将雏鹰扔下崖谷，任凭它们苦苦挣扎，最终强者飞出崖谷，翱翔天空。秃鹰母亲的魔鬼式训练方法给了我启发，我咬咬牙每天强行赶阿巧下楼，不肯走就踢，栽了跟斗爬起来继续踢，一声声的惨叫没有动摇我的训练决心。十天二十天坚持练，阿巧终于能单独下楼梯了。唯独一点让我很伤心，阿巧见我就怕，不敢接近我。

想想当初美美在时，老缠住我一个人，每天下午我去社区活动室上班，时间一到它会轻轻叫几声催我走了。一路上美美走在前面，小区里的人见到它都亲热地喊一声，美美也以礼相待，抬头朝他们瞧瞧。我打乒乓球它躺在旁边，我玩牌它睡在我脚跟。在室内耽搁久了，会自个去附近的绿化地走走，不出半小时就回来了，等着我一起回家。

美美对主人的情感可说是忠诚不二的。一次美美溜跶未回，我有急事要去办，离走时托付老伴带美美回家。傍晚，我办完事回家，老伴一肚子怨气向我诉说，她招呼了几次，美美不睬不理就要等我一起回家。我返回活动室见美美呆呆地立在大门口，一声招呼，美美飞一般跑过来，见到我摇着尾巴，又叫又跳，那股亲热劲真的无法形容。

在阿巧身上，这种忠诚不二的亲情已荡然无存。我在阿巧心目中已失去特殊的地位，不再是唯一的享有最高威望的主人。我曾试探让阿巧跟着去活动室玩，它无视我的示好，稍稍一接触就跑，根本不理我的呼叫。有时我想，阿巧内向有自知之明，觉得自己是个瘸子，跑出去丢人现眼，让主人脸上无光。说实话我一点没有这种想法，见到阿巧已用自己的坚强和勤奋弥补了生理的缺陷，无论上、下楼梯，串街走巷，我试着在后面追，你快它更快，始终追不上。

我每天替阿巧清理笼子，添食加水，送它下楼溜跶，有时还要为它随意拉屎撒尿"擦屁股"、赔好话，我的付出却得不到阿巧的回报。它宁可与家人亲近玩耍，对我却敬而远之，心里难免有些隐隐生痛。

在我的记忆中，美美善于察颜观色，领会主人的心意，讨我喜欢。夏天我在空调房偷偷安个窝，趁老伴不注意时领美美进去，不声不响躺在窝里，半夜我被美美吵醒，它在我床头边"呜呜"鸣叫，我明白要撒尿了，赶忙领它去了卫生间。

我老伴是个清洁癖，她喜欢美美却怕脏，私下让美美进空调房的秘密被暴露，老伴与我拌了几句嘴。此后，我几次招呼美美进空调房，它只朝我淡淡一瞥，低下头卷缩在笼子里不理不睬，我猜不透美美的表情究竟是怨，是嗔，还是歉意。

儿女们都喜欢美美，每周给它洗个澡，还吹风梳毛喷香水，打扮得白白净净、漂漂亮亮，抱进汽车去郊外兜风。

阿巧没有母亲美美的幸运，它天生低调自卑，行为随意，喜欢自个儿在泥土里打滚，汽车下躲藏，弄得一身脏兮兮又不肯洗澡吹风，没有一点宠物的娇贵气质，不讨家人喜欢。

阿巧受责罚的那天深夜，我隐隐听见阿巧断断续续的鸣叫，这在以前是没有过的。细听声音像是人在哭泣，我披衣下床赶到阳台走廊上，一股寒风刮得我直打颤，是忘记关窗门了，笼子里没放垫毯，阿巧冷得瑟瑟发抖。这是零下两三度的寒冬啊！我一阵揪心，赶忙关上窗门，拿了我的一件棉袄塞进笼子。阿巧转了几个圈，然后安安稳稳躺在棉袄上，两只水灵灵的眼珠盯住我。此时，我发现阿巧的眼神里没有一点恐惧，我轻轻抚摸它，它舔舔我的手，在我走时，它礼貌地站起来，摇摇尾巴，嘴里发出"呜呜"的声音，我听懂了，是阿巧在感谢我。

一个不盈一平米的笼子，一块巴掌大的绿化地，中间连着一条窄窄的楼道，睡觉、饮水吃食、上下楼梯、拉屎撒尿、玩耍，这就是阿巧全部的生活内容。孤独、单调、枯燥、乏味，扪心自问：我能替阿巧想到这些吗？

　　一天傍晚，阿巧下楼溜跶，久久不见回家，我四处寻找无影无踪。次日清晨，阿巧披着一身露水出现在家门口，老伴说肯定是被人拐走后，发现有残疾给放回来了，我半信半疑。

　　终于我发现了阿巧的一个秘密。每过一段时间，阿巧会无缘无故拒绝进食，脾气浮躁，心神不宁。想不到阿巧已进入青春期，它开始求偶了。可是宠物大多在主人严格控制下生活，偶有一两头野犬闯入小区，只顾四处觅食，哪有心思来光顾青春期的阿巧？

　　我觉得阿巧太可怜了，它多么需要主人的体贴和关爱！

　　我不再站在五楼发号施令赶阿巧下楼。我送阿巧到楼前的绿化地，陪着它溜跶。阿巧的胆子特别小，见着生人就跑，回想起以往几次在四楼拉屎撒尿，一定是遇到生人，来不及拉撒逃上楼道造成的。阿巧见我守在身边，便安心玩耍，二十分钟溜跶时间一到，我招呼一声，它跑到跟前随我上楼。

　　阿巧没有再在楼道里拉屎撒尿，我也习惯与阿巧结伴为伍。阿巧的胆子渐渐变大，有时会越出原先的活动区撒一次野，但很快就回来。见我高兴会突然跑过来，绕着我兜几圈，还会跳起来与我亲热一阵子。

　　其实阿巧和美美一样，都希望能得到主人的赏识和关爱。美美天生一副高贵相，自幼享受母爱，接受良好的行为教育，它显得自信；而阿巧先天残疾，没有母爱，缺少教养，内心自卑。我虽然替代美美照顾阿巧的生活起居，

242

却替代不了美美那份崇高的母爱，阿巧就像一棵缺少阳光和雨露滋润的禾苗。而我和家人常常以美美的标准去要求阿巧，加以评头品足。主人的心理偏见潜移默化着阿巧，导致它的内心压力，产生自卑感。更残忍的是我的魔鬼训练，多长时间呵！阿巧不敢接近我，怕我踢它打它。阿巧多么需要鼓励、体贴、关爱，可是我什么也没有给它。

我开始反省：作为宠物的主人应该与宠物平等相待，莫把宠物视为玩物，将它按放在自己设计的思维模式中，复制一个完全没有个性，听命于主人的宠物玩具。阿巧是个独立的生命体，它有自己的生存方式，随意拉屎撒尿对动物来说，是一种本能很正常。主人可以引导它慢慢养成良好的生活习惯，决不可强制它执行，那是对生命的虐待。

庆幸的是我和阿巧间的裂缝已得到弥补。长时间的和谐相处，阿巧开始接纳我，我在阿巧的身上，似乎看到了美美的影子。

阿巧，别自卑！你是我们家庭的一员。

第六辑

一封未开启的信

难忘蒋堂的干菜酥饼

蒋堂小镇距离金华一中不过一华里之遥，放学后稍稍溜达一会，穿过铁路便到镇上。打个比方，如果浙赣铁路是条藤蔓，那么蒋堂小镇和金华一中就是东、西两侧结出的两个瓜。

那个时代说是小镇，其实只能称是一个农贸集市。两排矮小的泥墙瓦房横卧于红土地上，其间一条石板铺设的狭窄小街南北穿过小镇，街上开着七八家杂货铺、饮食摊、理发店和茶馆。平时街上来往过客甚少，唯有茶馆最是热闹，无论天晴或下雨，常有一帮闲客坐着，边听说书，边慢慢品茶，几支旱烟管喷得茶馆云腾雾飞，时而传出一阵阵开怀的笑语。

小镇的西北隅有一方空旷地，每天清晨附近的农民会提些禽蛋，挑上杂粮蔬菜来赶集，一中的教职工偶尔也会出现在集市上，挑点自己爱吃的嫩玉米、鸡蛋之类的带回去。挨到傍晚太阳西沉，仍有几个摊位待着不走，摊主还在等待清担拣便宜货的顾客。这些都不在我关心之列，一个学生娃偷偷溜出校园逛街，无非是想猎奇一饱眼福，买些喜爱的小吃哄哄永远垫不满的肚子。

我的目光投向泥墙矮屋下的一摊酥饼铺。一位穿对襟粗布衫围着兜儿的老汉，正俯首忙碌在一只大铁桶旁边，烤着酥饼吆喝着：干菜酥饼三分钱一个，现烤现卖。带有浓重金华乡音的叫卖声，释放出强大的磁性将我牢牢吸引过去，听起来特别亲切悦耳。

我的老家原籍浦江，金华、浦江有着千丝万缕的历史渊源，许多的生活习惯、民间风俗，甚至连淳朴好客、热情节俭的人格品行都一脉相通，金华、浦江，老家是打断的骨头连着的筋。

我摸摸袋袋里剩下的三毛钱，犹豫了许久，想到自己最爱穿的华达呢西裤磨破了一个洞，得去学校服务点缝补；三个星期不给家里写信了，八分钱一张的邮票是一定要买的，袋袋里的三毛钱弥足珍贵，实在舍不得花。见现烤的干菜酥饼热乎乎的摆在面前，空气里弥漫着的浓浓香味沁我肺腑，终究经不住食欲的折磨，我买了一只酥饼，嚼在嘴里又酥又脆，干菜带肥肉的馅子油滑可口，咸淡适宜。我仿佛又回到童年时代，记起第一次吃外婆做的干菜酥饼，虽然没有蒋堂老汉做的酥脆，在那时已觉得是世界上最好吃的点心了。可惜外婆去世早，以后就再也吃不到这种干菜酥饼了。

蒋堂老汉的干菜酥饼吊起我的食欲，只要袋子里尚有零花钱，就会往蒋堂跑。偶尔见几位穿土布便装的陌生同学也在镇上溜达，他们在酥饼摊前不停地徘徊，几双渴望的眼睛直勾勾盯住干菜酥饼，伸手去袋子里摸一把，咂咂嘴转身走到旁边的一摊，凑起四分钱买了两个烤红薯分着吃。

我投去不屑的一瞥，心里在笑他们太过吝啬了。望着他们渐渐远去的背影，不知咋的，眼前突然跳去一张张熟悉的面孔，那是我的同班同学，一样穿着土布便装，他们热情友善、勤奋好学，不仅生活上花钱吝啬，学习上更是惜时如金。这些同学来自东阳、义乌、浦江、永康的农村，从小生活在缺吃少穿的家庭，跟随家人泥田里滚爬，早已在心灵深处播下了节俭的种子。

如今这些农民的孩子上了省重点高中，他们非常珍惜这份来之不易的荣耀，时刻惦记着走街串巷磨剪子戗菜刀的爷爷，挑担摇货郎鼓鸡毛换糖的父亲，手提砖刀走南闯北建房造宅的哥哥，是亲人们含辛茹苦赚钱供自己上学。这些怀有一颗孝顺心的孩子，即使袋子里有一点点钱，谁会舍得把它花在零食上？在农民孩子的词典里乱花钱就是对亲人的犯罪。我听说班上有同学，星期天偷偷跑去十多里外的山里打柴到镇上卖，他们把钱积攒起来，付学费买生活用品。

以后的日子我就很少去蒋堂光顾酥饼摊。台风刮倒我家老屋，父亲手头拮据，每月只寄给我三块钱，还喋喋不休说上一堆话。袋子里的零花钱越来越少，甚至连华达呢西裤的补丁也是自己缝的。

蒋堂老汉烤的干菜酥饼老在我脑畔上打转，食欲的诱惑一次次冲击着我的心理防线。每当此时，我就会想起穿土布便装，勤奋节俭，杜绝零食的班上同学，犹如注入抗体疫苗，人就变得镇静自信，摒弃一切的私欲杂念，专心读书求知。

五十年后，我重返母校，去蒋堂寻找当年的酥饼摊。如今蒋堂不再是我记忆中破败不堪的小镇，伫立在新建的大街上，简直辨不清东南西北，更不要说去确定五十年前酥饼摊的位置。

我走进一家酥饼店，现在的蒋堂酥饼咸、甜、辣五花八门都有，我要了一只传统的干菜酥饼，本想找回五十年前的滋味，十分遗憾那种诱人的又酥又脆又香的感觉无法找回了。

2020 年 8 月写于绍兴

一封未开启的信

    等待了整整半个世纪，终于盼来苏雅的一个电话。她告诉我，五十二年前我邮寄给她的那封信，一直沉甸甸地压在心中，成为她永远的痛，永远磨不去的愧疚。

    苏雅的肺腑之言，勾起我青春少年时代的美好而心酸的记忆。高中是人生最富梦想的黄金时期，十八岁的我风华正茂，对自己的未来充满憧憬，我热爱文学，崇拜鲁迅，立志在文学领域找到立脚之地。从初中进高中，与我志同道合的凤毛麟角。偶尔看到苏雅的作文，文采飞扬，见解独特，很有才气，我暗暗将苏雅视为知己，平时也开始关注她。

    苏雅来自城里，家庭条件优越，从小接受良好的中国传统教育。她品学兼优，是班里的文娱干事，不仅歌唱得好，能捏横拍打一手漂亮的乒乓球，是校乒乓球队主力。我爱好体育，尤其喜欢乒乓，苏雅去参加校队早训，我会偷偷立在训练场外观赏。

    我和苏雅分在同一个小组，我是组长。记得那时学校的田地特别多，每周要安排两三节劳动课。对农村学生来说无所谓，自小帮父母干惯了农活。出生城市的苏雅能扛得住吗？我从一旁偷偷关注苏雅，其实她没有我想象的那么脆弱，只见她绾起袖手，手捏锄柄，红扑扑的脸蛋挂满汗水，一股倔倔的神气，活脱脱立着一个农村的野姑娘。这幅画面撞击我的心灵，激起我写作的冲动。不日写了篇周记《扎小辫的野姑娘》，语文老师的评语十分中肯：你笔下的野姑娘虽有华丽的躯壳，却缺少血肉和灵魂，形象不鲜活。我接受老师的批评，说真的和苏雅还只是一般的同学关系，我能了解她多少？平时在班上，男女同学不敢正面相视，更不要说私下交流了。进了这座省重点高中，学生就成了一台机器，除了读书还是读书，学校的纪律不允许你有任何非分之想。

我少年气盛，个性张扬，也算是个性情中人。一段时间我得急性肺结核，校医建议我回家休养。在偏僻的山村，我如失群的雁儿，内心涌起从来没有过的孤独感，十分思念朝夕相处的同学。我把苏雅视为知己，写信向她倾诉了壮志未酬的愁绪和痛苦，想得到同学的鼓励和安慰，我盼星星望月亮，谁知书信一去石沉大海，希望如肥皂泡一样破灭。

重返学校的第一天，我踏进熟悉又陌生的教室，一种异样的感觉向我袭来。同学见面淡淡一笑，擦肩而过，苏雅同学处处回避我，连个照面也不打。刘同学偷偷告诉我，寄来的信被苏雅交给班主任了。我像掉进冰窖里似的，毛骨悚然，连心都在发颤。

我冲出教室直奔花果山。时节已是阳历三月，满山的

251

桃树含苞待放，不幸遭遇百年未见的春寒袭击，花蕾久久未能开放。我真担心它们会不会青春夭折，我的命运如同这些花蕾吗？我特想童年时代的生活，在壶源江击浪打水仗，在西山坪放牛采野草莓，跟着妈妈一起去菜园子摘五月豆，无忧无虑的童年留给我许多许多美好的记忆。几声火车的鸣笛打断我的童年梦，一列客车喷着白烟缓缓驰向北方，我恳请远去的列车，捎个口信给母亲，在外的孩子念家了。

经受"文革"的冲击，带着一身的创伤，我匆匆离开婺州一中，回到生我养我的老家。听说苏雅也随上山下乡的知青去郊区农村，彼此失去联系。这五十年我经历了不少的风风雨雨，尝遍了人生的酸甜苦辣，从田里的泥腿子到手执教鞭的灵魂工程师，少年气盛的我早已磨去棱角，就像溪石一样圆滑、稳重、平和。我开始检讨高中时代的处世交友，老为那封贸然寄给苏雅的信后悔。我原想送给她的是一份同学的信任和友情，不料成了致伤苏雅心灵的子弹。多少年来，我的心中一直朦胧着一层难以言表的悲凉，我很希望老天给我一个机会，能与苏雅一吐衷肠，表白自己的心迹，说声对不起。

无情的岁月悄悄地从我身边溜走，沉淀在心头的那份遗憾久久不能抹去，曾记得有多少次梦回一中，我努力寻找记忆中的熟悉面孔，始终见不着想要见的同学。

2012 年的金秋十月，正值母校 110 周年校庆，我赴婺州与同班同学相聚。我企盼能与苏雅见上一面，了却多年的情感纠葛，不知何故苏雅没有去。五十年未谋面的同学相见却不相识，当年的少男少女都成两鬓苍白的老人。我们驱车前往蒋镇婺州一中的旧址，几十年魂牵梦萦的母校一旦出现在眼前，却又是那么的陌生，那么的令人心酸。当年的苏式平房教室已拆建成高楼，现已改为蒋镇中学，只有教学大楼依旧，但感觉上似乎没有记忆中那么高大雄伟，它像年迈的老人已失去当年的风采。

旧地重游，百感交集。就在这座名扬全国而又简陋的中学，当年聚集了多少来自全省各地的莘莘学子、青年才俊，他们怀着满腔的求学热情，在礼堂聆听王校长激奋人心的报告，在实验室探求自然科学的奥秘，在图书馆寻找课堂上的疑难答案，在红专路上漫卷诗书与杜甫为伴，在体育场上奔跑跳跃练就强健体魄。哪怕学校制度出奇的严，压得学生喘不过气，我们却没有丝毫怨言，只有自豪和敬仰。

一场迅猛异常的"文革"风暴，彻底掀翻了这座百年名校，校友吴唅的像被砸了，知名教育家王校长、肖主任相继被逼自杀，学校失去管束，像大堤炸开了一道缺口，学生洪水般冲出教室，冲出校园，走向社会，演绎了一场历史的悲剧。回忆当初我和苏雅不欢而别的情景，她那冷漠、怨恨的眼神依旧清清楚楚留在记忆里，我走在红专大道上仰视天空，泪花横飞，心头涌起一股莫名其妙的情愁，临走时留下一首七言诗：

离别一中岁月多，少年人事难消磨。
花果山下秀丽湖，风雨不改旧时波。

自责和委屈是一种包容。生活告诉我，包容是调和剂，是一种为人的美德。真诚的付出必将赢得别人的理解，同学的感情经受时间的考验，炼就的是最纯真的友情。

　　2016年的秋天，迎来了又一个丰收的季节，苏雅与我终于相聚在越都绍兴。我们摇着乌篷船，悠悠地荡漾在东湖碧水中，两颗曾经受过创伤的心碰撞在一起，夕阳下发出和谐的光华。我们在彼此的身上捕捉少年的影子，苏雅说我没多大变化，还是那样精神，我说苏雅步履轻健，一点都不显老。其实我们心里有把秤，都是奔七十的人了，岁月是把无情的刀，早在我们脸上刻下了抹不去的"年轮"。苏雅不再是记忆中的青涩少女，她举止稳重、老练，语速特快，聊天时常夹着爽朗的笑声，给人一种轻快、愉悦、无拘无束的感觉。一提及那封信，苏雅的言语变得缓慢，脸上似乎蒙上一层阴霾。她清楚地记得，当时提着我的信，手在颤抖，心在狂跳。我理解，苏雅自小学到初中毕业，接触的是清一色的女孩子，进了高中接受的又是中国封闭式的教育，对于情窦未开、不善与男同学交往的苏雅来说，一封男同学的信就如一枚炸弹，提在手里随时会爆炸。她不想毁掉自己，她要读书，上大学，干一番事业。她把我的信原封不动交给了班主任老师，当时的苏雅脑子一片空白，压根儿没去考虑这种做法会给我造成怎样的后果。

　　苏雅忘不掉在上山下乡的洪流中沉浮的日子，苦难的历程教会她换位思考，懂得为人处世的道理；苏雅更忘不掉高中时代那封未开启的信，过失和自责更坚定了她的信念，热爱教师职业，让自己成为真正走进学生心灵的灵魂工程师。

江州师范任教期间，学生视苏雅为良师益友，向她畅开心扉的青春少年何止一个？有位性情中男生，人特聪明很有才华，他热恋上班里的一位女同学。上世纪八九十年代，学生的思想已不像上代人那么封闭，他给女同学写了一封又一封的情书，两人曾在环城河畔、江州老街、西山公园留下一串串脚印，立下一个个爱情誓言，但爱情的故事没有朝着他理想的目标演绎，热恋一阵后，女同学突然拒绝了他，男生心如刀绞，痛苦万分，在绝望中他向良师益友倾吐了委屈。

面对眼前情窦初开、尚未涉世的年轻人，苏雅脑子里又一次浮现那封未打开的信，决不能让伤心的历史在自己的学生身上重演。苏雅以大姐的身份向小弟妹讲述了发生在自己身上的故事。她语重心长地对男性说：学生恋爱不违法，但不提倡，你们的社会阅历还是一张白纸，今后的路长着呢，留着点选择的余地不是很好吗？苏雅也找女生私聊：既然做不成恋人，同学友情总是有的，请吸取我的教训，给男生搭个台阶下来。苏雅的话打动了这对小弟妹，女生主动向男生道歉，男生也很快走出爱的漩涡，他们重归于好，至今仍友情往来。

乌篷船摇过石桥，挨着崖壁走进陶公洞，苏雅问起那封信的内容，说是多年来梦寐以求的心愿。我告诉她，那封被视为炸弹的信，没有爱的漩涡，也没有情的暗流，是一位正直无邪的少年敞开胸襟，向信得过的女生谈的人生感悟。苏雅沉默片刻，问我：下辈子还做我的同窗好友吗？我反问：我再给你写信还会交给班主任老师？苏雅不加思索回答：我一定拆开好好看。

一阵爽朗的笑声回响在陶公洞，惊起湖上一对野鸭飞向远方。

师 生 情

清晨电话铃响，我提起手机，不等我打招呼，对方就给我一个亲切的问候，原来是我的学生应洪雷打来的，邀请我于 9 月 16 日去东风村参加同学聚会。

已经过去四十多年了，曾经的事模糊地留在我记忆的相册里，一经打开一幅幅生活的画面从相册里走出来，在我的眼前一闪一闪移过去，渐渐地由模糊变得清晰，最后定格在 1973。

经历"文革"的动荡，教育系统的秩序被打乱，国家从狂热中清醒过来，开始收拾教育这副烂摊子。农村贫下中农管理学校，老师从"臭老九"堆里爬起来，躬着腰接受贫下中农再教育。此刻，乡间掀起村村办初中的热潮，因大学、师范学校停止招生，教师队伍青黄不接，一批下乡回乡的知青幸运地被纳进教师队伍，未经任何培训就走上讲台成为民办代课教师。我就是受普及教育浪潮的推助，走进了东风村校戴帽初中班。

东风村校设在一座祠堂里，上世纪六七十年代农村经济条件差，学校大多建在祠堂村庙里。初二年级班有三十七位学生，来自附近的几个小村，我任语文和化学两门课。记得第一堂是化学课，由学校教务主任陪我进教室，第一次站在讲台上，见到一双双乌黑明亮的眼睛盯住我，心里难免有些紧张。我问同学："你们知道什么叫化学吗？""嗖"地一声，坐在第一排的一个学生站起来回答："化学是研究物质变化的一门学科。"我点点头，他的同桌眨了眨眼睛问："魔术是不是属于化学变化？"他的话引来大家的哄堂大笑，这位提问的同学两颊泛红显得不好意思。我止住了同学们的笑声说："这位同学真被他说中了，其实好多魔术就是利用化学变化的原理来迷惑观众的。"接着我演示了白开水变红、冷水变热的实验，教室里静悄悄的，这些农民的孩子没有歧视我这个新来的老师，从他们的眼里我看到了信任和尊重，给了我莫大的安慰和鼓励，坚定了我从事教育工作的信心。

小学部到下午三点半钟就放学了，学生前脚走，老师后脚跟着回家。初中班有十几个住校生，学校让我和陈老师轮流在校管理学生。我有个早起晨练的习惯，天刚蒙蒙亮就去学校后山走走。那天回来时，见有人伏在天井旁提着毛笔在石板上练字，我的脚步声惊动了他，一转身我便认出是化学课上提问的应洪雷同学，见到我显得有些腼腆，他是用毛笔蘸着清水写的，练的是颜真卿的楷书《多宝塔》。我问他怎么会想到练书法的，洪雷同学告诉我，他的爷爷是清末时期的秀才，写得一手好字，父亲教诲洪雷不可玷辱书香门第。可惜家里经济条件差，舍不得买纸墨笔砚，父亲教给他一个原始的练字法，以清水作墨，石板为纸，每天晨练一个小时。我也是个书法爱好者，只是偶尔心血来潮时练练，没有洪雷同学这么有恒心，见到学生中居然有如此毅力的人心里着实欣慰。此后，我把旧报纸、废纸统统收集起来，还买了一瓶星光墨汁三支毛笔一并送给他，洪雷同学一有空就来我卧室练毛笔字，那年区初中生书法比赛，洪雷同学荣获一等奖。区教办主任来东风学校检查教育工作时，说了句暖心窝的话："穷山沟里出秀才了。"

那年代国家穷，农村教育坚持民办公助的原则。学校设施简陋，住校生睡的是楼板统铺，十几个人挤在一起，空间窄环境卫生差，好在农民的孩子肯吃苦。老师的宿舍是祠堂的侧厢构结起来的，两条长凳上搁一块拆下来的匾额就搭起一张床，遇上下雨天，人躺在床上，雨水和毛毛虫会一起掉在你身上，搞得一身奇痒；宿舍的窗户特小，没有上纱窗，屋里太热只好开窗户，蚊子便随凉风飞进宿舍，整夜嗡嗡地缠着人，我捏着一把蒲扇挥得两手酸痛，疲惫不堪，第二天醒来脚上手里都是被蚊子咬过的红疤。

这天我忘记关窗，一条彩花蛇从窗外爬进宿舍，居然伏在我床上睡觉。我进去它昂起头吐着信子，竟反客为主，一副不可侵犯的样子向我示威。我从小怕蛇，洪雷同学闻讯赶来，一伸手就把蛇制服送回野地。从此，我不敢再启窗门，有时干脆跑去与学生一块睡，学生可欢迎了，他们老叫我讲《水浒》的故事，在与学生相处中，我仿佛又回到了天真烂漫的少年时代。

学校有一块菜地，就在祠堂的左边，放学后，我们在校就餐的老师便去菜地劳动。应洪雷几位住校生常来帮着

259

抬粪施肥，有同学在作文里称菜地是师生的乐园。

学校食堂很少去采购鱼肉之类的荤菜，老师工资低要养家糊口，只好在伙食上紧缩点。我们每天的主菜就是豆腐，厨房的嬷嬷变着花样给我们吃各式各样的豆腐菜，不理解的村民嗤笑老师抠，背后叫我们豆腐老师。幸亏菜地一年四季蔬菜不断，我们尽可撑开胃口享用，那些住校生中途不回家，天天吃干菜，我让嬷嬷多烧点青菜、萝卜给他们送去活活口。

待到我值夜，洪雷几个男生会约我晚上去野外钓黄鳝、弶山鸡，打点野味改善一下伙食。洪雷这个小伙子脑子灵、脚手快，样样事情做起来得心应手。每次有了收获，在校就餐的老师便打一次牙祭，有老师带来自家酿的红薯烧酒开怀畅饮，非要我喝一盅不可。

那时的民办代课老师有双重身份，在校是穿皮鞋的老师，回家是穿草鞋的农民，亦教亦农一心两用，害了学校教学、苦了老师自身。临近期末复习，我上山砍柴，不慎左脚踩上砍去细竹的根部，尖刀一样锋利的竹片深深刺入脚底板，我强忍剧痛撑着手慢慢爬下山，在路边遇到同村人将我背回家，赤脚医生给我开刀取出5公分长的一枚竹片。我人躺在家里，心系学校，怕功课落下，影响学生的成绩，尽管当时社会不怎么注重智育，在良心上总是横着一条坎老过不去。

第五天洪雷几个学生来看望我，见我人瘦了，脚肿成馒头似的，心里挺难受。洪雷同学劝我再躺几天，待炎症消了去上班，我哪里还躺得住，赶紧借了双轮车，让学生

260

拉我去学校。回忆那一段生活真难为了学生，他们轮流照料我，从吃喝拉撒到背我上教室，每天我都是怀着一颗感恩的心坐着给学生上课的。三十七双眼睛齐刷刷盯在我脸上，从学生的眼神里我感悟了农民的孩子渴求知识的欲望，对自己爱戴的老师的敬重。那眼神是射向我的一支支充满情与爱的箭，让我心潮澎湃，热血沸腾。我情不自禁向同学们朗诵了毛泽东的《沁园春·长沙》，大家报以热烈的掌声，在掌声中我听到了同学们的心声：老师放心，我们会努力把握自己的青春的。

听说泥鳅有收敛伤口、消炎止痛的功效，班里的几个住校生一放学就提个面盆，去给我抓泥鳅。正当深秋时节，田里的稻谷已收割，沟水很浅，只要把水源截断，用面盆舀干沟水，翻开糊泥泥鳅便现身，一摸就被捉住。

天天吃泥鳅炎症控制住了，刀口也收敛得很快，整整二十天才会下地走路。学生的情义不能用语言来表达，我默默铭记在心里，唯有用加倍的努力投入教学工作，来报答学生的一片真情。

两年制的初中迎来了一场紧张的升学考试，充满希望考取高中的洪雷同学意外落榜了，他的父亲好强爱面子，一怒之下让儿子去一家五金厂打工。我怀着愧疚的心情去看洪雷，人很沮丧，完全没有了以前的那种精气神，我的心在滴血。几次上门去做他父亲的工作，才答应由我安排去白米湾技校读会计专业。

后来因为工作调动，我们失去了联系。直到我退休的第三年教师节，突然接到洪雷的电话，告诉我他一直没有忘记老师，经过几年的努力，他取得了会计师资格证书，现在舟山一家船运公司当会计，还带上两名徒弟呢！

9月16日，我期盼这个相聚的日子。四十多年未见面了，洪雷这些当年英姿勃勃的少年，如今也该做爷爷了吧！

2019年8月写于绍兴

师 徒 缘

重阳节已过去两天，郑大姐的节日礼物仍摆在办公桌上，我给她家里打了两次电话没有人接。

郑大姐是社区老年协会会员，三年前去了日本照料坐月子的女儿。后来遇上日本新冠疫情暴发，几次预约的航班都被取消，至今仍羁居在日本，家里就她丈夫老孙一人。

记得中秋节发月饼老孙也没有来，是一位年轻人代领的，听人说是老孙的徒弟。经人一提醒我记起了前段时间去二环线外散步，几次碰上老孙，身旁陪着的就是这位年轻人。

老孙初中毕业支边去了新疆，进过军工企业，当过子弟学校老师，后认识郑大姐结了婚，夫妻俩在新疆生活了十几年，才返乡回到绍兴。

老孙的女儿大学毕业后去日本谋生，在东京一家公司上班，找了位日本丈夫成了家。女儿多次劝老爸与老妈同赴日本，留在家里，做女儿的实在放心不下；再说郑大姐也希望老孙在身边，毕竟都上年纪了，朝夕相处好有个照应。

偏偏老孙有自己的想法，去日本地生人不熟，语言交流不方便，不如在绍兴自由自在。

老孙性格活络，酷爱舞蹈，平时讲究衣着仪表，七十几岁的人腰板硬朗，精神十足，乍一看像个小伙子。

郑大姐见老孙坚持留守老家，知道他心里放不下多年结交的一班舞友，于是不再强劝。况且老孙这人精打细算，家务活样样拿手，是个会过日子的人，做老婆的也就放心了。

那天下午，我将重阳节礼物送去老孙家，见门上挂有"民间人才"的牌子，敲门，许久才听到一个低沉的口音："谁呀？"我自报姓名，屋里接连传来"哦哦"声，接着响起一阵"啪嗒啪嗒"的敲击地板声，缓缓向我移过来。

门终于开了。老孙腋下夹着双拐，人瘦了，脸色苍白，两鬓明显增添了许多白发，这与两个月前见到结实精神的老孙判若两人。我拉着他的手，不知该说什么好。

老孙不露一丝伤感，他告诉我，今年厄运连连，一下子把他从快活的顶峰推下痛苦的深渊。

二月初，老孙发现排尿断断续续不流畅，继而发展到疼痛不止。老孙到了杭州浙一医院检查，医生确认是前列腺恶性肿瘤。老孙说他当时脑子"轰"的一声全乱了，他怎么也无法接受这个可怕的现实。

这夜老孙失眠了，躺在床上，仿佛置身于漂泊大海里的孤舟，是在惊涛骇浪中沉没，还是侥幸驶向平安的彼岸，全凭老天裁决，这是命啊！无可争辩，亦无可抗拒。

理性克服了恐惧，老孙的心情渐渐平静下来。他不想把自己的病情告诉家人亲友，不想他们陪同一起受精神煎熬，他要以乐观的心态去接受老天的审判。第二天独自住

264

进医院，手术后一个星期，打电话给徒弟，让他开车去杭州接他回绍兴。

提起徒弟，老孙赞不绝口，说他不是亲人胜似亲人。

老孙夫妇打从新疆返乡先安置在江西一家厂里工作，后转到老家绍兴。郑大姐一度曾摆过鞋摊，就在那里认识了徒弟，他人特别厚道勤快，常帮着郑大姐干些粗活。老孙经郑大姐介绍认识了徒弟，一来一往相处十分和谐。老孙爱好跳舞，在绍兴小有名气，后来去了市老年大学当了交谊舞老师。

徒弟执意要跟老孙学跳舞，老孙爽快答应。难为徒弟缺乏舞蹈的资质，两年学下来一支探戈舞还是跳不好，老孙有时会发点脾气，骂他几句，徒弟只是憨笑不会生气。老孙说这叫缘分，缘分是拆不散，斩不断的。

老孙在家静养了三个月，身体渐渐恢复正常。他是个闲不住的人，不再让徒弟照顾自己，买菜做饭、搞卫生样样家务都他一个人做。听说老年大学要组织文艺演出队下农村慰问演出，老孙心痒痒的，徒弟劝他身体刚康复，肌肉骨骼还不适应强度运动，老孙听不进劝说硬是去了。

一次演出时，老孙做了个大旋转动作，脚踝脱臼，当场重重地跌倒在地，救护车将他送进市中医院。徒弟接到电话，第一时间赶至病床前，医生已给老孙上了夹板，说是脚骨开裂。

孙老忍受着钻心的剧痛，额上冒出一颗颗豆大的汗珠，徒弟用毛巾轻轻擦去，握住师傅的手细声细气地安慰说：忍一忍，会过去的。那一夜老孙度日如年，疼痛无法让他入睡，每分每秒都在经受心灵和肉体的煎熬。徒弟没有离去，一直守护在师傅身边，老孙瞧着憨厚忠实的徒弟，几次感动得老泪盈眶。

徒弟越是殷勤体贴，老孙心里越是过意不去。原本与自己非亲非故，在人生途中邂逅，彼此投缘，满怀热情替代亲人照料伤病老人，在道义上真的让老孙接受不了。几次夫妻视频晤面，老孙很想把自己这一年来遇到的事，痛痛快快诉说一番，不知怎的话到嘴边又咽了下去。

没想到一场马拉松式的新冠病疫，将老孙夫妇俩分隔了整整三年。在家朝夕相处感觉不出夫妻间情爱的珍贵，甚至偶然会发生磕磕碰碰，一旦离别久了，这种情爱会在抑制不住的思念中流淌出来，像江河水一样波涛滚滚。

老孙是个喜乐人，郑大姐心思缜密，每次两人视频晤面，郑大姐话语虽不多，情感却似陈年老酒一样醇厚芬香，这在老孙心里比任何人清楚。老孙知道只要有一线希望，老婆会努力争取早日返回家园，倘若把自己伤病的消息告诉她，回不了干着急，只会增添她的不安和难受。徒弟也劝老孙这多日子已过来了，别去为难师母了。

待老孙伤势稳定，徒弟配了副双拐，每天扶着师傅练走路，半个月后，老孙能夹着双拐独立行走。

出院那天仍是徒弟开车将老孙接回家。一路上老孙思绪万千，已近一个月未回家，不知窗台上的复瓣月季花仍健在吗？那是老伴最喜爱的，去日本时再三嘱托老孙要看着点别忘浇水，老孙伤病缠身忘记托付徒弟照料，如今怕月季花早已枝枯叶萎了，想起这些老孙心里塞着棉花团似

266

的憋闷。

一走进大门，老孙就闻到熟悉的家的味道，特别温馨亲昵。迎面映入眼帘的是窗台上的月季花，开得那么光鲜傲娇，老孙原先憋闷的心情一下子爽朗起来，脸上绽开的笑容比月季花还艳。

老孙对我说：徒弟经营着一家五金商店，老婆在公司上班，小女儿刚进初中，每天早晚须接送，徒弟从家忙到店，又要去医院照料我，够辛苦的。徒弟最了解我特爱清洁，在住院期间，每隔三五天上我家搞一次卫生，给花卉续续水。出院后，我劝徒弟顾好自己的事业和家庭，别为师傅操心了，徒弟不听，仍是忙中抽时间来照料我，常给我烧水泡脚，说这样利于脚伤康复。

临别时，老孙送我到门口，告诉我昨天徒弟带他去医院复查了，骨裂处已基本修复，再过一个月便可以扔掉双拐独立行走了。

我说：企盼你带领学生重返舞台。老孙发出一阵爽朗的大笑说："会的，一定会的。"

此刻，我看到老孙脸上特别灿烂，他对未来的生活充满着希望。

2022 年 1 月 18 日写于绍兴

俯首甘为时间奴

读季羡林散文
《时间从来不语，却回答了所有问题》

一行醒目的文字赫然展示在我眼前：时间从来不语，却回答了所有问题。这是著名东方学大师季羡林先生的散文集，我怀着好学求知的心态，学着春蚕咀嚼桑叶，慢慢品读，细细领会，受益匪浅。

季羡林先生不愧是做学问的大师，文中无一句大话空话，行事著作一丝不苟，其见解独特，发人深省。在《时间》篇中，季先生明白表述其观点：大千世界人类万物，都生活在时间和空间中，不管你愿意不愿意，成为时间的奴隶就正是文明的表现。

乍一看"奴隶"二字，我心里难免有点别扭。从走进学校接受教育，老师就提醒我们要把握好自己，做时间的主人。"奴隶"和"主人"岂不是截然对立的两种概念？懵然中，我从人类对时间的无知到认知，敬畏到珍惜中反复推敲、琢磨、慢慢悟出"做时间奴隶"的深层内涵。

认知时间

人类生活在无始无终的时空里，对时间有个漫长的认知过程。远古人"日出而作，日入而息"，完全依赖太阳的出没来规定自己的活动，即使感到时间悄然从身边溜走，也只是在依稀隐约之间。

后来，聪明的远古人以太阳光和阴影推移，把时间称作光阴，"光阴似箭""光阴荏苒"，人们渐渐走进时间的殿堂，开始探索时间的奥妙。

于是就有了孔子"逝者如斯夫，不舍昼夜"的兴叹，从有形的流水想到无形的时光，从时光的流逝想到世界万物的兴衰，远古人开始明白了时间的推移和人类发展息息相关。

再后来，远古人用铜壶滴漏的方法来显示和测定时间的推移，首次完成运用智慧来捕捉看不见、摸不着的时间之尝试，人类开始认知了时间。

敬畏时间

现代人各行各业日理万机，工人要按时上班，学生要按时上课，边防战士要按时站岗，农民要按时播种收割，人们都要接受时间的制约，时间成了套在现代人身上的枷锁。

航天之父钱学森，杂交水稻之父袁隆平，中国"克隆"之父童第周，他们都自觉地接受时间的制约，十分珍惜属于自己的时光，将生命的每一分钟都投入科研之中，他们是戴着时间枷锁跳舞的时代骄子。丝毫没有被时间奴役而痛苦，时间奴隶和时间主人是一对心心相印的孪生姐妹。

季羡林先生出身贫寒，依仗九叔资助上学。他自幼嗜好读书，自谦才学平平，没有所谓天才的超人智商，只坚信俄罗斯的一句名谚：谁吝啬时间，时间对谁慷慨。

他从乡村读到省城，又从省城读到北京，一路披荆斩棘，春风得意，最后留学德国，在哥廷根学梵文，一住就是十多年。

他一生不信鬼神，唯独敬畏时间。他说：年轻时每逢做学问，见座钟的秒针一跳一跳，我的心也跟着跳动，因为我看见时间在悄悄流逝，我身上的压力随着时间的流逝在加重。到了中年已习惯于时间的约束，照样一抬头看到书桌上座钟的秒针一跳一跳在向前移动，但是我的心不跳了，觉得这时间在给我提醒儿，让我知道时间的价值，"一寸光阴不可轻"。时间确实不食言，它给了季羡林先生慷慨的馈赠，语言学家、梵文和巴利文专家、文学家、翻译家、散文家，精通十二国语言，学术著作《印度古代文学史》荣获国家级教学成果二等奖。

珍惜时间

我十分欣赏季羡林先生的为学风格：谦逊、踏实、谨慎、勤奋。每一个时代，天才、神童毕竟是麟角凤毛，即使是资质超人的天才，如果后天不勤奋，照样会跌落神坛，沦为普通人，宋代金溪乡的方仲永就是一个典型的事例。

有一句老话：勤奋出人才，我老家诸暨有位名人叫赵锐勇，他家境贫寒，读小学四年级时，遇"文革"内乱辍学归乡，以牧牛、掏粪、拾煤渣为生。他天生酷爱文学创作，白天坚持劳动，晚上伏案写作。夏季天热他用塑料桶盛满井水，将双脚浸在水中，这样既凉快又可防蚊子咬。

他几十年如一日，俯首甘为时间奴，坚持业余创作，终于从一名放牛娃成长为国家一级作家，著有电影文学剧本《骚的世界》《天朝国库之谜》、小说集《迷人的漂瓶》、长篇小说《爱河三部曲复仇与征服》、小说《百姓眼中》等二百余万字。

我年轻时曾有过赵锐勇一样的理想和抱负，但是没有他那样的坚韧和勤奋。岁月匆匆，晃眼间青春已逝，不知不觉迈进了人生暮年。回顾往事有喜有悲，年轻时的过失带来终生的遗憾，季羡林先生说：不完满才是人生。我也时常安慰自己，过去的错改了就好，没必要耿耿于怀跟自己过不去。

退休了意味着放下了工作的担子，可以不受时间的制约，轻松自在地生活了。说是这么说，实际又是另外一回事，每个从岗位上退下来的老人，虽则工作的担子卸了，但对社会的责任心永远无法卸，这是做人的底线。

美国的植物育种家卢瑟伯班克说得好，时间不会增添一个人的生命，然而珍惜光阴可使生命变得更有价值。人活着都要颜面，这颜面就是生命的价值。说到底，我还是习惯于在时间的约束下，有规律地安度晚年。

退休十六年来，我一直保持着年轻化的心态，一直在干自己爱干的事，上午在家写写文章、练练书法、看看书、玩玩电脑；下午去社区老年活动中心打打乒乓、打打牌，每周三给社区老年书法班上上课，每年组织几次老年人观光旅游，让老年人放飞精神，活得潇洒。

衰老是自然现象，属于我的时间已经不多。我想：即使白发苍苍容颜苍老，也要静守灵魂深处的美好，让她与时光同存。

2023 年 4 月写于绍兴

淡淡人生随缘过

　　我拜读了朋友转发的一篇美文，或许是作者经历了太多的人生沧桑，看破了世态炎凉，因而发出"繁华过处皆如烟"的感叹。作者认为生命中许多繁华不过似海市蜃楼般虚幻，人生中诸多追求也是空中楼阁般缥缈，与其穷尽一生追求那些得不到的东西，不如珍惜身边的人，走好脚下的路。

　　我见过诸多有关的对人生繁华的评述，的确，世间本没有繁华可以留住，相逢时互投一抹微笑，便是不朽的传奇，别刻意去挽留，也别违心去鄙视，一切顺其自然。我察觉作者在言语倾吐之中，隐隐露出伤感之情，他提出淡淡人生静静过，说最真实的幸福，来源于平平淡淡的生活，不争不喧心素如简。那么生活的真实又会是怎样呢？我记起一则童话故事，身居峡谷的一块山石感觉自己长年埋没在荒山野谷太委屈了，很想离开峡谷出去见见世面，看看人间。一天山洪爆发，带着山石一路跌撞滚爬，从峡谷来到小溪，又从小溪奔赴江河，终于有一天带着遍体鳞伤，疲倦地躺在河底喘着粗气。山洪一遍遍催它启程，说江河下去就是大海了，山石说，那是你的归宿，我刚离开了寂寞的峡谷，不想再去海底躺一辈子，等着吧，我想去人间走走。山洪摇摇头独自启程，一路欢歌奔向大海。不久，山石被工人搬上卡车，运往城市广场，立在花坛中间，每天与成千上万人相聚在一起。

我认为淡淡人生无须追求，平头百姓本来就没有轰轰烈烈的人生，虽然说不上是一杯白开水，至少也是掺过水的米酒。即使这样"淡淡的人生"也难说能做到"静静过"，因为生活中难免朝来风雨晚来雪，让我们无暇沐浴阳光的温馨，无暇欣赏彼岸的风景。有志者即使褪尽浮华，也必须坚守一份生命的冀望，就如山洪一心汇聚大海，山石执意期待去人间走走。我不习惯静静地过日子，哪怕年轻时曾经在好高骛远的追求中碰得头破血流，我依旧坚持自寻乐趣。老天爷既然安排我来人世间走一遭，为的是了却一种缘分，应该让有限的生命好好展示魅力，闪一闪光亮。有人比喻生命就像流星一闪，的确，人活着一个转身岁月便随风而逝，光阴也就成了故事。如果连这一瞬间也要刻意去静静过，岂不太委屈人生了？作者说的洗濯心灵尘埃，让心简单安宁；放下心灵块垒，让心轻松平静，这不过是在人生驿站歇脚时的静思。一个人的得与失、爱与恨都会在静思中渐行渐远，随着时光的流逝，随着心智的成熟，该释然就释然，毕竟让心灵戴着枷锁前行太重太累也太痛了。

我不奢求浓墨重彩的人生，我喜欢淡淡人生随缘过。黄山险峰上的迎客松不贪慕都市的繁华，却爱恋悬崖峭壁的宁静，因为有悬崖峭壁的陪衬，方能彰显迎客松的风骨；乡间田埂上的小草宁愿低头弓腰，让农夫的一双光脚板踩踏，却无半句怨言，因为只有千百遍的踩踏，才会让农夫感受小草的温顺和柔软；"有心栽花花不开，无心插柳柳成荫"，因为只有在河边湖畔，才会享受到水的亲吻，表现春天使者的生命魅力。

一草一木尚且如此重情缘，何况有血有肉的人。记得我刚退休那一年，曾经设想与爱人一起在老家种点蔬菜，养点鸡鸭，学着陆放翁过过"闲时花间一壶酒，忙时带月荷锄归"的清闲生活。在与爱人的几次交谈中，我俩的思想始终无法沟通，她说在绍兴住了五年，已习惯城市生活，再说儿子儿媳要上班，孙子才三岁，离不开将他一把屎一把尿拉扯大的奶奶。我毕竟是一介凡夫俗子，抵挡不住亲情的"诱惑"，终于放弃原先的打算，随缘去绍兴与家人团聚。

初来乍到地生人不熟，只好整天待在家里。在学校忙习惯了，一旦过起清闲日子反而觉得不自在，心里老是空荡荡的不着边际。此刻，我才清楚地意识到，人不是光为自己活着的，当你走完人生一段历程，完成一项事业，在人生驿站休憩时，必须赶快找到新的起点，去迎接新的挑战，只有这样的人生永远是充实的，也只有充实的人生才能体现出做人的价值。

不久，我走出了家门，以一位志愿者的身份融入社会，很快得到社区主任的器重。社区组建越城区首家老年人协会，推我担任协会会长，老协会很快由起初的十几人发展到一百多人，协助社区打理居家养老服务中心，创办社区老年大学班，搭建文化、娱乐、体育、旅游平台，让老年人展示才艺风采。我时时提醒老年朋友，不可作茧自缚，应该蝶变重生，谁也不知道老天还能赐给我们多少日子，但我们可以忘记年龄，抛弃得失，珍惜活着的每一天，不让日子偷偷溜走。

事业的成功接踵而来的是荣誉，这对老年人来说是奢侈品，不过我已将荣誉视为浮云。我最看重的还是图晚年生活的充实，当你替社会大众付出辛苦的同时，收获的却是沉甸甸的愉悦。

2016年11月14日是个难忘的日子，我和老同学王贤根、应莹莹相聚，王贤根是著名作家，曾经寄给我一本散文集《用自己的头站起来》。我们三人有共同的信仰和爱好，他们的出现让我枯木逢春，重新燃起文学创作之火。我开始学着在文学的土地上辛勤耕耘，我真希望用自己的头顶着站起来，虽然明知精力不比当年，会很痛很辛苦，却乐意去做。我仿佛徜徉在人生第二春天的花园里，感受到沐浴阳光带来的温暖，浑身充满着一种忘年的青春活力。人的一辈子难得遇上几位投缘的朋友，这些朋友会在你人生道路上，帮你指点迷津，改变陋习，把正航向。

我坚信淡淡人生随缘过，就应该像山洪一样无忧无虑，朝着人生既定的目标，勇往直前不止步；我也坚信淡淡人生随缘过，应该像山石一样自知之明，不好高骛远，以找到自己的人生归宿而满足。

写于绍兴 2018 年 12 月

大漠情怀

读王贤根《边陲月夜》有感

　　描写戍边征人生活的题材，古往今来比比皆是，不是悲壮激烈，气吞山河，就是凄凉哀伤，催人泪下。而王贤根的《边陲月夜》给读者以全新的感受。笔下没有硝烟弥漫的战场，没有可歌可泣的英雄业绩，也没有征人思乡念亲的泪水。作者以老军人的名义深入基层哨卡，体验祖国西北边陲的一个静谧而苍凉的月夜。他用作家特有的敏锐的目光，去洞察宁静月夜背后，潜伏着的战争危机，用平和含蓄的语言提醒国人：当你漫步公园欣赏花红柳绿的春景时，当你坐在小汽车上，享受着奔驰带来的快乐时，当你一家欢天喜地团聚过年时，别忘记日夜守卫在荒漠边疆的战士，是他们用青春和热血换来了祖国的和平、人民的幸福。

　　王贤根的《边陲月夜》构思新颖，意境深邃。它像一首抒情散文诗，字字珠玑，铮铮作响；句句入情，感人肺腑。作者把内涵丰富的情感融入字里行间，如一粒石子掷进平静的湖里，激起一圈圈涟漪，留给读者多层面的遐想。

细细嚼之，回味无穷。

作者夜不入眠，披衣外出，去领略西北边陲的月夜。这里看不到荷塘月色，听不见月惊鸟鸣，感受不了"明月松间照，清泉石上流"的优雅情趣。茫茫边陲"天上明月大地如霜，起伏的原地层次柔和明晰，又苍茫地伸向远方，幽深得没有一点动静"，江南的月夜明朗、轻快，是一种温柔美；边陲的月夜苍凉、寂静，是一种凄苦美，不同的色调，不同的风格，从不同的层面去欣赏，同样能拨动读者的心弦，引起共鸣和联想。

接着，作者笔锋一转，"一阵咔咔的脚步声，踏碎了柔和的月光，打破了边陲的寂寞"，蓦然军装迷彩，精神飒爽的哨兵巡逻队，出现在读者的视野里，他们"正沿着几代戍边军人踩出的深深脚印的小道，和那延绵漫长的巡逻线"，"咔咔"走去，目光投向远方茫茫的原地。作者巧妙地将静与动、荒漠与战士粘合一起，形成强烈的反差，勾勒出一幅荒凉、静谧、富有活力的边陲月夜图。

作者刻意用重彩浓墨来描绘那几代人的脚印踩出来的小道：由朦朦的月色涂抹，柔柔的似条悠悠的江水，犹如蜿蜒连绵的长城巍然屹立在祖国的边防。多么发人深思的比喻，这是几代戍边军人用青春和热血铸就的，永远打不倒、攻不破的钢铁长城。这是对戍边战士人生价值的至高点赞。

追溯中华民族多灾多难的历史，外族一次次入侵，掳我牛羊、杀我同胞，有多少优秀儿女弃家离乡，奔赴边疆，抗击侵略者。"由来征战地，不见有人还"，不知有多少无名的"将军石"埋在荒漠中，他们用血肉筑起卫国长城，他们的英魂彰显了不屈的民族精神。

作者放眼茫茫边陲，思绪万千："大漠疾风的北疆"毕竟无法与"杏花春雨江南"相比，"这里气候干燥，湖涸草浅，大地燃烧过一般，稀稀拉拉的草根苦苦地扎在荒芜的沙泥里"，如今的大漠，"风吹草低见牛羊"的美景已成历史。整片荒原见不到黄羊的奔跑，听不见苍狼的哀嚎。凡有良知的读者都能读懂作者的心语：偷猎、滥伐造成大漠环境的急剧恶化，作者企望还一个"风吹草低见牛羊"的西北风光，给我们可爱的边防战士。

现在，能装点荒漠，给茫茫原地带来一些生气的唯有戍边战士。每天晨曦初露，肩背钢枪的战士，迎着飕飕的西北风沙，忍着灼灼的高原日烤，奔跑在荒芜漠地深处，成为边防上的一道亮丽的风景线。在这人迹罕至的地方，小小的卡所，简陋的兵营就是军人的大学校，课目训练，时事学习，布哨巡逻，晚上班排篮球赛，生动活泼，紧紧凑凑有序不紊。

如今的戍边战士，不是头脑简单的兵，是有文化素养、有理念，敢于担当的现代军人。作者走访了两位年轻战士，来自江南的十八岁小伙子显得稚嫩腼腆，"刚到时，风冽，唇裂，水涩，撒尿冻成柱，现在习惯了，想家个把月给父母打个电话，开始流泪，后来笑，入伍以来，没有进过一次城镇"，恶劣的环境可以作弄意志脆弱的人，让他俯首为奴；同样也可以磨练有血性的男儿，让他成为环境的主人。我们的战士胸怀保家卫国的理想和情感，扎根边疆，与荒漠和谐相处。正如作者所说：这时的月下，没有了花前，没有了唐时少妇的思念征人的惆怅和哀愁，只有长年戍边战士肩上锃亮的刀尖。一个有理想有抱负的边防战士，为了祖国的和平，为了人民的幸福，可以放弃爱情，放弃家庭，坚守边疆义无反顾、无悔无怨。

作者在文末再一次强调，"一个静安而又凝重的边陲月夜"，这不会仅仅是首尾照应这么简单吧，我细细琢磨有作者的潜在用意：戍边军人的警惕和责任，营造了边陲的平和安宁，但这是表面的，暂时的，因为在安宁的背后，潜伏着战争的危机。

文中有这么一段话：同是一轮明月映照在辽远绵长的两边，两边却是不同的国度，不同的理念，我们的战士没有忘却，这里曾经剑出鞘，弩伸张。那是上世纪60年代的一次两国边陲冲突，中国军队以摧枯拉朽之势，将入侵者彻底埋葬在荒漠之中。五十年过去了，战争的警钟无时不在戍边战士心中长鸣。在网上我曾见过一个感人的镜头，在西藏高原，深夜大雪纷飞，寒风刀子般刺在边防哨兵的脸上，战士手握钢枪，面朝喜马拉雅山，目光注视着前方，似一尊高大的石雕纹丝不动。镜头感动了采访的记者，感动了千千万万的网民，大家流着泪，默默地向戍边战士致敬。

"一步之遥，战士是不能跨越的，只瞭知那边有高高耸立的观察楼，有荷枪兵士警觉的月光"。我们向往和平，希望彼此守卫自己的边疆，永不越界。但也不怕战争，因为我们自信：不战则已，战则必胜。

"一个静安而又凝重的边陲月夜"令人想往，令人深思。

一个令人难忘的父亲形象

读王贤根散文《养蜂》

　　一口气读了王贤根散文集《用自己的头站起来》中的《又是烟雨迷蒙时》《怀竹》《回乡》《养蜂》等四篇短文，心里涌起一股浓浓的大山味，仿佛看到崇山峻岭中一位头戴笠帽、身穿粗布对襟夹袄、脚蹬一双草鞋山袜、腰插柴刀的中年农民，挑着蜂桶担，踏着坚实的步子，往白云缠绕的崖顶走去……这就是我最为欣赏的他的力作《养蜂》中的父亲形象。我推崇王贤根驾驭文字的精当老到，对家乡大山生活的深层体验。他像一位雕刻家，用简洁的线条，深深的刀痕，将一位勤劳、质朴、智慧、坚韧的父亲形象，铭进读者的心田。

　　《养蜂》之所以能引起读者共鸣，我以为是作者的构思巧妙、组材精当、跌宕起伏、处处留给读者思索的空间。作者将选择方位、摆桶接蜂、泼水撸蜂、熏烟取蜜、喂糖包箱、护蜂过冬等养蜂的重要环节，用一条主线串联，紧扣读者的心理渴望，有条不紊地叙述。摆桶接野蜂是养蜂人获得蜂群家族的一种办法，父亲和我进山"攀至崖下，刀劈般耸立的高崖底部里凹，杂草已铲，几块乱石上方置有石板"，蜂皇带着蜂群必须寻找一处避风向阳不受干扰的地方，安心筑巢酿蜜。父亲是行家"早已瞄好风水"，临走时嘱咐儿子："以后进山常来瞧瞧，这个朝向好，会有蜜蜂。"父亲胸有成竹。联系文章开头作者的叙述，"家养蜜蜂最早起于何时？说不清，爹也说不清，只记得楼上那堆残存的蜂桶片有'道光'年号的毛笔淡迹。"读者顿时明白，父亲原是大山养蜂世家的后裔。接着，作者顺理成章一环紧扣一环，先写黑夜背桶下山，路滑人跌，"家破蜂亡"，既呼应前文，验证父亲说的"会有"，又一波三折让文势起伏，暗示养蜂的艰辛。后面写到割蜜分享，"我"被蜂蜇，增添了文章的浓度和厚度，又显现了养蜂给一家带来的乐趣。

　　分蜂遇险，泼水撸蜂，鲜为人知，作者不惜笔墨着力描写。文章是这样写的：我喊声："爹，分蜂啦！"我爹冲出门槛，头一仰，"快，泼水！"读者好奇，心存疑虑，为何要泼水？接着，一声令下全家发动，泼得空中的蜂湿漉漉，地上的人湿乎乎。蜂飞不动了，被迫停在附近的树上结成团。至此，读者恍然大悟，泼水是要阻止蜂群逃走。作者写父亲爬树撸蜂更是精妙逼真：父亲拎空桶，喷上蜜，上树，两腿夹着树干，壁虎般伏着，将空桶支在蜂团上，一手扶桶，一手轻轻地撸蜂。这些可爱的小生命，在父亲的手中，乖乖的，是那么听话，令人费解。一场泼水撸蜂让读者身临其境，与养蜂人一起感受养蜂的艰辛和快乐，失败和成功。父亲的形象在作者一次次地刻画中，变得丰满，高大，成为有血有肉的生命。作品透过生活表层，挖掘丰富的人生内涵，展示原汁原味的大山文化和养蜂世家传人的智慧，显得格外有感染力。

作者的老家在会稽山脉南端的大山里。他生活在九口之家，从小受到良好的家庭熏陶，也学得勤快懂事，体谅父母的艰辛。父亲聪明，喜欢养蜂，有一套丰富的经验。父亲的举止言谈潜移默化着作者，让作者从小接受了大山文化的熏陶。作者走出大山，进入都市，依然深深地怀念着，那份对父辈的深切理解与深沉的爱，凝聚笔端，自然就彰显艺术的无穷魅力。朱自清的《背影》从头至尾没有一笔写到父亲的正面，但作者以真挚的爱倾注于父亲身上，用爱的力量透视背影，让读者感悟到父亲生活在动荡年代，失去生活依靠的苦痛，仿佛看到了一张忧伤、苍老而又慈祥的脸。王贤根的《养蜂》，也没正面描绘父亲，却将一个活生生的父亲形象深刻地印在读者的脑海中，两者真有异曲同工之妙。

圆　梦

（后记）

人到暮年终于圆了渴望已久的文学梦——我的第一本散文集《秋韵》问世了！

曾记得孩提时代特别喜欢听大人讲故事。上学识了字，开始看小人书，那是整套整套的连环画，《水浒传》《三国演义》《西游记》《聊斋志异》，图文结合非常适合小学生阅读。一有钱我就买书，买不起向别人借，袋袋里一放，稍有空闲就可拿出来看，就像现在年轻人玩手机一样随心所欲。

每到晚上，我早早躲进卧室看小人书，一看就是两三个小时。我对小人书的嗜好引起了父母的注意，一次母亲发现我用的煤油灯（那时农村没有通电）昨晚刚刚灌满油的，早晨见灯肚子里的油干了。在母亲的逼问下，我说了实话，昨天借到一套《岳家军》小人书，躺在床上看入迷了，一个通宵没有合眼。母亲既心疼累坏我的身体，又怕小人书看多了会影响学习成绩，于是给我立了一个规矩，每晚九点钟必须熄灯睡觉。

进了初中识字量大了，文图结合的小人书已满足不了我的"食欲"。我的目光开始射向原汁原味的名著，合胃口的细细品读，看不懂的一掠而过。其实最让我心动的还是中国民主革命时期的文学作品，鲁迅的短篇小说，巴金的激流三部曲，孙犁的《荷花淀》，赵树理的《下乡集》《小二黑结婚》，还有冯德英的三部曲《苦菜花》《迎春花》《山菊花》，这些作品无论是思想意识，还是文学艺术，都像是照亮我灵魂的火一直燃烧在心头。

　　我常把作品中感人肺腑的语言摘录下来，有时还加一段读后感，久而久之，养成了写读书笔记的习惯。现在回忆起来，当初如饥似渴地阅读文学书籍，的确丰富了自己的文化素养，提高了作文水平。我一直在想，要是有朝一日也能写出这么美的文章，该多高兴！

　　上了高中，功课多了，压力重了，没有像初中阶段那样能腾出时间去阅读文学作品，但我对文学的兴趣爱好不仅没有消退，反而一天比一天强烈。每次作文我都当作创作实践，经过缜密构思，梳通文脉再动笔写，常常得到语文老师的好评。我只有一个念头，毕业了去考文学院，将来在文学的园地里当个辛勤的耕耘者。

　　事与愿违，一场"文化大革命"碾碎了我的梦想。无奈之下弃学归田，回到家乡，虚心拜老农为师，渐渐学会上山下地的各种活儿。在与农民长期的接触中，我发现他们说话虽带俗气，却很有亲切感，且幽默风趣、耐人寻味。队里有位"秀才"，随口能编出一个段子，引人捧腹大笑。我很喜欢与他在一起干活，笑声接连、干活不累，在笑声中我学到了许多课本上找不到的农民语言。此间，我尝试写过小戏曲、相声、对口词等一些文艺小品，供村里的俱乐部演出，想不到效果挺好的。

进了教师队伍，重返学校生活，我有幸得到一个大学进修的机会，系统地学习了写作、古今汉语和中外文学史，阅读了不少文学作品，开阔了视野，丰富了语文内涵。我有过几次的心灵涌动，很想写点什么，碍于教学工作繁忙，仍成泡影。

退休之后，没有了工作和事业的压力。我从乡村来到绍兴城里，从学校走进社区，很快熟悉了这里的人和事，适应了新的生活环境，我满怀希望轻轻松松地安度晚年。

几年前有位过去的学生发来微信，问何时能见到老师的文学作品。学生的提醒让我想起退休前曾与班上的几位学生海聊，说要在有生之年出本散文集，圆圆我的文学梦，多年过去了，一直没有兑现承诺。

北京的王贤根老同学雪中送炭，寄来他的散文集《用自己的头站起来》《又是烟雨迷蒙时》。我认真阅读，细细体味，《养蜂》《月牙形的篾刀》《春笋破土时》等许多篇文章透过字里行间，都可嗅到清香的乡土气息，体会到作家浓浓的乡愁，读起来倍觉亲切。熟悉的生活，熟悉的人群，常常激发出我情感的火花，引起心灵的共鸣，我仿佛看见这位著名的军旅作家辛勤地耕耘在文学的园地里。有这样的楷模和老师给我启迪，给我鞭策，给我力量，我何不来一次"扬鞭奋蹄第二春"呢！

我记住自己的承诺，怀着一颗炽热的心，全身心投入文学写作。从 2018 年开始，断断续续写了将近六十篇散文，取材于我所见、所闻、所感、所经历的人和事，一一得到王贤根的批评指点，他老劝我悠着点，慢慢写，好好活。

我在写作中深深体会到：文学创作既是辛苦的，又是快乐的，万事贵在韧性坚持，刀越磨越锋利，文章越写越出色，只要肯辛勤付出，总会有收获。

最后，我要衷心感谢亦师亦友的王贤根，是他一直在鼓励和指导我写作；我还要感谢中成社区的陈捷主任，这几年是她不辞辛苦为我整理和打印文稿，让我圆了文学梦。